ANTES QUE EU DIGA ADEUS

MARY HIGGINS CLARK

ANTES QUE EU DIGA ADEUS

Tradução de
GANESHA CONSULTORIA EDITORIAL

EDITORA RECORD
RIO DE JANEIRO • SÃO PAULO
2011

CIP-BRASIL. CATALOGAÇÃO-NA-FONTE
SINDICATO NACIONAL DOS EDITORES DE LIVROS, RJ

C544a Clark, Mary Higgins, 1929-
       Antes que eu diga adeus / Mary Higgins Clark; tradução de Ganesha Consultoria Editorial. – Rio de Janeiro: Record, 2011.

   Tradução de: Before I say good-bye
   ISBN 978-85-01-08305-0

   1. Indústria de construcão civil – Corrupção – Ficção. 2. Mulheres na política – Ficção. 3. Ficção policial. 4. Ficção americana. I. Frota, Sylvia de Fátima Nagem. II. Título.

                               CDD: 813
11-2093   CDU: 821.111(73)-3

Título original em inglês:
Before I say good-bye

Copyright © 2000 by Mary Higgins Clark
Publicado mediante acordo com a editora original, Simon & Schuster, Inc.

Texto revisado segundo o novo Acordo Ortográfico da Língua Portuguesa.

Todos os direitos reservados. Proibida a reprodução, no todo ou em parte, através de quaisquer meios. Os direitos morais da autora foram assegurados.

Direitos exclusivos de publicação em língua portuguesa somente para o Brasil adquiridos pela
EDITORA RECORD LTDA.
Rua Argentina, 171 – Rio de Janeiro, RJ – 20921-380 – Tel.: 2585-2000, que se reserva a propriedade literária desta tradução.

Impresso no Brasil

ISBN: 978-85-01-08305-0

Seja um leitor preferencial Record.
Cadastre-se e receba informações sobre nossos
lançamentos e nossas promoções.

EDITORA AFILIADA

Atendimento e venda direta ao leitor:
mdireto@record.com.br ou (21) 2585-2002.

Para Michael Korda
Querido Amigo
e
Magnífico Editor

Muito obrigada pelos maravilhosos 25 anos

Agradecimentos

Mais uma vez, pergunto-me como agradecer a todos vocês. Vamos tentar.

A cada ano, minha gratidão aumenta para com meu editor de longa data, Michael Korda, e seu sócio, Chuck Adams, sempre prontos a me encorajar, infatigavelmente, sabendo dizer a palavra certa no momento exato.

Abençoada seja Lisl Cade, minha assessora de imprensa — companheira sempre incentivadora, querida amiga e leitora atenta.

Minha gratidão eterna a meus agentes, Eugene Winick e Sam Pinkus. Dão respostas antes que eu faça perguntas. Realmente amigos verdadeiros!

Gypsy da Silva, sempre presente com seus olhos de águia e paciência de santa. Vezes e mais vezes, obrigada, Gypsy.

Abençoados sejam Carol Catt e Michael Mitchell, pelo meticuloso trabalho de revisão.

Obrigada a Lionel Bryant, chefe da Guarda Costeira dos Estados Unidos, pela habilidade generosa e cuidadosa quanto ao provável desenrolar dos acontecimentos após uma eventual explosão no porto de Nova York.

O sargento Steven Marron, o detetive Richard Murphy, aposentados do Departamento de Polícia de Nova York, e os escritórios do promotor público do município de Nova York me deram indicações maravilhosas sobre o desenrolar de uma investigação policial e os procedimentos a serem seguidos caso os acontecimentos descritos neste livro efetivamente ocorressem. Obrigada. Vocês são ótimos.

Minha profunda gratidão aos arquitetos Erica Belsey e Philip Mahla e à decoradora de interiores Eve Ardia, por terem sido meus consultores nessas áreas.

Dra. Ina Winick, sempre pronta a esclarecer minhas questões sobre psicologia. Deus a abençoe, Ina.

Muito obrigada ao Dr. Richard Roukema por sua atenta análise quando lhe fiz perguntas hipotéticas.

Muito obrigada a Diane Ingrassia, gerente da sucursal do Ridgewood Savings Bank, por ter respondido às minhas perguntas sobre cofres.

Como sempre, o meu agradecimento a minhas assistentes e amigas Agnes Newton e Nadine Petry, e a Irene Clark, minha leitora crítica.

Obrigada à minha filha, Carol Higgins Clark, companheira de escrita, que mais uma vez serviu como caixa de ressonância, impedindo que eu usasse expressões que sua geração simplesmente não entenderia.

Minha eterna gratidão à minha claque, nossos filhos e netos. Um dos menores me perguntou: "Escrever um livro é como ter muito dever de casa, Mimi?"

Um especial e apaixonado agradecimento ao meu marido, John Conheeney, que consegue sobreviver com simpatia e humor sendo casado com uma escritora às voltas com prazos de entrega.

Mais uma vez, cito com alegria um monge do século XV: "O livro está terminado. Deixemos o escritor brincar."

P.S.: A meus amigos: estou disponível para jantar.

Prólogo

NELL MACDERMOTT, de 15 anos, se virou e começou a nadar em direção à praia. Seu corpo vibrava com a alegria própria da juventude enquanto olhava à sua volta, absorvendo a gloriosa combinação de sol, céu limpo, luminosidade, brisa fresca e a espuma salgada das ondas que quebravam ao redor. Chegara a Maui havia apenas uma hora, mas fora o suficiente para concluir que gostava mais dali que do Caribe, para onde o avô, nos últimos sete anos, costumava levar toda a família para umas férias depois do Natal.

Na realidade, falar em "família" era um pouco de exagero. Havia quatro anos a família estava reduzida apenas a ela e ao avô. Fazia cinco anos que Cornelius MacDermott, lendário deputado por Nova York, tinha sido chamado, quando se dirigia ao Congresso, para receber a notícia de que seu filho e nora, ambos antropólogos numa expedição à selva brasileira, tinham morrido na queda do pequeno avião fretado.

Ele correra a Nova York para pegar Nell na escola. Era o tipo de notícia que ela deveria ficar sabendo por ele. Ao chegar, encontrara a neta na enfermaria, chorando.

"Quando voltávamos do recreio esta manhã, senti de repente que papai e mamãe estavam comigo e que tinham vindo me dizer adeus", dissera Nell enquanto ele a abraçava. "Não os vi, na verdade, mas senti mamãe me beijar e depois papai passar os dedos pelos meus cabelos."

Mais tarde naquele dia, Nell e a governanta, que tomava conta dela quando os pais se ausentavam, mudaram-se para a casa de fachada de arenito na East 79th Street, onde o avô nascera e o pai crescera.

Essas recordações passaram rapidamente por sua cabeça enquanto ela nadava em direção a terra firme e ao avô, que estava sentado numa cadeira de praia embaixo de uma barraca e que relutantemente concordara com um mergulho rápido antes de desfazerem as malas.

"Não se afaste muito", advertira ele enquanto abria o livro. "São 6 horas, e o salva-vidas está indo embora."

Nell gostaria de ficar na água mais tempo, mas podia ver que a praia estava quase deserta e sabia que dentro de alguns minutos o avô teria fome e ficaria impaciente, uma vez que não tinham ainda desfeito as malas. Havia muito tempo, sua mãe a tinha prevenido de que situações em que Cornelius MacDermott estivesse simultaneamente com fome e cansado deveriam ser evitadas.

Mesmo daquela distância, Nell podia vê-lo profundamente absorvido no livro. Sabia também que isso não duraria muito. Certo, pensou ela ao retomar o ritmo das braçadas.

— Vamos tratar de voltar.

Subitamente, sentiu-se desorientada, como se estivesse dando voltas. *O que estava acontecendo?*

A praia sumiu de vista, e ela se sentiu jogada de um lado para o outro e puxada para o fundo. Estupefata, abriu a boca para pedir socorro, mas logo começou a engolir água salgada. Engasgando-se e tossindo, tentou recuperar o fôlego e manter-se à tona.

Correnteza! Enquanto seu avô tratava do registro na recepção, ouvira dois mensageiros falando nisso. Um deles dissera que tinha havido correnteza do outro lado da ilha na semana anterior, e que dois caras tinham se afogado; que tinham morrido por terem lutado contra a correnteza em vez de se deixarem levar até ultrapassá-la.

A correnteza é o embate frontal de correntes contrárias. Conforme perdia o controle dos braços, Nell se lembrou de ter lido essa descrição na *National Geographic*.

Ainda assim, era impossível não resistir ao se sentir puxada para o fundo das ondas turbulentas, para baixo, para baixo, para longe da praia.

Não posso me deixar levar!, pensou ela num momentâneo ataque de pânico. Não posso! Jamais voltarei. Conseguiu se orientar o suficiente para olhar em direção à praia e vislumbrar as listras coloridas da barraca.

— Me ajudem! — disse fracamente, a tentativa de gritar impedida pela água salgada, que encheu sua boca, sufocando-a. A correnteza que a levava e puxava para baixo era forte demais para ser combatida.

Desesperada, virou-se de costas e deixou os braços inertes. Momentos mais tarde, estava lutando novamente, resistindo à horrível sensação de que seu corpo estava sendo levado para longe da praia, para longe de qualquer esperança de ajuda.

Não quero morrer!, ela repetia para si própria. *Não quero morrer!* Uma onda a levantou, jogando-a, revirando-a, levando-a para mais longe.

— Me ajudem! — tornou a dizer, e começou a soluçar.

E então, tão subitamente como começara, acabou. A invisível correnteza de espuma libertou-a abruptamente, e Nell teve de agitar os braços para se manter à tona. Era disso que tinham falado no hotel, pensou. Ela havia sido jogada para além da correnteza.

Não volte para dentro dela, disse a si mesma. *Nade em torno.*

Mas sentia-se cansada demais. Estava muito longe. Olhou para a praia distante. Não conseguiria nunca. Suas pálpebras estavam tão pesadas... A água começava a parecer morna como um cobertor. Estava ficando sonolenta.

Nade, Nell, você consegue!

Era a voz de sua mãe, implorando para que lutasse.

Nell, mexa-se!

O comando urgente do pai conseguiu romper sua letargia. Com obediência cega, Nell nadou para longe, depois começou a circundar largamente a zona da correnteza. Cada respiração era um soluço, cada movimento dos braços, uma luta impossível, mas ela perseverou.

Alguns minutos angustiantes depois, perto da exaustão, conseguiu pegar uma onda que a agarrou, a susteve e a jogou em direção à praia. Depois formou uma crista e rebentou, atirando-a na areia dura e molhada.

Tremendo violentamente, Nell começou a se erguer quando sentiu mãos firmes ajudando-a a ficar de pé.

— Estava mesmo vindo chamá-la — disse Cornelius MacDermott rispidamente. — Chega de nadar por hoje, minha jovem. Estão colocando a bandeira vermelha. Dizem que há correnteza por perto.

Sem conseguir falar, Nell apenas assentiu com a cabeça.

Com o rosto crispado de preocupação, MacDermott despiu o roupão e colocou-o em torno dela.

— Você está gelada, Nell. Não deveria ter ficado dentro d'água tanto tempo.

— Obrigada, vovô. Estou bem.

Nell sabia que não deveria contar ao querido e rígido avô o que tinha acontecido. E especialmente não queria que ele soubesse que mais uma vez ela tivera uma daquelas experiências em que se comunicava com os pais, experiências que aquele homem tão pragmático diria bruscamente ser uma fantasia da juventude.

Dezessete anos depois
Quinta-feira, 8 de junho

1

Com passos rápidos, Nell começou a percorrer o trajeto habitual entre seu apartamento na Park Avenue, esquina da 73rd Street, e o escritório do avô, na 72 com a York. Da peremptória intimação recebida, exigindo que estivesse lá por volta das 15 horas, ela deduziu que a situação com Bob Gorman tinha chegado a um impasse. Não era de boa vontade que comparecia ao encontro.

Mergulhada em pensamentos, não reparava nos olhares lisonjeiros que ocasionalmente lhe eram dirigidos. Afinal, ela e Adam estavam casados e felizes. Ainda assim, sabia que algumas pessoas achavam atraente uma mulher alta, de corpo esguio e forte como o de uma atleta, cabelos castanhos curtos que agora, graças à umidade, estavam encaracolados, olhos azul-escuros e uma boca generosa e atraente. Durante a fase de crescimento, quando frequentemente acompanhava o avô a eventos públicos, a palavra mais usada pela mídia para descrevê-la era "atraente".

— Para mim, atraente é como se um cara dissesse: "Ela não é lá essas coisas, mas tem personalidade!" É o beijo da morte. Ao menos uma vez na vida eu queria ser descrita como "linda" ou "elegante" ou "maravilhosa" ou mesmo "cheia de estilo" — queixara-se aos 20 anos.

O comentário do avô, bem típico, tinha sido:

— Pelo amor de Deus, não seja tão tola. Agradeça por ter uma cabeça sobre os ombros e por saber usá-la.

A questão é que já sabia o assunto da conversa, e a forma como lhe pediria para usar a cabeça era um problema. Os planos do avô para ela e as objeções de Adam constituíam decididamente um problema.

Aos 82 anos, Cornelius MacDermott quase não perdera o vigor que durante décadas fizera dele um dos congressistas mais destacados dos Estados Unidos. Eleito aos 30 anos para representar o distrito central de Manhattan, onde crescera, lá permanecera por cinquenta anos, resistindo a todas as pressões para que concorresse ao Senado. Em seu octogésimo aniversário ele decidira não se recandidatar.

— Não estou tentando superar o recorde de Strom Thurmond como o mais velho servidor do Capitólio — tinha anunciado.

Com a aposentadoria, ele abriu um escritório de consultoria para garantir que tanto a cidade como o estado de Nova York permanecessem sob a influência política de seu partido. Um apoio seu era um empurrão e tanto para políticos em início de carreira. Anos antes ele criara o mais famoso comercial de TV do partido: "O que o outro bando já fez por você?", seguido de silêncio e de uma sucessão de expressões de espanto. Reconhecido em todos os lugares, não podia andar pelas ruas sem ser alvo de afetuosas e respeitosas saudações.

Ocasionalmente ele se queixava a Nell sobre seu status de celebridade local:

— Não posso pôr o pé fora de casa sem que uma câmera esteja a postos para me filmar.

Ao que ela respondia:

— Você morreria do coração se as pessoas o ignorassem, e você sabe disso.

Ao chegar ao escritório, Nell acenou para a recepcionista e se dirigiu ao gabinete do avô.

— Qual o estado de espírito? — perguntou a Liz Hanley, secretária de longa data.

Liz, uma atraente sessentona de cabelo castanho-escuro e expressão compenetrada, levantou os olhos para o céu.

— Foi uma noite escura e turbulenta — disse ela.

— Nossa, tão ruim assim? — disse Nell, suspirando. Bateu à porta do gabinete particular do avô e entrou. — O ponto alto do dia, deputado.

— Está atrasada, Nell — rosnou Cornelius MacDermott, enquanto virava a cadeira para encará-la.

— Não segundo meu relógio. Três em ponto.

— Pensei ter dito *até* as 3.

— Eu tinha que entregar uma coluna, e infelizmente meu editor partilha seus sentimentos sobre pontualidade. Agora, que tal me mostrar aquele sorriso vencedor que derrete o coração dos eleitores?

— Hoje estou sem ele. Sente-se, Nell.

MacDermott indicou o sofá sob a janela de canto que oferecia uma vista panorâmica do leste e do norte da cidade.

Escolhera aquele escritório pela ampla vista do distrito que representara no Congresso durante toda a vida.

Nell o chamava de seu feudo.

Sentou-se no sofá e olhou o avô com ansiedade. Havia uma tensão pouco familiar em seus olhos azuis, embaçando a habitual expressão atenta e observadora. A postura ereta do avô, mesmo quando sentado, sempre dera a impressão de ele ser mais alto do que na realidade era, mas não hoje. Até a famosa cabeleira branca de Mac parecia menos farta. Enquanto ela o observava, ele juntou as mãos e sacudiu os ombros como que para se livrar de um peso invisível. Com o coração apertado, Nell achou, pela primeira vez, que o avô aparentava a idade que tinha.

Ele a olhou por um longo momento, depois se levantou e se sentou numa confortável poltrona perto do sofá.

— Nell, temos uma crise e você tem que resolvê-la. Depois de ter sido nomeado para um segundo mandato, aquele fuinha do Bob Gorman decidiu não concorrer. Ofereceram-lhe a presidência de uma nova empresa de internet. Ele permanecerá até as eleições, mas alegou que não consegue viver com o salário de congressista. Lembrei-lhe que, quando o ajudei a obter a nomeação, há dois anos, ele só falava em seu compromisso de servir ao povo.

Ela esperou. Sabia que na semana anterior o avô tinha ouvido os primeiros boatos sobre a desistência de Gorman. Obviamente os boatos tinham se confirmado.

— Nell, há uma pessoa, e só uma, em minha opinião, que pode fazer com que essa cadeira continue no partido. — MacDermott franziu a testa. — Você devia ter se candidatado há dois anos, quando me aposentei, e sabe disso. — Fez uma pausa. — Olhe, está no seu sangue. Você queria se candidatar desde o início, mas Adam a dissuadiu. Não deixe que isso volte a acontecer.

— Mac, por favor, não comece com essa história de Adam.

— Não estou começando com ninguém, Nell. Estou lhe dizendo que a conheço, e que você é um animal da política. Venho preparando-a para o meu lugar desde a sua adolescência. Não fiquei empolgado quando se casou com Adam Cauliff, mas não se esqueça de que o ajudei a se estabelecer em Nova York, apresentando-o a Walters e Arsdale, que têm uma sólida firma de arquitetura e que estão entre meus mais valiosos apoiadores.

Os lábios de Mac se estreitaram.

— E não fiquei bem-visto quando, três anos depois, Adam os deixou, levando sua principal assessora e abrindo a própria empresa. Está bem, talvez tenha sido um bom negócio. Mas, desde o início, Adam tinha conhecimento de meus planos para você, de seus próprios planos. O que fez com que ele mudasse de ideia? Você devia ter se candidatado ao meu lugar quando me aposentei, e ele sabia disso. Não tinha o direito de dissuadi-la então, e não tem o direito de tentar dissuadi-la agora.

— Mac, eu gosto de ser colunista. Talvez não tenha reparado, mas venho obtendo excelente resposta.

— Você escreve uma coluna muito boa. Admito. Mas não é o suficiente, e você sabe disso.

— Olhe, minha relutância agora não tem nada a ver com o pedido de Adam para eu não concorrer.

— Não? Então o que é?

— Ambos queremos filhos. Você sabe. Ele sugeriu que eu deixasse isso para depois. Em dez anos eu terei apenas 42. É uma boa idade para começar a concorrer.

O avô se ergueu, impaciente:

— Nell, daqui a dez anos a banda já terá passado. Tudo acontece com rapidez demais para que se possa esperar. Admita-o. Você está louca para entrar no ringue. Lembra-se do que disse quando me informou que ia passar a me chamar de Mac?

Nell se inclinou, juntou as mãos e as colocou sob o queixo. Ela se lembrava; acontecera quando era caloura na Universidade de Georgetown. Diante do protesto inicial dele, tinha se mantido firme:

— Olhe, você sempre diz que sou sua melhor amiga, e seus amigos o chamam de Mac — dissera-lhe. — Se continuar a chamá-lo de vovô, vou ser sempre vista como criança. Quando estiver com você em público, quero ser considerada sua *aide-de-camp*.

— E o que quer dizer isso? — perguntara ele.

Ela se lembrava de como tinha segurado o dicionário:

— Ouça a definição. Em resumo, *aide-de-camp* é "um subordinado ou assistente confidencial". Deus sabe que, por enquanto, sou ambas as coisas para você.

— Por enquanto? — perguntara ele.

— Até você se aposentar e eu ocupar o seu lugar.

— Você se lembra, Nell? — perguntou Cornelius MacDermott, interrompendo suas reminiscências. — Você era uma atrevida estudante universitária quando disse isso, mas era o que queria dizer.

— Lembro.

Ele se inclinou para frente, o rosto bem à altura do dela.

— Nell, agarre a oportunidade. Se não o fizer, vai se arrepender. Quando Gorman confirmar sua desistência, vai haver uma corrida para a nomeação. Quero que a comissão considere os candidatos como estando atrás de você desde a largada.

— Quando será a largada? — perguntou ela cautelosamente.

— No jantar anual, no dia 30. Você e Adam estarão lá. Gorman anunciará a intenção de sair no fim do mandato; com olhos lacrimejantes e fungadelas, ele dirá que, embora tenha sido difícil tomar essa decisão, uma coisa contribuiu para torná-la mais fácil. Depois enxugará os olhos, assoará o nariz, apontará para você e gritará que *você*, Cornelia MacDermott Cauliff, vai concorrer ao lugar antes ocupado durante cinquenta anos por seu avô. Será Cornelia substituindo Cornelius. A onda do terceiro milênio.

Claramente satisfeito consigo mesmo e sua visão, MacDermott deu um grande sorriso.

— Nell, a casa virá abaixo.

Com uma pontada de remorso, Nell se lembrou de que dois anos antes, quando Bob Gorman concorrera ao lugar de Mac, ela sentira uma violenta sensação de impaciência, uma compulsão, uma necessidade de se ver naquele lugar. Mac tinha razão. Ela era um animal da política. Se não entrasse na arena agora, *podia* ser tarde demais — ou, pelo menos, tarde demais para tentar obter essa cadeira, que era onde queria iniciar sua carreira política.

— Qual o problema de Adam, Nell? Ele não costumava reagir assim.

— Sei disso.

— Há alguma coisa errada entre vocês dois?

— Não.

Ela conseguiu dar um sorriso dissuasivo para sugerir que a suposição era absurda.

Há quanto tempo isso vinha acontecendo?, ela se perguntou. Quando teria Adam se tornado distraído, quase distante? De início, suas perguntas preocupadas sobre o que havia de errado tinham sido afastadas com rapidez. Agora, podia distinguir uma ponta de raiva. Só recentemente ela lhe dissera, à queima-roupa, que, caso houvesse algum problema sério na relação deles, tinha o direito de saber. "Refiro-me a *qualquer* tipo de problema, Adam. Ficar no escuro é o pior problema de todos", dissera.

— Onde *está* Adam? — perguntou o avô.

— Na Filadélfia.

— Desde quando?

— Ontem. Vai falar num seminário para arquitetos e decoradores. Estará de volta amanhã.

— Quero-o ao seu lado no jantar do dia 30, aplaudindo sua decisão. Está certo?

— Não sei o quanto ele vai aplaudir — disse ela, com um laivo de desânimo na voz.

— Quando vocês se casaram, ele estava todo entusiasmado em se tornar o cônjuge de uma futura política. O que o fez mudar de ideia?

Você, Nell pensou. Adam ficou com ciúmes do quanto exigia de mim.

No início do casamento, Adam se mostrara entusiasmado por ela continuar trabalhando como assessora de Mac. Até este anunciar sua aposentadoria.

— Nell, agora temos a oportunidade de uma vida que não tenha o todo-poderoso Cornelius MacDermott como eixo central — Adam tinha dito. — Estou farto de vê-la à disposição dele. Acha que as coisas vão melhorar se você se candidatar ao lugar dele? Ele não vai lhe dar espaço para respirar.

Os desejados filhos que não tinham vindo passaram a fazer parte de seu argumento:

— Você conheceu nada senão política — protestou Adam.
— Fique fora disso. O jornal quer que você escreva uma coluna regularmente. Pode ser que venha a gostar da liberdade.

Suas súplicas a tinham ajudado a tomar a decisão de não se candidatar. Agora, ao considerar os argumentos do avô, alinhados à sua capacidade única de combinar autoridade e persuasão, Nell admitiu desapaixonadamente para si própria que comentar sobre a cena política não era o suficiente. Ela queria ação.

Finalmente, disse:

— Mac, vou abrir o jogo. Adam é meu marido, e eu o amo. Você, por outro lado, nunca sequer gostou dele.

— Não é verdade.

— Então vamos colocar de outra forma. Desde que Adam abriu a própria firma, você passou a implicar com ele. Se eu concorrer à eleição, vai ser como nos velhos tempos. Vamos passar juntos muitas horas diariamente, e, para que isso funcione, tem que me prometer que tratará Adam da forma como gostaria de ser tratado caso as posições fossem inversas.

— E se eu prometer pegá-lo no colo, você concorre?

Ao deixar o escritório de Cornelius MacDermott, uma hora depois, Nell tinha dado sua palavra de que se candidataria ao lugar de Bob Gorman.

2

Era a terceira vez que Jed Kaplan passava pelos escritórios de arquitetura da Cauliff e Associados, na 27th Street com a Sétima Avenida. Estava siderado pela janela térrea da antiga casa de fachada de arenito. Por ela via-se a maquete de um moderno complexo residencial e comercial de quarenta andares, dominado por uma torre com cúpula dourada. O severo e despojado edifício pós-moderno com fachada em pedra branca contrastava fortemente com o calor emanado pelos tijolos da torre, que irradiava uma faixa de luz conforme a cúpula girava lentamente.

Jed enfiou as mãos nos bolsos da calça jeans e inclinou-se até quase encostar o rosto no vidro. Para um observador casual, sua aparência nada tinha de fora do comum nem chamava a atenção. Era de estatura mediana, magro, de cabelo curto amarelado.

Essa aparência, no entanto, era enganadora; por baixo da camiseta desbotada, seu corpo era forte e musculoso, e sua magreza escondia uma força surpreendente. Um olhar mais aprofundado mostraria que a pele estava curtida pela constante exposição ao sol e ao vento. E, ao fitá-lo nos olhos, a maioria das pessoas experimentava, instintivamente, uma sensação de mal-estar.

Jed passara a maior parte de seus 38 anos solitário e sem pouso certo. Após cinco anos na Austrália, tinha voltado para sua terra natal; numa de suas raras visitas à mãe viúva, ele descobrira que esta vendera a pequena propriedade de Manhattan pertencente à família havia quatro gerações, um prédio que abrigara um outrora rentável negócio de peles e apartamentos de aluguel por cima da loja.

Ficara furioso, e tinham discutido violentamente.

— O que esperava que eu fizesse? — dissera a mãe. — O prédio estava caindo aos pedaços; o seguro, aumentando; os impostos, cada vez mais altos; os inquilinos, saindo. O negócio das peles, indo pelo ralo. No caso de não ter ouvido falar a respeito, agora é politicamente incorreto usar peles.

— Papai queria que a propriedade passasse para mim. Você não tinha o direito de vendê-la!

— Seu pai também queria que você fosse um bom filho para mim; que se estabelecesse, se casasse, tivesse filhos, um emprego decente. Mas você nem veio quando escrevi que ele estava morrendo. — Começou a chorar. — Quando foi a última vez que você viu uma foto da rainha Elizabeth ou Hillary Clinton usando peles? Adam Cauliff me pagou um preço justo pela propriedade. Tenho dinheiro no banco. No tempo que me resta, posso dormir sem me preocupar com as contas.

Com crescente amargura, Jed olhava a maquete do complexo. Fez uma careta ao ler a legenda sob a torre: UM MARCO DE BELEZA ILUMINANDO O MAIS NOVO E EMPOLGANTE DISTRITO RESIDENCIAL DE MANHATTAN.

O edifício ia ser construído no terreno que sua mãe vendera a Adam Cauliff.

Aquela parcela de terra valia uma fortuna, pensou. E Cauliff a tinha persuadido de que não podia ser aproveitada por estar ao lado de uma ruína histórica, a velha mansão dos Vandermeer. Ele sabia que nunca teria ocorrido à mãe vendê-la se Cauliff não tivesse se aproximado.

Sim, ele pagara o preço justo do mercado. Mas depois a mansão se incendiara, e um cara poderoso do ramo imobiliário, Peter Lang, arrebatara a propriedade; juntando-a com a dos Kaplan, tinham criado um local privilegiado, muito mais valioso como um todo do que as duas partes separadamente.

Jed tinha ouvido que uma sem-teto se abrigara na mansão Vandermeer e fizera uma fogueira para se aquecer. Por que a vagabunda não incendiara o fedorento marco histórico *antes* de Cauliff ter posto as mãos em minha propriedade?, perguntou-se. Uma raiva, profunda e amarga, tomou conta dele. Vou pegá-lo. Juro por Deus que vou pegá-lo. Se ainda fôssemos donos da propriedade após pararem de chamar aquele velho pardieiro de marco histórico, teríamos conseguido *milhões* por ela.

Abruptamente ele se afastou da janela. Olhar o complexo em miniatura deixava-o mal. Andou até a Sétima Avenida, onde hesitou durante uns minutos antes de se dirigir para o sul. Às 7 horas, estava na marina do World Financial Center. Com olhos invejosos, observou o conjunto de pequenos iates reluzentes que balançavam na maré que subia.

Um iate de 40 pés, obviamente novo, captou sua atenção. O nome escrito na popa em letras góticas era *Cornelia II*.

O barco de Cauliff, pensou.

Desde seu retorno a Nova York, Jed obtivera o máximo de informação possível sobre Adam Cauliff; já fora muitas vezes àquele lugar, e sempre com o mesmo pensamento: O que vou fazer com o cafajeste e seu precioso barco?

3

Após a última apresentação do seminário de arquitetura na Filadélfia, Adam Cauliff jantou com dois colegas, pagou discretamente o hotel e pegou a estrada para Nova York. Eram 22h30 quando ele iniciou a viagem, e o trânsito na autoestrada estava bom.

Durante o jantar, Ward Battle confirmara os boatos de que a Walters & Arsdale, a empresa de arquitetura na qual Adam trabalhara antes de abrir a própria, estava sendo investigada por fraudes em licitações e recebimento de subornos de empreiteiros.

— Pelo que ouvi, isso é apenas a ponta do iceberg, Adam, o que naturalmente significa que, sendo você um ex-funcionário, provavelmente lhe farão muitas perguntas. Achei que deveria saber. Talvez MacDermott possa aliviar as coisas.

Mac... ajudar?, pensou Adam ironicamente. Esqueça. Se pensasse que estive envolvido em negócios dúbios, ele mesmo ferveria o caldeirão para que me jogassem dentro.

Esteve calmo durante o jantar.

— Nada tenho a temer — dissera a Battle. — Eu era peixe pequeno na Walters & Arsdale.

Por não saber como a noite iria evoluir, planejara dormir na Filadélfia. Por isso, Nell não o esperava senão no dia seguinte. Quando Adam saiu do túnel Lincoln, hesitou um momento, depois virou à direita em vez de à esquerda, caminho que o teria levado a seu apartamento na parte alta de Manhattan. Cinco minutos depois, estacionou numa garagem na 27th Street.

Com a mala em uma das mãos e a chave na outra, percorreu o meio quarteirão até o escritório. As luzes da janela tinham se apagado automaticamente, mas ainda assim a silhueta em miniatura da Torre Vandermeer mostrava-se incisivamente atraente sob o brilho da luz da rua.

Adam observou-a, inconsciente do peso da mala na mão esquerda, sem se dar conta de que apertava nervosamente o chaveiro com a mão direita.

Pouco após terem se conhecido, Cornelius MacDermott observara, rindo:

— Adam, você é o melhor exemplo da diferença entre aparência e realidade. Você vem de uma cidadezinha insignificante de Dakota do Norte, mas se veste e fala como um elegante aluno de Yale. Como consegue?

— Consigo porque não finjo parecer o que não sou. Talvez você ache que eu deveria usar macacão e carregar um ancinho, não? — dissera ele defensivamente.

— Não seja tão sensível — retrucara Mac. — Eu estava lhe fazendo um elogio.

— Sem dúvida.

Mac gostaria que Nell tivesse escolhido um elegante aluno de Yale, pensou Adam, um aluno cujo pai tivesse cavado uma alta posição na sociedade de Nova York. Bem, talvez Mac fosse todo-poderoso no Congresso, mas tudo o que sabia sobre Dakota do Norte tinha aprendido assistindo a *Fargo*, disse a si mesmo, e pôs de lado todos os pensamentos sobre o avô de sua mulher.

Então alguma coisa no fim da rua deserta chamou sua atenção. Olhou para o lado e viu um cara parado sob um pórtico próximo. Com três passadas rápidas, alcançou a porta do escritório, virando a chave. Podia dispensar ser assaltado naquela noite.

Não relaxou até estar no escritório com a porta trancada. O elegante móvel de carvalho continha uma televisão e um bar.

Abriu com gesto brusco as portas, pegou o Chivas Regal e pôs uma dose generosa num copo. Sentou-se no sofá e ficou tomando lentamente o uísque escocês, um homem que, para um observador qualquer, poderia parecer inteiramente à vontade, descansando após um longo dia.

O fato é que Adam efetivamente atraía os olhares. Ele parecia mais alto que seu 1,82 metro porque se disciplinara a permanecer com as costas retas, mesmo quando sentado. Exercícios rigorosos mantinham seu corpo em forma e sob controle. Olhos cor de avelã e uma boca que se abria facilmente num sorriso eram os traços dominantes do rosto magro. Os numerosos fios grisalhos que se mesclavam ao cabelo castanho-escuro eram bem-vindos. Sabia que sem eles corria o risco de parecer um garotão.

Tirou o blazer, desatou o nó da gravata e desabotoou o colarinho. O celular estava no bolso. Pegou-o e o colocou na mesa ao lado do copo. Não tinha de se preocupar com a possibilidade de Nell telefonar para o hotel e ser informada de que ele já deixara o quarto. Se tentasse falar com ele, ligaria para o celular, mas era pouco provável que fizesse isso aquela noite. Tinham se falado durante a tarde, pouco antes de ela ir encontrar o avô, e, se seu palpite estava correto, ela esperaria o momento certo para falar com ele sobre essa reunião.

Portanto, a noite é minha. Posso fazer o que quiser. Posso até descer e tirar a maquete da janela, pois meu projeto foi rejeitado. Coisa que não desagradará a Mac, pensou Adam amargamente. Mas, uma hora após rever passo a passo suas opções, decidiu ir para casa. O escritório parecia claustrofóbico, e ele se deu conta de que não queria dormir no sofá-cama dali.

Eram quase 2 horas quando, com passos silenciosos, entrou em casa e acendeu a luz no pequeno saguão. Tomou um banho e mudou de roupa no banheiro de hóspedes, depois dispôs metodicamente o que usaria no dia seguinte e entrou no quarto na ponta dos pés, enfiando-se na cama. A respiração regular de Nell garantiu-lhe que tinha conseguido o objetivo de não acordá-la, e ficou feliz por isso. Sabia que, se ela tivesse despertado, podia levar horas até que adormecesse novamente.

Ele, no entanto, não tinha esse problema: o cansaço o atingiu quase de imediato, e sentiu os olhos se fecharem.

Sexta-feira, 9 de junho

4

Lisa Ryan acordou bem antes de o despertador tocar, às 5 horas. Jimmy tivera mais uma noite agitada, virando-se de um lado para o outro, murmurando durante o sono. Por três ou quatro vezes ela pusera a mão em suas costas, esperando sossegá-lo.

Finalmente, algumas horas depois, ele acabara caindo num sono profundo, e agora ela teria de sacudi-lo para que acordasse. Lisa, no entanto, ainda não precisava se levantar, e cruzou os dedos, torcendo para que, depois que o marido saísse, ela pudesse tirar um cochilo até a hora de chamar as crianças.

Estou tão cansada, pensou. Quase não dormi, e hoje é o meu dia mais longo de trabalho. Era manicure, e estava com a agenda cheia das 9 às 18 horas.

Sua vida nem sempre fora cansativa assim. Tudo começara a dar errado quando Jimmy perdera o emprego. Ficara desempregado quase dois anos antes de se juntar à Cauliff e Associados, e, apesar de algum progresso, eles ainda tinham contas acumuladas daquela época.

Infelizmente, as circunstâncias em que perdera o emprego anterior não contribuíram para melhorar a situação. Jimmy fora demitido porque seu chefe o ouvira comentar com um colega que alguém na empresa estava recebendo suborno. A razão dessa conclusão era que o cimento que vinham usando não correspondia à qualidade referida nas especificações.

Depois disso, onde quer que se apresentasse, ouvia a mesma história: "Desculpe, não precisamos de você."

A constatação de que sua atitude tinha sido ingênua, estúpida e sem sentido estava por trás da alteração emocional. Lisa tinha certeza de que ele estivera à beira de um colapso nervoso — até que a assistente de Adam Cauliff ligou para ele, comunicando-lhe que seu pedido de emprego fora repassado à construtora Sam Krause. Fora um grande alívio que Jimmy tivesse sido contratado logo depois.

Mas a reviravolta emocional que Lisa esperava ver nele ao voltar a trabalhar não se dera. Ela chegara a falar com um psicólogo, que a advertiu de que, pelos sintomas, Jimmy poderia estar entrando em depressão, tendo acrescentado que não era coisa que ele pudesse superar sozinho. Mas Jimmy ficara furioso quando ela lhe sugerira procurar ajuda.

Nos últimos meses, Lisa começara a se sentir infinitamente mais velha que seus 33 anos. O homem dormindo a seu lado não se parecia mais com o namoradinho de infância que dizia, brincando, que saíra diretamente do berço para namorá-la. O estado emocional de Jimmy se tornara errático. Num minuto ele perdia a cabeça com ela e as crianças, em seguida se desculpava com lágrimas nos olhos. Começara a beber, dois ou três uísques por noite — e ele não lidava bem com isso.

Lisa sabia que esse comportamento aberrante não era consequência de um caso com outra mulher. Jimmy agora ficava em casa todas as noites, tendo até mesmo perdido a vontade de ir a um esporádico jogo de beisebol com amigos. Nem houve situações em que apostasse dinheiro demais nos cavalos, como já tinha acontecido. No dia do pagamento ele lhe entregava o cheque ainda por descontar; o extrato mostrava os ganhos acumulados.

Ela tentara fazê-lo ver que não precisava mais se sentir deprimido por causa de dinheiro, que estavam liquidando os juros do cartão de crédito acumulados durante o período de desemprego. Parecia não fazer diferença. Na realidade, nada mais parecia ter importância para ele.

Continuavam morando na pequena Cape Cod, em Little Neck, no Queens, na casa em que tinham planejado ficar apenas durante o começo da vida de casados, havia 13 anos. Mas o nascimento de três filhos em sete anos significara comprar beliches em vez de se mudarem para uma casa maior. Lisa costumava fazer piadas sobre isso, mas sabia que isso agora incomodava Jimmy.

Quando o despertador finalmente tocou, ela o desligou; depois, com um suspiro, virou-se para o marido:

— Jimmy. — Sacudiu-lhe o ombro. — Jimmy.

Sua voz aumentou de tom, embora tentasse evitar mostrar o receio que sentia.

Finalmente conseguiu acordá-lo.

— Obrigada, meu bem — murmurou ele com indiferença, e desapareceu no banheiro.

Lisa saltou da cama, foi até a janela e abriu a persiana. Ia ser um lindo dia. Amarrou o cabelo castanho-claro num nó, prendendo-o no alto da cabeça, e pegou o robe. De repente, desperta, decidiu tomar o café da manhã com Jimmy.

Ele entrou na cozinha dez minutos depois e mostrou-se surpreso ao vê-la. Nem reparou que me levantei, pensou Lisa tristemente.

Ela o observou cautelosamente, para que ele não percebesse a preocupação em seus olhos. Há alguma coisa de terrivelmente vulnerável na maneira como ele me olha esta manhã, pensou. Ele acha que vou começar a atormentá-lo para procurar ajuda psicológica.

Procurando manter a voz despreocupada, disse:

— Está um dia lindo demais para ficar na cama. Resolvi tomar uma xícara de café com você e ver os pássaros acordarem lá fora.

Jimmy era um homem grande, com cabelos outrora vermelho-vivo e agora vermelho-acobreado. Tinha uma aparência saudável graças ao trabalho ao ar livre, mas Lisa se deu conta de que o rosto começava a ficar enrugado.

— É uma boa ideia, Lissy — disse ele.

Não se sentou, mas permaneceu em pé ao lado da mesa enquanto sorvia goles de café, e abanou a cabeça, recusando mais torrada ou cereal.

— Não me espere para jantar. Os chefões vão se reunir às 17 horas no barco chique de Cauliff. Talvez ele vá me demitir e queira fazer isso com estilo.

— Por que ele haveria de demiti-lo? — Lisa perguntou, esperando que a voz não traísse sua ansiedade.

— Estou brincando. Mas, se acontecer, talvez ele esteja me fazendo um favor. Como vai o negócio das unhas? Será que dá para você sustentar todos nós?

Lisa se aproximou do marido e passou os braços em redor de seu pescoço.

— Acho que você vai se sentir muito melhor depois de me dizer o que o está atormentando.

— Continue pensando assim. — Os braços fortes de Jimmy Ryan puxaram a mulher para junto dele. — Eu te amo, Lissy. Nunca esqueça disso.

— Nunca esqueci. E...

— Já sei: "Eu também, pode acreditar."

Ele sorriu levemente ante a expressão estúpida que tanto os divertia quando eram adolescentes.

Depois, voltou-se e se encaminhou para a porta. No instante em que a fechou atrás de si, Lisa pensou ouvi-lo dizer: "Sinto muito."

5

NAQUELA MANHÃ, NELL DECIDIU FAZER UM CAFÉ ESPEcial para Adam, mas logo se irritou ao pensar que estaria usando a comida como pretexto para convencê-lo a aceitar a carreira a qual ela tinha todo o direito de escolher. Isso, no entanto, não impediu que continuasse com os preparativos. Com um sorriso triste, lembrou-se de um livro de cozinha que pertencera à avó materna. Na capa, lia-se: O CAMINHO PARA O CORAÇÃO DE UM HOMEM PASSA PELO ESTÔMAGO. Sua mãe, uma antropóloga de carreira e péssima cozinheira, costumava zombar disso com o pai.

Ao sair da cama, ouviu Adam no chuveiro. Nell havia despertado quando ele chegara no apartamento na noite passada, mas decidira não dizer que estava acordada. Sim, ela sabia que eles precisavam conversar, mas às 2 da madrugada não parecia o momento ideal para discutir a reunião da tarde anterior com o avô.

Ela teria de ter essa conversa durante o café da manhã, mesmo porque iriam estar com Mac aquela noite e ela queria resolver o assunto antes disso.

Mac lhe telefonara na noite anterior, lembrando-a de que eram esperados na festa dos 75 anos da irmã, Gert, tia-avó de Nell, que ele oferecia no restaurante Four Seasons.

"Mac, não pensou que fôssemos esquecer disso, pensou?", ela perguntara. "É lógico que estaremos lá." Mas não acrescentou que preferia que o assunto de sua possível candidatura não viesse à baila; não valia a pena, uma vez que certamente surgiria durante o jantar. Isso queria dizer que ela teria de comunicar a Adam pela manhã sua decisão de concorrer. Ele nunca a perdoaria se ficasse sabendo por Mac.

Quase sempre, Adam saía de casa por volta das 7h30; Nell procurava chegar a seu gabinete de trabalho às 8, o mais tardar, para começar a coluna do dia seguinte. No entanto, antes disso costumavam tomar o café da manhã juntos, mesmo que em silêncio, uma vez que ambos liam os jornais.

Não seria ótimo se Adam efetivamente compreendesse o quanto eu gostaria de tentar ocupar o antigo lugar de Mac no Congresso, ou ao menos participar da emoção deste ano de eleições?, pensou ao pegar um pacote de ovos da geladeira. Não seria incrível se eu não tivesse que continuar andando numa corda bamba entre os únicos dois homens importantes para mim? Não seria bom se Adam não encarasse meu desejo de seguir uma carreira política como uma ameaça a ele e à nossa relação?

Ele *costumava* compreender, pensou ela enquanto punha a mesa, servia o suco de laranja fresco e pegava a cafeteira. Ele dizia que esperava ansiosamente pela oportunidade de obter um bom lugar na Galeria dos Visitantes no Capitólio. Isso fora três anos antes. O que o fizera mudar de ideia?

Tentou não se perturbar com o ar preocupado de Adam quando este entrou na cozinha, sentou-se junto à bancada onde tomavam o café da manhã e pegou o *Wall Street Journal*, tudo com apenas um aceno em sinal de agradecimento.

— Obrigada, Nell, mas sinceramente estou sem fome — disse ele quando ela lhe ofereceu a omelete que tinha preparado. Tanto esforço para nada, pensou ela.

Sentou-se diante dele e refletiu sobre a melhor abordagem. Por sua expressão carrancuda, sabia que esse não era o melhor momento para iniciar uma discussão sobre sua possibilidade de se candidatar ao Congresso. Tanto pior, pensou ela, começando a se sentir irritada. Talvez eu tenha que seguir em frente sem sua aprovação.

Ela pegou sua xícara de café e baixou os olhos para a primeira página do *Times*. Um dos artigos em destaque lhe chamou a atenção.

— Meu Deus, Adam, já viu isto? É possível que o promotor público apresente queixa contra Robert Walters e Len Arsdale por fraudes em licitações.

— Sei disso. — Sua voz estava controlada, equilibrada.

— Você trabalhou com eles quase três anos — disse ela, chocada. — Será que vai ser interrogado?

— Provavelmente — respondeu ele sem rodeios. Depois, deu um sorriso forçado. — Diga a Mac que ele não tem com que se preocupar. A honra da família permanecerá intacta.

— Adam, eu não estava me referindo a isso.

— Convenhamos, Nell, posso lê-la como um livro. Você está tentando descobrir uma forma de me dizer que o velho a convenceu a se candidatar. Quando ele abrir o jornal esta manhã, a primeira coisa que fará será telefonar para você e lhe dizer que ter meu nome associado a uma investigação como esta poderá prejudicar suas chances. Estou certo, não estou?

— Está certo sobre minha vontade de me candidatar, mas a possibilidade de que você pudesse me prejudicar nunca me passou pela cabeça — disse Nell com calma. — Acho que o conheço suficientemente bem para saber que não é desonesto.

— Existem vários graus de honestidade no ramo da construção civil, Nell. Felizmente para você, meus princípios são elevados, uma das muitas razões pelas quais saí da Walters & Arsdale. Acha que isso vai satisfazer Mac, o Ícone?

Nell se levantou, a irritação espelhada no rosto.

— Adam, olhe, posso entender que esteja aborrecido, mas não se vingue em mim. E, como tocou no assunto, vou lhe dizer: sim, decidi concorrer ao lugar de Mac, uma vez que Bob Gorman vai desistir, e acho que seria bom se me apoiasse.

Adam deu de ombros e balançou a cabeça.

— Nell, tenho sido honesto com você. Desde que nos casamos, vi que a política é uma forma de vida totalmente absorvente. Pode ser duro para o casamento. Muitos não sobrevivem. Mas a decisão é evidentemente sua, e evidentemente você já a tomou.

— Sim, tomei — ela disse, lutando para manter a voz calma. — Portanto, por favor, tenha a gentileza de aceitar de bom grado, porque eu tenho novidades para você, Adam: é muito pior para o casamento quando um dos cônjuges tenta impedir que o outro faça o que deseja. Sempre tentei ajudá-lo em sua carreira. Portanto, por favor: me ajude na minha, ou pelo menos não torne as coisas tão difíceis para mim.

Ele empurrou a cadeira para trás e se levantou.

— Então, parece-me que estamos conversados. — Fez menção de sair, mas voltou atrás. — Não se preocupe com o jantar desta noite. Temos uma reunião marcada no barco; comerei alguma coisa na cidade.

— Adam, Gert faz 75 anos hoje. Ela vai ficar muito desapontada se você não for.

Ele a encarou.

— Nell, nem mesmo por Gert, de quem tanto gosto. Desculpe, mas simplesmente não quero passar esta noite com Mac.

— Adam, por favor. Certamente você pode ir depois da reunião. Não importa que chegue tarde, desde que pelo menos faça uma breve aparição.

— Aparição? Vejo que a linguagem de campanha já começou. Desculpe, Nell. — Com largas passadas, ele alcançou o saguão.

— Então, raios o partam, talvez seja melhor você nem voltar para casa.

Adam parou e voltou-se para encará-la.

— Nell, espero que você não esteja falando sério.

Entreolharam-se em silêncio por um longo momento, depois ele saiu.

6

A MAIS RECENTE NAMORADA DE SAM KRAUSE, DINA Crane, não ficou nada feliz quando ele telefonou na sexta-feira de manhã para cancelar o encontro daquela noite.

— Eu poderia encontrá-lo no bar do Harry depois da reunião — sugeriu ela.

— Olhe, são negócios, e não sei quanto tempo vai demorar — disse ele rudemente. — Temos muita coisa para resolver. Telefono no sábado.

Desligou sem dar a Dina a oportunidade de retrucar. Estava sentado em seu escritório particular na Terceira Avenida com a 40th Street, uma grande e arejada sala de canto, com as paredes cobertas por desenhos de artistas representando os arranha-céus edificados pela construtora Sam Krause.

Eram apenas 10 horas, e seu estado de espírito já inquieto tinha sido exacerbado pelo telefonema que recebera do gabinete do promotor público marcando um encontro.

Levantou-se e foi até a janela, onde ficou olhando sombriamente a atividade na rua, 16 andares abaixo. Observou um carro que habilmente serpenteava por entre o trânsito congestionado e fez uma careta sorridente quando o veículo ficou entalado atrás de um caminhão que parara de repente, obstruindo as duas vias.

Mas o sorriso desapareceu quando Sam se deu conta de que, de certa forma, ele era igual àquele carro. Ultrapassara uma grande quantidade de obstáculos ao longo da vida para chegar até ali, e agora um obstáculo maior se interpunha em seu caminho, ameaçando imobilizá-lo totalmente. Pela primeira vez desde a adolescência, sentiu-se vulnerável.

Aos 55 anos, era um homem de ossatura larga, estatura média, pele curtida, cabelos começando a rarear e natureza independente. Nunca dera grande importância à própria aparência. O que o tornava atraente para as mulheres era seu ar de total autoconfiança e a inteligência cínica que transparecia nos olhos cor de ardósia. Algumas pessoas o respeitavam. Muitas mais o temiam. Pouquíssimas gostavam dele. Por todas elas, Sam sentia um divertido desprezo.

O telefone tocou, seguido pelo sinal do interfone de sua secretária.

— Sr. Lang — anunciou ela.

Sam fez uma careta. As Empresas Lang eram o terceiro parceiro no empreendimento da Torre Vandermeer. Seus sentimentos em relação a Peter Lang iam da inveja, uma vez que ele provinha de família abastada, a uma rancorosa admiração por sua genialidade para descobrir propriedades aparentemente sem valor que se revelavam minas de ouro imobiliárias.

Foi até a mesa e pegou o fone.

— Então, Peter? Pensei que estivesse jogando golfe.

Peter estava ligando da propriedade à beira-mar que herdara do pai em Southampton.

— E estou. Só queria ter certeza de que a reunião de hoje à noite está de pé.

— Está — disse-lhe Sam, desligando sem se despedir.

7

A coluna de Nell, cujo título era "Por Toda a Cidade", saía três vezes por semana no *NewYork Journal*. Incluía variados comentários sobre o que se passava na cidade, da arte à política, de eventos sociais a assuntos da vida cotidiana. Começara a escrevê-la havia dois anos, quando Mac se aposentara e ela recusara o convite de Bob Gorman para presidir os escritórios do Congresso em Nova York.

Mike Stuart, editor do jornal e amigo de longa data de Nell e Mac, tinha sugerido a coluna.

— Com todas as cartas que escreveu para a Seção de Opinião, você tem praticamente trabalhado para nós de graça, Nell — dissera-lhe. — Você é uma escritora e tanto, e inteligente também. Por que não ser paga para dar sua opinião, para variar?

Também vou ter que abdicar desta coluna ao me candidatar, pensou Nell ao entrar em sua sala de trabalho.

Também? Do que estou falando?, perguntou-se. Depois que Adam saíra naquela manhã, ela seguira sua rotina com energia movida a raiva. Em menos de meia hora tinha tirado a mesa, arrumado a cozinha e feito a cama. Lembrou-se de que Adam mudara de roupa no quarto de hóspedes na noite anterior. Uma rápida inspeção revelou que ele tinha deixado o blazer azul e a pasta em cima da cama.

Saiu tão apressado que não se lembrou deles, pensou Nell. Pararia provavelmente em alguma obra e estava vestindo apenas uma jaqueta leve. Bem, se precisar do blazer e da pasta, ele que volte para buscá-los, ou, melhor ainda, mande alguém. Não vou bancar a mensageira para ele hoje. Pegou o blazer e pendurou-o no armário; colocou a pasta sobre a escrivaninha dele no pequeno quarto, o terceiro, que servia de gabinete de trabalho para ambos.

Mas uma hora depois, sentada à escrivaninha, de banho tomado e vestida com seu "uniforme" — como ela chamava a calça jeans, a camisa um número acima e os tênis —, foi impossível ignorar o fato de que nada tinha feito para amenizar a situação. A ponto de ter dito a Adam que não voltasse para casa naquela noite.

E se ele levar a sério?, perguntou-se, mas depois se recusou a considerar essa possibilidade. Podemos estar passando por um problema grave neste momento, mas nada tem a ver com o que sentimos um pelo outro.

Ele já deve estar no escritório. Vou telefonar para ele. Fez menção de pegar o telefone, mas rapidamente se retraiu. Não, não vou telefonar. Fiz a vontade dele quando, há dois anos, me pediu para não me candidatar ao lugar de Mac e me arrependi todos os dias desde então. Se eu não for firme agora ele vai pensar que eu me rendi completamente — e não há nenhuma razão pela qual eu deva ceder. Há muitas mulheres no Congresso hoje — mulheres que se preocupam com seus maridos e filhos. Além disso, não é justo: eu nunca pediria a Adam que abrisse mão de sua carreira como arquiteto ou coisa semelhante.

Nell começou resolutamente a ler as anotações que fizera para a coluna que iria escrever naquela manhã, mas, sem conseguir se concentrar, abandonou-as.

Seus pensamentos estavam voltados para os acontecimentos da noite anterior.

Quando Adam se enfiara na cama, adormecera quase imediatamente. Ao ouvir sua respiração regular, Nell se aconchegara a ele, que, dormindo, a abraçara e murmurara seu nome.

Os pensamentos de Nell voltaram-se para quando eles tinham se conhecido — fora num coquetel, e ela imediatamente o achara o homem mais atraente do mundo. Era o sorriso — aquele sorriso calmo e doce. Tinham saído juntos da festa e ido jantar. Ele lhe dissera que ia sair da cidade a negócios por uns dois dias, mas que telefonaria na volta. Duas semanas se passaram até que ele telefonasse, duas semanas que, para Nell, tinham sido as mais longas de sua vida.

Foi então que o telefone tocou. Adam, pensou ela, pegando o fone.

Era o avô.

— Nell, acabei de ler o jornal! Espero em Deus que aquele megalômano do Adam não tenha com que se preocupar com essa investigação na Walters & Arsdale. Ele estava lá no período que estão investigando, portanto, se tivesse havido alguma fraude, ele estaria a par. Ele precisa nos dizer a verdade; não quero que prejudique suas chances de ganhar esta eleição.

Nell deu um suspiro profundo antes de responder. Amava muito o avô, mas às vezes ele fazia com que tivesse vontade de gritar.

— Mac, Adam saiu da Walters & Arsdale exatamente porque não gostava de algumas das coisas que se passavam por lá. Portanto, você não precisa se preocupar com coisa alguma nesse sentido. Por falar nisso, não lhe pedi ontem para, por favor, não se referir a Adam como megalômano ou coisa do gênero?

— Desculpe.

— Você não me parece arrependido.

Mac ignorou o comentário.

— Vejo-a logo mais à noite. E, por falar nisso, liguei para Gert para lhe desejar um feliz aniversário, e, não posso deixar de dizer, acho que a mulher está maluca. Disse-me que iria passar o dia num evento qualquer de comunicação espiritual. Felizmente, não tinha esquecido da festa de hoje à noite, e esperava muito animada pelo jantar. Falou também da expectativa de conversar com seu marido, que não vê há tempos. Por alguma razão, ela parece achar que ele é o centro do universo.

— É, eu sei.

— Perguntou-me se ela podia trazer alguns daqueles médiuns com quem se dá, mas eu lhe disse que nem pensar.

— Mas, Mac, é o aniversário dela — protestou Nell.

— Pode ser, mas não estou a fim de aturar aqueles malucos me observando, mesmo a distância, para ver se minha aura está se modificando ou, pior ainda, desaparecendo. Tenho que ir. Vejo-a logo mais à noite, Nell.

Ela colocou o fone no gancho e se recostou na cadeira. Concordava com o avô em que Gert era uma excêntrica na acepção da palavra, mas não "maluca", como ele dissera. Após a morte dos pais de Nell, ela fora muito apoiada por Gert, que se tornara uma combinação de mãe substituta e avó. E, lembrou-se Nell, foi justamente a crença de Gert em fenômenos paranormais que a fez compreender o que eu queria dizer quando senti a presença de papai e mamãe tanto no dia da morte deles como quando fui apanhada pela correnteza no Havaí. Gert compreendia porque também tinha essas sensações.

É claro que para Gert significavam mais que "sensações", pensou Nell com um sorriso. Está ativamente envolvida com pesquisa psíquica há muito tempo. Não. Nell não estava preocupada com a saúde mental de Gert, mas com a saúde física, porque sua tia-avó não tinha estado bem ultimamente. Mas chegara aos 75 anos com a maioria das faculdades intactas, e o mínimo que Adam podia fazer era dar o ar de sua graça nessa noite. Caso contrário, iria desapontá-la terrivelmente.

Essa conclusão apagou qualquer intenção que Nell tivesse de ligar para Adam e tentar resolver as coisas entre eles. Estava convencida de que, mais cedo ou mais tarde, isso ia acontecer. Mas não seria ela a tomar a iniciativa — pelo menos por enquanto.

8

DAN MINOR HERDARA DO PAI A ALTURA E OS OMBROS estreitos, mas não o rosto. As feições acentuadamente sofisticadas e atraentes de Preston Minor tinham sido suavizadas e atenuadas pela combinação genética com a beleza delicada de Kathryn Quinn.

Os brilhantes olhos azuis de Preston eram mais escuros e mais calorosos no rosto do filho. A boca e a linha do queixo eram mais harmoniosas e mais descontraídas. Os genes dos Quin também haviam dotado Dan de um rebelde cabelo alourado.

Um colega observara que, mesmo de calças cáqui, camiseta e tênis, Dan Minor parecia um médico. Era uma observação correta. Dan tinha um jeito de cumprimentar as pessoas que expressava interesse genuíno — interesse este seguido por um segundo olhar perscrutador, como se estivesse se certificando de que tudo corria bem. Dan talvez estivesse predestinado a ser médico; certamente era o que sempre quisera. De fato, ele não apenas sabia que viria a ser médico, como também cirurgião pediatra. Era uma escolha baseada em razões pessoais, e apenas um punhado de pessoas compreendia o porquê dessa decisão.

Dan fora criado em Chevy Chase, Maryland, pelos avós maternos. Quando menino, aprendera a lidar com as ocasionais e raras visitas do pai com crescente desinteresse, o que acabou por se transformar em desprezo. Não via a mãe desde os 6 anos, embora uma fotografia dela — sorridente, o cabelo esvoaçante enquanto o abraçava — estivesse sempre num compartimento secreto de sua carteira. A foto, tirada quando tinha 2 anos, era a única lembrança concreta da mãe.

Dan se formara na Universidade Johns Hopkins e fizera residência no hospital St. Gregory, em Manhattan; quando fora convidado a voltar e dirigir a nova unidade de queimados, aceitou. Sua natureza irrequieta e a consciência de que se iniciava um novo milênio o convenceram de que era hora de mudar de vida. Tinha estabelecido uma sólida reputação como cirurgião especializado em vítimas de queimaduras num hospital de Washington. Nessa altura, tinha 36 anos, e seus velhos avós estavam se mudando para uma comunidade de aposentados na Flórida. E, apesar de continuar muito dedicado a eles, não sentia a necessidade de um contato tão próximo. Quanto ao pai, nada havia melhorado entre eles. Na mesma época em que os avós se mudaram para a Flórida, o pai voltara a se casar. Mas Dan não tinha ido ao quarto casamento, como tampouco fora ao terceiro.

O novo trabalho em Manhattan começava no dia 1º de março. Dan fechou sua clínica particular e passou alguns dias em Nova York, procurando um lugar para morar. Em fevereiro, comprou um apartamento no SoHo, na baixa Manhattan, para onde enviou os poucos objetos que decidira guardar de seu minimamente mobiliado apartamento de Washington. Felizmente, contava também com os lindos móveis da casa dos avós, o que lhe permitiu criar um ambiente cheio de estilo.

Sociável por natureza, Dan gostou dos jantares de despedida e das reuniões organizados pelos amigos, incluindo aqueles com as três ou quatro mulheres que namorara ao longo dos anos. Tendo recebido de presente de um de seus amigos uma bela carteira, ao passar para ela a carteira de motorista, os cartões de crédito e o dinheiro, hesitou ligeiramente e depois decidiu pegar a velha foto e colocá-la no álbum de família que os avós iam levar para a Flórida. Sabia que estava na hora de deixar para trás tudo o que ela representava. Uma hora depois, mudou de ideia e a apanhou de volta.

Então, sentindo um misto de saudade e alívio, acompanhou os avós até o trem para a Flórida, entrou no jipe e rumou para o norte. Era um percurso de quatro horas da estação ferroviária na capital até sua nova casa. Ao chegar ao apartamento em Manhattan, largou as malas, fez mais algumas viagens com o resto da bagagem e depois estacionou o carro numa garagem próxima. Ansioso por conhecer melhor o novo bairro, foi à procura de um lugar para jantar. Uma das coisas que mais o atraíam na área do SoHo era a vida criada pela profusão de restaurantes. Encontrou um a que não fora ainda, comprou o jornal e sentou-se a uma mesa perto da janela.

Enquanto tomava um drinque, começou a ler a primeira página do jornal, mas logo ergueu os olhos para observar as pessoas na rua. Com um esforço consciente, voltou a se concentrar no artigo que começara a ler. Uma de suas resoluções para o novo milênio era a de tentar parar de procurar o que nunca encontraria. Havia lugares demais por onde procurar, e as possibilidades de encontrá-la eram tênues.

Mas, mesmo enquanto pensava nessa decisão, uma voz persistente se fazia ouvir em sua mente, lembrando-o de que uma das razões que o levara a se mudar para Nova York fora a esperança de encontrá-la. Era o último lugar onde tinha sido vista.

Horas depois, deitado na cama e ouvindo o longínquo rumor do trânsito na rua, Dan decidiu fazer uma última tentativa. Se até o fim de junho não tivesse encontrado nada, poria fim à sua procura.

Adaptar-se à nova função e ao novo ambiente consumiu-lhe a maior parte do tempo. No dia 9 de junho, atrasou-se graças a uma cirurgia de emergência no hospital e teve de esperar até o dia seguinte para fazer o que jurara ser a última tentativa de encontrar a mãe. Dessa vez, seu destino era a área sul do Bronx, uma região ainda abandonada da cidade de Nova York, embora bastante melhorada nos últimos vinte anos. Sem grande esperança ou expectativas, começou a fazer as perguntas habituais, mostrando a foto que ainda trazia consigo.

E então, aconteceu. Uma mulher malvestida, aparentando 50 anos, de rosto com ar de preocupado e olhos sem vida, sorriu-lhe subitamente e disse:

— Acho que você está procurando minha amiga Quinny.

9

WINIFRED JOHNSON, DE 52 ANOS, NÃO CONSEGUIA ENtrar no saguão do prédio residencial na Park Avenue, onde morava seu patrão, sem se sentir intimidada. Trabalhara três anos com Adam Cauliff, primeiro na Walters & Arsdale, depois na empresa que ele abrira no último outono. Desde o início ele confiara nela.

Mesmo assim, quando ia a seu apartamento, ela não conseguia se livrar da sensação de que um dia o porteiro lhe diria para usar o elevador de serviço, do outro lado.

Sabia que sua atitude provinha do ressentimento pelos pais por imaginadas situações de menosprezo. Desde sempre lembrava-se de ter ouvido as queixas dos dois por causa de pessoas que tinham sido rudes com eles: *Usam a pouca autoridade que têm com pessoas como nós, que não podem se defender. Fique atenta, Winifred. A vida é assim mesmo.* O pai fora para a cova vituperando contra as indignidades que sofrera durante quarenta anos nas mãos de seu empregador, e a mãe se encontrava agora numa casa de repouso, onde não poupava queixas sobre supostos menosprezos e negligências deliberadas.

Winifred pensou na mãe enquanto o porteiro lhe abria a porta com um sorriso. Havia alguns anos conseguira instalar a mãe numa nova e elegante casa de repouso, mas nem isso pusera fim às lamentações. A felicidade, e mesmo a satisfação, lhe pareciam impossíveis. Winifred reconhecera esse traço em si mesma e se sentira impotente diante disso. Até o dia em que resolvi ficar esperta, disse a si própria com um sorriso secreto.

Uma mulher magra, de aspecto frágil, Winifred usava sempre conjuntos sóbrios de executiva; como adornos, apenas brinquinhos e um fio de pérolas. Discreta a ponto de as pessoas esquecerem de sua presença, ela absorvia tudo, reparava em tudo e se lembrava de tudo. Começara a trabalhar para a Walters & Arsdale ao se formar na escola de secretariado, mas em todos aqueles anos nenhum dos dois homens tinha reconhecido seu valor ou percebido que ela sabia tudo sobre o ramo da construção civil. Adam Cauliff, no entanto, notara-o imediatamente. Tinha por ela consideração e reconhecera seu valor. Costumava brincar com ela, dizendo:

— Winifred, há muita gente que deveria rezar para que você nunca decida escrever sua biografia.

A frase fora ouvida por Robert Walters, que não escondera sua perturbação e desagrado. Mas Walters sempre fora bruto com ela; nunca fora simpático. Ele que pague por isso, pensou Winifred. E pagará.

Nell nunca o valorizou devidamente. Adam não precisava de uma mulher de carreira com um avô famoso que exigia tanto dela, a ponto de não ter tempo para o próprio marido. Às vezes, Adam dizia:

— Winifred, Nell está de novo ocupada com o velhote. Não quero jantar sozinho. Vamos comer alguma coisa.

Ele merecia mais. Às vezes, Adam lhe contava sobre sua infância numa fazenda em Dakota do Norte, quando tirava da biblioteca local livros com fotos de belos edifícios.

— Quanto mais alto, melhor, Winifred — brincava. — Quando alguém construía uma casa de três andares em nossa cidade, havia gente que dirigia 30 quilômetros para ir ver.

Em outras ocasiões, encorajava-a a falar, e ela começara a bisbilhotar sobre pessoas da indústria da construção. Na manhã seguinte, ela se perguntava se não teria falado demais, a loquacidade exacerbada pelo vinho que Adam servia continuamente. Mas nunca chegou a se sentir preocupada; confiava em Adam — havia uma confiança mútua —, e ele apreciava suas histórias sobre o mundo da construção, histórias do tempo em que começara a trabalhar com a Walters & Arsdale, contadas do ponto de vista de quem estava por dentro.

— Quer dizer que a velha raposa hipócrita estava recebendo suborno quando aquelas propostas foram feitas? — exclamava ele; em seguida, ao vê-la envergonhada por ter falado demais, tranquilizava-a. Prometia que nunca diria uma palavra sobre o que ela lhe contara para quem quer que fosse.

Ela também se lembrava da noite em que ele dissera acusadoramente:

— Winifred, você não me engana. Existe alguém na sua vida.

— E ela respondera que sim, tinha até dito o nome. Foi quando realmente começou a confiar nele. Confidenciara-lhe que tinha as coisas sob controle.

O funcionário uniformizado da recepção desligou o interfone.

— Pode subir, Sra. Johnson. A Sra. Cauliff está à sua espera.

Adam lhe pedira para buscar a pasta e o blazer azul-marinho a caminho da reunião. Como era típico dele, desculpou-se pelo pedido.

— Saí com tanta pressa esta manhã que me esqueci deles. Deixei-os em cima da cama do quarto de hóspedes. As anotações para a reunião estão na pasta, e precisarei do blazer caso eu mude de ideia e resolva encontrar Nell no Four Seasons.

Winifred sentira, por seu tom de voz, que ele e Nell deviam ter tido um desentendimento sério, e o fato de ouvi-lo falar aumentou sua certeza de que o casamento deles estava prestes a desmoronar.

Ao entrar no elevador, pensou na reunião agendada para mais tarde. Estava contente que o local do encontro tivesse sido transferido para o iate. Ela adorava navegar. Parecia-lhe romântico, mesmo quando se tratava estritamente de negócios.

Seriam apenas cinco os participantes. Além dela, estariam presentes os três sócios no empreendimento da Torre Vandermeer — Adam, Sam Krause e Peter Lang. O quinto elemento era Jimmy Ryan, o contramestre de Sam. Winifred não sabia ao certo por que o teriam convocado. Sabia apenas que ele estava muito deprimido ultimamente. Talvez quisessem descobrir a raiz do problema e resolvê-lo.

Sabia que todos estariam preocupados com a história que saíra nos jornais daquela manhã, embora ela própria não estivesse. Na verdade, estava bastante impaciente com tudo aquilo.

O pior que podia acontecer numa situação dessas, mesmo se a acusação fosse provada, era ter de se pagar uma multa, disse a si própria. Basta enfiar a mão no bolso para resolver o assunto.

O elevador abriu diretamente no saguão do apartamento, onde Nell esperava por ela.

Winifred viu o sorriso cordial de boas-vindas abandonar o rosto de Nell tão logo deu um passo à frente.

— Alguma coisa errada? — perguntou ansiosamente.

Meu Deus, pensou Nell, subitamente alarmada, por que isto está acontecendo? Mas, ao olhar para Winifred, foi invadida por um pressentimento: *A viagem de Winifred neste plano está concluída.*

10

Adam chegou ao iate 15 minutos antes da hora marcada. Ao entrar na cabine, viu que o fornecedor deixara uma seleção de queijos e um prato de biscoitos sobre o aparador. O armário de bebidas e a geladeira provavelmente teriam sido verificados e reabastecidos na mesma ocasião, portanto, não se deu ao trabalho de olhar.

Chegara à conclusão de que a atmosfera informal do iate, juntamente com o tom social que as bebidas davam à reunião, serviam para destravar a língua — tanto a dos sócios como a de potenciais clientes. Nessas ocasiões, a bebida favorita de Adam, vodca com gelo, era muitas vezes só água, um fato que ele mantinha habilmente em sigilo.

Durante todo o dia ele estivera tentado a ligar para Nell, mas finalmente desistira. Odiava brigar com ela, quase tanto quanto começara a odiar a figura de seu avô. Nell simplesmente se recusava a admitir a razão pela qual Mac queria que ela se candidatasse a seu antigo posto: pretendia usá-la como sua marionete. Toda aquela conversa piegas sobre antes se aposentar aos 80 anos do que ser o mais velho membro do Congresso era bobagem. A verdade é que o candidato apoiado pelos democratas contra ele naquela época era forte e podia ter provocado uma virada. Mac não queria se aposentar; só não queria sair com uma derrota.

É claro, ele simplesmente não queria sair, ponto final. Então, agora, usaria Nell, figura pública, inteligente, muito atraente, articulada e popular, para ganhar o lugar — e o poder — para ele.

Pondo de lado a imagem de Cornelius MacDermott, Adam foi verificar o nível do combustível. Como esperava, o tanque estava cheio. Depois que saíra com o iate na semana anterior, a firma responsável pelos serviços viera inspecioná-lo e reabastecê-lo.

— Olá. Sou eu.

Adam se apressou até o convés para ajudar Winifred a embarcar. Ficou satisfeito ao ver que ela trazia sua pasta e o blazer embaixo do braço.

Mas era óbvio que alguma coisa a afligia — podia senti-lo pela forma como ela se movia e mantinha a cabeça para trás.

— Qual o problema, Winifred? — perguntou.

Ela tentou sorrir, mas não conseguiu.

— Sou mesmo transparente para você, não sou, Adam? — Agarrando a mão dele, deu uma passada larga até o convés. — Tenho que lhe fazer uma pergunta, mas você deve ser completamente honesto — disse, ansiosa. — Fiz alguma coisa para deixar Nell com raiva de mim?

— O que quer dizer?

— Ela estava completamente diferente quando passei pelo apartamento. Agiu como se estivesse louca para se ver livre de mim.

— Não é nada contra você. Não acho que ela tenha agido assim por sua causa. Nell e eu tivemos um desentendimento esta manhã — disse Adam calmamente. — Imagino que estivesse preocupada com isso.

Winifred não soltara a mão dele.

— Se quiser falar no assunto, pode contar comigo.

Adam se libertou do aperto de mão.

— Sei que posso, Winifred. Obrigado. Veja, Jimmy chegou.

Jimmy Ryan se sentia claramente pouco à vontade no barco. Não se preocupara em se arrumar após um dia inteiro na obra. Suas botas de trabalho deixavam marcas de pó no tapete da cabine ao seguir a sugestão de Adam para pegar a bebida que quisesse.

Winifred ficou a observá-lo enquanto ele se servia de um uísque particularmente forte, pensando que talvez devesse falar com Adam sobre Jimmy mais tarde.

Ainda na cabine, Jimmy Ryan sentou-se à mesa, como que a postos para começar a reunião. No entanto, quando se deu conta de que nem Adam nem Winifred tinham intenção de sair do convés, ele se levantou pouco à vontade, mas sem fazer qualquer esforço para se juntar a eles.

Sam Krause chegou dez minutos depois, bradando contra o trânsito e a incompetência de seu motorista. Em consequência disso, subiu ao iate de mau humor, dirigindo-se diretamente para a cabine. Com um leve aceno para Jimmy, serviu-se de um gim puro e saiu para o convés.

— Vejo que Lang está atrasado como sempre — lamentou rispidamente.

— Falei com ele antes de sair do escritório — disse Adam. — Estava no carro, indo para a cidade, portanto, deve estar chegando a qualquer minuto.

Cerca de meia hora depois, o telefone tocou. A voz de Peter Lang estava claramente tensa:

— Tive um acidente. Um daqueles malditos caminhões-reboque. Foi uma sorte eu não ter morrido. Os policiais querem que eu vá ao hospital, e acho melhor ir por uma questão de segurança. Podem desmarcar a reunião ou fazê-la sem mim; a decisão é de vocês. Depois do médico, vou voltar para casa.

Cinco minutos depois o *Cornelia II* zarpava. A brisa leve estava mais forte, e nuvens começavam a se formar, encobrindo o sol.

11

— Não estou me sentindo bem — queixou-se Ben Tucker, de 8 anos, ao pai, ambos apoiados na amurada da barca de turismo que voltava da visita à Estátua da Liberdade.

— A água está ficando agitada — admitiu o pai —, mas logo estaremos em terra. Concentre-se na paisagem. Você não vai voltar a ver Nova York tão cedo, e quero que se lembre de tudo que viu.

Os óculos de Ben estavam embaçados, e ele os tirou para limpar. Ele vai me dizer de novo que a Estátua da Liberdade foi oferecida aos Estados Unidos pela França, mas que só foi colocada aqui quando aquela senhora, Emma Lazarus, escreveu um poema para ajudar a angariar fundos para uma base. Ele vai me dizer de novo que meu tataravô era uma das crianças que ajudaram a coletar o dinheiro. "Venham a mim as massas que anseiam pela liberdade." Tudo bem. Mas me dá um tempo, pensou Ben.

Na realidade, tinha gostado de ter ido à Estátua da Liberdade e à Ilha de Ellis, mas agora estava arrependido de ter vindo, porque achava que ia vomitar. Aquela banheira cheirava a óleo diesel.

Com certa inveja, olhou os iates ao redor do porto de Nova York. Gostaria de estar em um deles. Algum dia, quando tivesse dinheiro, essa era a primeira coisa que faria — comprar um iate. Quando iniciaram a viagem, havia poucas horas, cerca de duas dúzias de iates estavam na água. Agora que começava a ficar nublado, o número tinha se reduzido.

Os olhos de Ben se fixaram ao longe num iate que realmente chamava a atenção: o *Cornelia II*. Tinha um grau tão alto de hipermetropia que mesmo sem óculos podia ler as letras.

De repente seus olhos se arregalaram.

— Não-ão-o-o..!

Não se dera conta de ter falado em voz alta, nem de que a palavra que dissera — meio protesto, meio oração — tinha sido repetida por todos os que se encontravam na proa do barco de turismo e pelas pessoas que, na parte baixa de Manhattan e Nova Jersey, estivessem olhando, naquele instante, por acaso, naquela direção.

O *Cornelia II* explodira subitamente, transformando-se numa imensa bola de fogo, lançando faiscantes pedaços de destroços para o alto antes de caírem na água do canal que unia o oceano Atlântico ao porto de Nova York.

Antes que o pai de Ben pudesse virar seu rosto, apertando-o contra si, e antes que o misericordioso estado de choque impedisse sua visão de corpos sendo despedaçados, Ben registrou uma impressão que se alojou imediatamente em seu subconsciente, onde permaneceria, tornando-se a causa de inúmeros pesadelos.

12

E EU ATÉ LHE DISSE QUE NÃO VIESSE PARA CASA, PENSOU Nell enquanto sofria naquele dia sem fim. Adam tinha respondido: "Nell, espero que não esteja falando sério", e eu nem sequer retruquei. Pensei em telefonar mais tarde para ele e acertar as coisas, mas fui teimosa e orgulhosa demais. Meu Deus, por que não lhe telefonei? Durante todo o dia eu tive um horrível pressentimento, uma sensação de que alguma coisa estava terrivelmente errada.

Winifred — quando a vi, pressenti que ela ia morrer. Como pude saber isso?

Foi como a sensação que tive com minha mãe e meu pai. Lembro-me de que voltava do parquinho depois do recreio, e subitamente senti que estavam comigo. Senti até mamãe beijar meu rosto e papai acariciar meu cabelo. Já tinham morrido, mas vieram me dizer adeus. Adam, por favor, venha me dizer adeus. Me dê uma chance de me desculpar.

— Nell, há alguma coisa que eu possa fazer?

Estava vagamente consciente de que Mac falava com ela, vagamente consciente de que já passava da meia-noite. O aniversário de Gert tinha transcorrido como planejado, nenhum deles a par do que acontecera. Nell dera a desculpa esfarrapada de que Adam não tinha podido ir por causa de uma reunião importante. Dissera isso com a maior convicção possível, mas o desapontamento estampado no rosto de Gert e o clima de festa forçado da noite tinham lhe provocado uma nova onda de ressentimento contra ele.

Quando chegara em casa, às 22 horas, decidira resolver a situação com Adam aquela noite, desde que, é claro, ele não tivesse aceitado a provocação de não voltar para casa. Ela argumentaria com ele, ouviria suas objeções, veria a que acordo poderiam chegar — mas não conseguiria aguentar mais tempo de insegurança e irritação. Um bom político deveria conseguir negociar e, quando necessário, chegar a um acordo. Pensou que talvez essas mesmas qualidades fossem necessárias para uma boa esposa. No entanto, quando ela entrou no saguão de seu prédio, percebeu que o mau pressentimento que a incomodara durante todo o dia chegara ao auge. À sua espera estavam a assistente de Mac, Liz Hanley, e o detetive do Departamento de Polícia de Nova York, George Brennan. De imediato, Nell soube que alguma coisa estava terrivelmente errada, mas eles insistiram em se manter calados até que chegassem ao apartamento dela.

Depois, com a maior delicadeza possível, o detetive Brennan contou-lhe sobre o acidente e, desculpando-se, disse-lhe que precisava lhe fazer algumas perguntas.

Disse que testemunhas tinham visto o marido dela subir a bordo seguido de pelo menos três pessoas. Sabia os nomes dessas pessoas?, perguntou ele.

Ainda aturdida demais para perceber a realidade, Nell lhe dissera que achava que se tratava de uma reunião dos sócios, e que Winifred Johnson, secretária de seu marido, também estaria lá. Deu-lhe os nomes dos sócios, ofereceu-lhe seus números de telefone, mas o detetive declinou. Disse-lhe que era o suficiente por aquela noite e que ela deveria ir para a cama e tentar dormir. A avalanche da mídia começaria no dia seguinte, e ela ia precisar de todas as forças.

— Voltarei para conversarmos amanhã de manhã, Sra. Cauliff. Sinto muitíssimo — disse ele, dirigindo-se com Liz Hanley para a porta.

Depois que o detetive saiu, chegaram Mac e Gert, chamados por Liz.

— Nell, vá para a cama — disse Mac imediatamente.

A voz de Mac sempre tivera a peculiar característica de parecer brusca e preocupada ao mesmo tempo, pensou objetivamente Nell.

— Mac tem razão, Nell. Os próximos dias não vão ser fáceis — insistiu Gertrude MacDermott, sentando-se no sofá ao lado dela.

Nell olhou para aquelas duas pessoas, a única família que tinha agora. Com um leve sorriso, lembrou-se do comentário de um dos assessores do avô: "Como Cornelius e Gertrude podem ser tão parecidos e tão diferentes?"

Era verdade. Ambos tinham cabelos brancos rebeldes, vivazes olhos azuis, lábios finos e um queixo proeminente. Mas a expressão nos olhos de Gert era tranquila, e não agressiva como a de Mac; seu comportamento era recatado, enquanto o do irmão era combativo.

— Vou passar a noite com você — ofereceu Gert. — Não deve ficar sozinha.

Nell balançou a cabeça.

— Obrigada, tia Gert. Mas preciso ficar sozinha esta noite.

Liz voltou para se despedir, e Nell se levantou e a acompanhou até a porta.

— Nell, sinto muito. Quando ouvi as notícias no rádio esta noite, vim imediatamente. Sei que você significa mais para Mac do que qualquer coisa no mundo, e sei também que ele está sentindo muito, embora nem sempre tratasse Adam com delicadeza. Se houver algo que eu possa fazer...

— Eu sei, Liz. Obrigada por ter vindo tão depressa. Obrigada por já ter se ocupado de tantas coisas.

— Amanhã falaremos das providências necessárias — disse Liz.

Providências?, Nell pensou, com um sobressalto. Providências. O funeral.

— Adam e eu nunca conversamos sobre o que ele gostaria se alguma coisa lhe acontecesse — disse Nell. — Não parecia realmente necessário. Mas me lembro de que uma vez, em Nantucket, quando estava pescando, ele disse que, quando sua hora chegasse, ele gostaria de ser cremado e que suas cinzas fossem jogadas ao mar.

Ela olhou para Liz e viu a solidariedade em seus olhos. Abanou a cabeça e deu um sorriso forçado.

— Parece que o desejo dele foi atendido, não é?

— Ligo amanhã de manhã — disse Liz, pegando a mão de Nell e apertando-a gentilmente.

Quando Nell voltou para a sala de estar, o avô estava de pé e Gert procurava a bolsa. Enquanto Nell acompanhava Mac até a porta, ele disse bruscamente:

— Fez bem em não deixar Gert ficar. Ela passaria a noite dizendo um monte de baboseiras. — Parou e encarou Nell, pondo gentilmente as mãos em seus braços: — Estou mais chocado do que consigo expressar. Depois do que aconteceu a seus pais, você com certeza não merecia perder Adam dessa maneira.

Certamente não mereço perdê-lo depois de uma briga, pensou Nell, sentindo uma onda de ressentimento tomar conta de si. Mac, você foi a raiz do problema, disse a si mesma. Suas exigências em relação a mim às vezes podem se tornar excessivas. Adam estava errado em não concordar com minha candidatura, mas estava certo a respeito disso.

Como ela não respondesse, após algum tempo o avô se afastou.

Gert apareceu e segurou as mãos de Nell.

— Sei que há pouco que se possa dizer numa ocasião como esta que ofereça verdadeiro consolo, mas, Nell, quero que se lembre de que não o perdeu realmente. Ele agora está num plano diferente, mas continua a ser seu Adam.

— Vamos, Gert — disse Mac, pegando a irmã pelo braço. — Nell não precisa ouvir esse tipo de coisa agora. Tente dormir um pouco, Nell. Nos falamos amanhã de manhã.

Saíram. Nell voltou para a sala de estar, meio consciente de que esperava ouvir a chave de Adam girar na fechadura. Andou pelo apartamento como se em transe, arrumando algumas revistas na mesa de centro, alisando as almofadas no fundo e confortável sofá. A sala recebia luz do norte, e o sofá tinha sido reestofado no ano anterior com um tecido vermelho que Adam de início questionara mas depois aprovara.

Ela olhou ao redor, reparando na eclética combinação do mobiliário. Tanto ela como Adam tinham gostos bem definidos. Algumas coisas da casa de seus pais — maravilhosas peças de suas viagens — tinham sido mantidas no guarda-móveis para ela. Outros itens ela comprara — a maior parte em empoeiradas lojinhas de antiguidades ou em obscuros leilões desencavados por tia Gert. Muitas coisas tinham sido adquiridas depois de um período de negociações. Negociações e acordos, pensou Nell novamente, enquanto o sofrimento tomava conta dela. Adam e eu teríamos resolvido tudo, sei que teríamos.

Foi até uma mesa de três pernas que Adam encontrara num dia em que ela estava numa festa para angariar fundos, e ele acompanhara Gert numa de suas andanças exploratórias. Adam e Gert tinham simpatizado um com o outro desde o início. Ela também vai sentir tremendamente a falta dele, pensou com tristeza. Nell sabia que Gert o incentivara a comprar a mesa.

Às vezes ela se preocupava com Gert, preocupava-se que alguém se aproveitasse dela. Gert é muito confiante, pensou Nell, deixando que todas aquelas coisas psíquicas e mediúnicas influenciem tanto suas decisões. Contudo, quando se tratava de barganhar coisas, como o sofá, Gert era espantosamente arguta. Seu apartamento na East 81st Street era uma mistura alegre, embora meio empoeirada, de móveis e peças que herdara ou acumulara ao longo dos anos, aos quais, hoje, estava ligada por laços sentimentais e vínculos familiares.

Quando fora visitá-la pela primeira vez, Adam comentara, rindo, que o apartamento de Gert era como sua cabeça: ocupada, eclética e, de certa forma, sobrenatural. "Ninguém mais teria o atrevimento de misturar art déco com fantasias rococó."

A mobília da tia Gert! As coisas nesta sala! O que, pelo amor de Deus, pretendia ao pensar em mesas e cadeiras e tapetes numa hora daquela? Quando a ficha iria cair, ela pensava. Quando se daria conta de que Adam estava morto?

Mas *era* difícil, e continuaria sendo. Ela precisava que ele estivesse vivo, precisava que ele abrisse a porta, entrasse e dissesse: "Nell, deixe-me primeiro dizer: eu te amo e sinto muito pela minha explosão de raiva."

Explosão de raiva. Primeiro tinham tido uma briga explosiva, e depois, o barco de Adam explodira. O detetive Brennan dissera que ainda era muito cedo para saber se a causa fora um vazamento de combustível.

Adam deu meu nome a seus dois barcos, pensou Nell, mas quase não saí em nenhum deles. Depois daquela vez em que fui presa pela correnteza no Havaí, fiquei com pavor de água. Ele me implorava para navegar com ele. Prometia não se afastar da costa.

Ela tentara se libertar do medo do mar, mas não conseguira. Limitara a natação estritamente à piscina e, embora conseguisse viajar num transatlântico — mesmo, verdade seja dita, nunca se sentindo totalmente à vontade — , não podia conceber entrar num barco menor, onde a sensação ondulante da água fazia com que revivesse a certeza de que iria se afogar.

Mas Adam adorava barcos, adorava estar neles. De certa forma, o que poderia ter sido um problema se tornou vantajoso para nós. Nos muitos fins de semana em que Mac queria que eu o acompanhasse a eventos políticos, ou quando eu precisava trabalhar em minha coluna, Adam saía para velejar ou pescar.

Depois ele vinha para casa, e eu vinha para casa, e ficávamos juntos. Acordos e acomodações, pensou de novo. Nós teríamos resolvido.

Apagou as luzes da sala de estar e foi para o quarto. Gostaria de sentir alguma coisa, pensou. Gostaria de poder chorar e sofrer. Em vez disso, sinto-me como se só pudesse esperar.

Mas esperar o quê? Por quem?

Despiu-se, tendo o cuidado de pendurar a calça do conjunto Escada de seda verde que vestira. Era novo. Quando chegara, Adam abrira a caixa, removera o papel de seda e o examinara cuidadosamente. "Vai ficar deslumbrante com ele, Nell", dissera ele.

Usara-o nessa noite porque, em seu íntimo, tinha a esperança de que ele se sentisse tão mal quanto ela por causa da briga, que aparecesse na festa, mesmo que só para a sobremesa. Tinha-o visualizado chegando ao mesmo tempo em que traziam o bolo com cobertura de caramelo coroado por uma vela, tradição no Four Seasons.

Mas Adam, é claro, não chegara. Gosto de pensar que ele pretendia se juntar a nós, pensou Nell ao tirar uma camisola de algodão da gaveta. Lavou o rosto e escovou os dentes automaticamente. A imagem que viu no espelho era de uma desconhecida, uma mulher pálida com olhos muito abertos e sem vida, cabelo castanho-escuro cujos caracóis úmidos emolduravam o rosto.

Será que está muito quente aqui dentro?, perguntou-se, reparando no suor que lhe cobria a testa. Então, por que ela sentia tanto frio? Entrou na cama.

Não esperara que Adam voltasse da Filadélfia na noite anterior e, ao ouvir o barulho da chave, tinha ficado quieta. Estava tão relutante em começar uma discussão sobre minha candidatura que fiz de conta que estava dormindo, pensou Nell, com raiva de si mesma.

Depois de ter adormecido, ele pusera o braço ao redor dela e murmurara seu nome. Agora ela falou em voz alta:

— Adam, Adam, amo você. Por favor, volte!

Ela esperou. O débil ruído do ar-condicionado e a sirene de um carro de polícia eram os únicos sons que ouvia.

Depois ouviu o barulho distante de uma ambulância.

Devia haver barcos da polícia e ambulâncias na marina, ela raciocinou. Tinham tentado encontrar sobreviventes, embora o detetive Brennan tivesse explicado, com certa relutância, que só por milagre. "É como a maior parte dos acidentes de avião", tinha explicado. "Um avião normalmente se desintegra ao cair. Sabemos que não há esperança de vida nessas circunstâncias, mas temos que tentar."

Amanhã, ou quando muito nos próximos dias, já devem ter conseguido desvendar a causa exata da explosão do iate. "Era um barco novo", dissera Brennan. "Vão procurar problemas como avarias mecânicas, vazamentos de combustível, alguma coisa assim."

— Adam, sinto muito — Nell falou baixinho, novamente, no quarto escuro. — Por favor, me dê algum sinal de que pode me ouvir. Mamãe e papai foram embora. Vovó também.

Era uma de suas lembranças mais antigas. Tinha apenas 4 anos quando a avó morrera. Seus pais estavam participando de um seminário em Oxford, e ela e sua babá tinham ido para a casa de Mac. A avó estava no hospital. Durante a noite, Nell acordara sentindo o perfume favorito dela, Arpège. Usava-o sempre.

Lembro-me tão bem disso, pensou Nell. Eu estava muito sonolenta, mas me lembro de como fiquei contente por vovó estar melhor e em casa.

Na manhã seguinte, Nell correra para a sala de jantar.

— Cadê vovó? Já a levantou?

Mac estava sentado à mesa; Gert estava com ele.

— Vovó está no céu — disse ele. — Ela foi para lá ontem à noite.

Quando lhe contei que ela viera ao meu quarto na noite anterior, ele pensou que eu tinha sonhado, lembrou-se Nell. Gert, no entanto, acreditou. Ela compreendeu que vovó tinha vindo se despedir. E, mais tarde, também mamãe e papai.

Adam, por favor, venha até mim. Deixe-me sentir a sua presença. Por favor, me dê a oportunidade de pedir desculpas antes de você partir.

Nell esperou o restante da noite, desperta, olhando a escuridão. Conforme chegou o amanhecer, conseguiu finalmente chorar — por Adam, por todos os anos que não passariam juntos, por Winifred e os sócios de Adam, Sam e Peter, que estavam no iate com ele.

E conseguiu chorar por si própria, porque, mais uma vez, tinha de se habituar a viver sem alguém que amava.

13

REFESTELADO E PROTEGIDO NO BANCO TRASEIRO DA LImusine, Peter Lang refletia sobre a colisão ocorrida mais cedo entre seu carro e o caminhão-reboque. Estava a caminho de uma reunião com Adam Cauliff, em Manhattan, percorrendo a via expressa Long Island, quase no túnel Midtown, quando *houve a colisão!*

Cinco horas mais tarde, Lang, com uma costela fraturada, um corte nos lábios e a cabeça dolorida por causa do impacto, fora apanhado no hospital por um serviço de limusines que o levou, sob forte chuva, para sua casa em Southampton.

Sua propriedade à beira-mar, na parte mais exclusiva dessa área residencial exclusiva, fora-lhe dada pelos pais, quando estes decidiram dividir seu tempo entre Saint John, no Caribe, e Martha's Vineyard.

Datada da virada do século, era uma enorme casa colonial branca com venezianas verde-oliva. A propriedade murada situava-se num terreno de 9 mil metros e tinha também piscina e quadras de tênis, tudo isso cercado por um enorme gramado verde aveludado, arbustos floridos e árvores meticulosamente podadas.

Casado aos 23 anos e divorciado de forma amigável porém dispendiosa aos 30, Lang tinha se estabelecido alegremente no papel que, no passado, costumava se chamar de homem de sociedade. Abençoado com uma beleza alourada, um charme sofisticado, inteligência razoável e um ágil senso de humor, Lang herdara também um estranho instinto para adquirir terras que se revelariam valiosas.

Fora esse mesmo instinto que motivara seu avô, antes da Segunda Guerra Mundial, a comprar centenas de hectares nas zonas rurais de Long Island e Connecticut, e seu pai a investir pesadamente em propriedades na Terceira Avenida, em Manhattan, na época em que os trilhos do bonde estavam prestes a ser removidos.

Como o pai orgulhosamente se gabava ao falar do filho de 42 anos: "'Suando a camisa de geração em geração' não se aplica à nossa família. Peter está se revelando o mais esperto de todos."

Com a descontraída generosidade que lhe era habitual, Lang deu uma gorjeta ao motorista da limusine e entrou em casa. Havia muito tempo aposentara o casal que trabalhara lá desde seu nascimento. No lugar deles, contratara uma diarista, recorrendo a um pequeno serviço de bufê quando tinha convidados.

A casa estava escura e fresca. Sempre que precisava ir à cidade para uma reunião com seus sócios na imobiliária — geralmente marcada para a sexta-feira à tarde —, passava a noite no apartamento de Manhattan e voltava para Southampton cedo na manhã seguinte. Era o que teria feito se tivesse se encontrado com Adam e os outros no barco, mas o acidente de carro o impedira.

Agora Peter se sentia feliz por estar em casa, por poder preparar tranquilamente uma bebida e avaliar o corpo dolorido. A cabeça latejava. Passou a língua pelo lábio e fez uma careta ao perceber que o inchaço estava aumentando.

O sinal luminoso da secretária eletrônica estava piscando, mas Peter o ignorou. A última coisa que queria agora era ficar falando sobre o acidente com quem quer que fosse. E o mais provável era que fosse um repórter. Desde que se tornara figura pública, pensou, tudo o que fazia virava alimento para as colunas de fofocas.

Com o copo na mão, atravessou a sala, abriu a porta da varanda e saiu. Enquanto voltava do hospital, a chuva aumentara de intensidade. Agora estava muito forte, impulsionada pelo vento. Nem o pórtico ao longo da varanda o protegia totalmente da tempestade. Estava tão escuro que ele não podia ver o mar, mas não havia dúvidas quanto a sua presença, dado o crescendo das ondas que quebravam com estrondo à sua volta. A temperatura caía drasticamente, e a tarde ensolarada que passara no campo de golfe parecia agora coisa de um passado distante. Tremendo, voltou para dentro, trancou a porta e subiu para o quarto.

Quinze minutos depois, sentindo-se melhor após um banho quente, ele se deitou. Lembrando-se de tirar o som do telefone, ligou o rádio e marcou o timer para dali a 15 minutos, tempo suficiente para ouvir o noticiário das 23 horas.

Adormeceu, no entanto, antes de ouvir a reportagem principal sobre a explosão do *Cornelia II* naquele dia, no porto de Nova York; tampouco ouviu a notícia de que ele, Peter Lang, proeminente empresário do ramo imobiliário de Nova York, estava entre as pessoas presumivelmente mortas na tragédia.

14

Às 19h30, Lisa apurou o ouvido para a chegada do carro de Jimmy. Queria lhe fazer uma surpresa com o arroz com frango, seu prato favorito, que preparara para o jantar.

Sua última hora no salão fora cancelada; pudera, portanto, sair mais cedo, a tempo de fazer compras e servir o jantar às crianças às 18h30. Decidira esperar e comer com Jimmy. Tinha posto a mesa para dois na pequena sala de jantar e até vinho para gelar, um luxo. A vaga inquietação que sentira ao longo do dia exigia ação. Jimmy parecera tão perdido, tão derrotado ao sair de casa naquela manhã! Não conseguira se livrar dessa imagem durante o dia, e sentira uma necessidade urgente de abraçá-lo, mostrar-lhe o quanto o amava.

As crianças, Kyle, Kelly e Charley, estavam à mesa da cozinha, fazendo o dever de casa. Kyle, o mais velho, tinha 12 anos e, como sempre, não precisava ser incentivado; era um bom aluno. Kelly tinha 10 e era uma sonhadora.

— Kelly, há cinco minutos que você não escreve uma palavra — admoestou-a Lisa.

Charley, com 7 anos, copiava laboriosamente as palavras. Sabia que estava em maus lençóis por causa do bilhete que a professora mandara para casa dizendo que ele conversara na sala de aula outra vez.

— Nem *pense* em televisão durante uma semana — advertira-o Lisa.

Como sempre, a casa parecia vazia sem Jimmy. Mesmo que estivesse diferente nos últimos dias — quieto demais, às vezes irritado demais —, o marido era sempre uma presença poderosa e protetora em suas vidas, e nas raras noites em que não estava com eles pairava uma sensação estranha e desconfortável.

Talvez eu o esteja aborrecendo, pensou Lisa, perguntando-lhe a toda hora se está se sentindo melhor ou o importunando para que fale comigo sobre o que o está incomodando ou implorando para que vá ao médico. Vou parar de fazer isso, prometeu a si própria, enquanto verificava se a comida se mantinha quente no forno.

Ele parecia tão aborrecido quando saiu esta manhã, pensou. Será que ouvi direito? Será possível que tenha dito "Sinto muito" ao sair?

Sinto muito pelo *quê*?, perguntou-se.

Por volta das 20h30, ela começou a ficar preocupada. Onde estaria Jimmy? Com certeza já deixara o barco. O tempo estava mudando rapidamente. O céu nublado anunciava tempestade. Era perigoso estar no mar nessas condições.

Ele deve estar chegando em casa, disse a si mesma. O trânsito era sempre horrível nas noites de sexta-feira.

Uma hora depois, Lisa enxotou carinhosamente as duas crianças mais novas para o chuveiro e para vestir o pijama. Kyle, tendo terminado o dever, foi ver televisão.

Jimmy, onde é que você está? Lisa se agoniava à medida que os ponteiros do relógio se aproximavam das 22 horas. Algo está errado. Talvez você tenha *sido* mesmo despedido. Bom, não me importo. Encontrará outra coisa. Talvez devesse deixar a construção. Você sempre disse que aconteciam coisas bem desonestas nesse ramo de negócios.

Às 22h30 a campainha tocou. Morta de medo, Lisa correu para abri-la. Dois homens estavam ali. Mostraram a identificação sob a lâmpada da entrada para que ela pudesse ver — e os distintivos policiais.

— Sra. Ryan, podemos entrar?

Sem pensar, a pergunta saiu de sua boca. Com a voz entorpecida de dor, Lisa soluçou.

— Jimmy se suicidou, não foi?

15

Cornelius e Gertrude MacDermott pegaram um táxi ao deixarem o apartamento de Nell. Sentaram-se em silêncio, cada um deles profundamente pensativo, sem se dar conta de que o táxi parara na frente do edifício de Gert, na 80th Street com a Lexington Avenue.

Gert sentiu, mais do que propriamente viu, o olhar quase insolente do motorista em sua direção.

— Ah. Não reparei — desculpou-se.

Com um movimento desengonçado, virou-se e viu que o porteiro já tinha aberto a porta para ela. A chuva agora caía torrencialmente. Mesmo sob a proteção de um guarda-chuva, podia ver que o porteiro estava ficando encharcado.

— Pelo amor de Deus, Gert, mexa-se — rosnou o irmão.

Ignorando o tom brusco, ela se virou para ele, ciente apenas da terrível preocupação que partilhavam.

— Cornelius, Nell *adorava* Adam. Fiquei com a impressão de que ela não vai conseguir lidar com isso. Vai precisar de todo o apoio que pudermos lhe dar.

— Nell é forte. Vai ficar bem.

— Você não acredita de verdade nisso.

— Gert, o pobre homem vai se afogar à sua espera. Não se preocupe. Nell vai ficar bem. Ligo para você amanhã.

Quando se preparava para descer do táxi, fixou-se numa palavra dita por Mac. *Afogar,* Gert pensou. Teria Adam se afogado ou fora despedaçado na explosão? Percebeu que o irmão pensou a mesma coisa, porque ele pegou sua mão, se inclinou e a beijou no rosto.

Gert sentiu a costumeira pontada de dor nos joelhos ao saltar do táxi e se empertigar. Meu corpo está se desgastando, pensou. Adam era tão forte, tão sadio. Que choque terrível.

De súbito, sentiu-se infinitamente cansada e, de bom grado, aceitou a mão do porteiro sob seu braço desde a calçada até a entrada do edifício. Alguns minutos depois, finalmente em segurança na quietude de seu apartamento, deixou-se cair numa cadeira. Recostou-se e fechou os olhos, que se encheram de lágrimas à medida que a fisionomia de Adam lhe vinha à mente.

Ele tinha um sorriso que amoleceria o mais duro dos corações. Lembrou-se da primeira vez que Nell o trouxera para conhecê-la. Ela estava radiante, tão obviamente apaixonada. Gert sentiu um nó na garganta ao pensar no contraste entre a felicidade nos olhos de Nell naquela tarde e a confusão e a tristeza que evidenciavam nesta noite.

Era como se uma luz tivesse se acendido na alma de Nell ao conhecer Adam, pensou Gert. Cornelius nunca compreendera quão devastador tinha sido para a neta perder o pai e a mãe ainda tão pequena.

É claro que Cornelius fizera tudo por ela, passara cada minuto disponível com ela, mas ninguém poderia substituir pais como Richard e Joan, pensou Gert tristemente.

Com um suspiro, levantou-se e foi até a cozinha. Pegou a chaleira e sorriu para si mesma ao se lembrar de Adam perguntando, logo que se conheceram, por que, se bebia tanto chá, ela não deixava a chaleira cheia com água morna para que aquecesse mais rápido.

— Não tem o mesmo gosto se a água estiver preaquecida — explicara ela.

— Gert, devo lhe dizer que isso é pura imaginação — respondera ele, com uma risada franca e afetuosa.

Nós ríamos muito quando estávamos juntos, relembrou Gert. Ele não era como Cornelius, que fica tão impaciente comigo. Adam chegou mesmo a vir aqui algumas vezes quando nosso grupo de parapsicologia se reuniu. Estava genuinamente *interessado*. Queria saber por que acredito tão fervorosamente que seja possível entrar em contato com pessoas que já se foram.

Bem, *é* possível, pensou. Infelizmente não possuo esse dom, mas alguns de nós *podem* realmente se transformar em canais entre os que aqui estão e aqueles que já deixaram este plano. Pude *ver* como as pessoas se sentem confortadas depois de contatarem alguém que amavam e que não se encontra mais entre nós. Se Nell tiver dificuldade em aceitar a morte de Adam, vou insistir para que ela tente se comunicar com ele por meio desses canais. Vai se sentir muito melhor se puder pôr um fim a esta terrível perda. Adam lhe dirá que chegou a hora dele, mas que ela não deve se entregar à dor, porque ele está *aqui*; isso tornará as coisas muito mais fáceis para ela.

Decisão tomada, Gert se sentiu reconfortada. A chaleira estava apitando, e ela desligou o fogão rapidamente e pegou uma xícara e um pires. Nessa noite o som alegre do vapor forçando a passagem através da tampa se transformara num lamento de luto. Quase como uma alma penada, gemendo em busca de *sursis*.

16

Quando criança em Bayside, no Queens, Jack Sclafani sempre queria ser o policial quando os garotos da vizinhança brincavam de polícia e ladrão. Na escola, era um estudante sério e quieto, que ganhou uma bolsa de estudos para a escola preparatória St. John, e depois outra para a Faculdade Fairfield, onde a educação jesuítica afiou sua mente, já de natureza lógica.

Fugindo da carreira acadêmica, o passo seguinte foi fazer um mestrado em criminologia. Então, já formado, Jack entrou para o Departamento de Polícia de Nova York.

Agora, cerca de 18 anos depois, aos 42 anos, morando em Brooklyn Heights, casado com uma corretora imobiliária de sucesso e pai de gêmeos, Sclafani era um detetive de primeira classe no grupo de elite do promotor público, função que exercia com orgulho. Durante sua carreira, trabalhara com muitos homens competentes, mas aquele que conhecia havia mais tempo e de quem ainda mais gostava era seu parceiro, George Brennan. Hoje era o dia de folga de Sclafani, mas ele despertou de um cochilo após o jantar ao ouvir Brennan ser entrevistado no noticiário das 23 horas, respondendo com competência às perguntas dos repórteres sobre o iate que explodira no porto de Nova York no início da noite.

Usando o controle remoto, aumentou o volume e, inclinando-se para frente, agora totalmente desperto, fixou a atenção na cena a que assistia. Brennan estava de pé diante de uma casa modesta em Little Neck, distante apenas 15 minutos de Bayside.

— A Sra. Ryan confirmou que seu marido, Jimmy, funcionário da construtora Sam Krause, pretendia comparecer hoje à reunião no *Cornelia II* — dizia Brennan. — Um homem correspondendo à sua descrição foi visto entrando no barco antes que este zarpasse, portanto, estamos presumindo que o Sr. Ryan seja uma das vítimas.

Jack ouvia atentamente à medida que as perguntas eram feitas a Brennan.

— Quantas pessoas estavam a bordo? — perguntou uma voz atrás da câmera.

— Soubemos que, além do Sr. Ryan, quatro pessoas deviam comparecer à reunião — respondeu.

— Não é estranho que um iate a diesel exploda?

— Estamos investigando a explosão — disse Brennan, as palavras concisas, sem grandes explicações.

— Não é verdade que Sam Krause ia ser indiciado por fraude?
— Sem comentários.
— Alguma esperança de sobreviventes?
— Há sempre esperança. Operações de busca e salvamento continuam em curso.

Sam Krause!, pensou Jack. Pode apostar que ia ser indiciado. Então ele estava a bordo. Filho da mãe! O cara era a imagem de tudo o que há de podre no ramo da construção. Quando começarem a investigar, vai aparecer uma longa lista de pessoas que gostariam de se ver livre dele.

— Cheguei. Isso deixa alguém mais animado? — A voz vinha da porta atrás dele.

Jack virou-se para olhar.

— Não ouvi a porta abrir, meu bem. Como foi o filme?

— Maravilhoso; exceto pelo fato de ter uma hora a mais e ser totalmente deprimente.

Nancy deu um beijo no rosto do marido ao passar pelo sofá. Miúda, com cabelo louro curto e olhos castanhos, transmitia cordialidade e energia. Olhou para a tela da televisão e parou ao reconhecer Brennan.

— O que George está aprontando?

— O iate que explodiu perto da Estátua da Liberdade fica na jurisdição dele, embora durante essa entrevista ele pareça estar visitando a casa de uma das presumíveis vítimas no Queens.

A reportagem acabara, e Jack desligou a TV. Óleo diesel não causa explosões, pensou. Aposto qualquer coisa que se aquele iate virou confete foi porque alguém colocou nele uma bomba.

— Os meninos estão lá em cima?

— Vendo um filme no quarto deles. Estou pronto para ir me deitar.

— Eu também. Você fecha tudo?

— Claro.

Enquanto Jack apagava as luzes e verificava as portas da entrada e dos fundos, continuava a matutar sobre as notícias da explosão do barco. Se realmente ficasse confirmado que Sam Krause estava a bordo, a possibilidade de a explosão não ter sido um acidente precisava definitivamente ser considerada. Não era de se espantar que alguém quisesse se livrar dele antes do inquérito. Krause sabia demais — e não era o tipo de sujeito disposto a encarar longos anos de prisão.

Pena, pensou, que quatro outras pessoas tenham morrido para que alguém se livrasse dele; certamente quem fez isso podia ter encontrado uma forma mais econômica de liquidá-lo, Jack pensou. Quem quer que tenha sido o responsável deve ser osso duro de roer. Conhecia mais de uma pessoa que se encaixava nessa descrição.

Quarta-feira, 14 de junho

17

— Nell, não posso lhe dizer o quanto sinto. Ainda não consigo acreditar. É simplesmente inconcebível.

Peter Lang estava sentado de frente para Nell na sala de estar do apartamento dela. O rosto estava machucado e o lábio, inchado. Parecia genuinamente abalado, e sua atitude era muito diferente da imagem sumamente confiante que costumava projetar. Pela primeira vez Nell sentiu alguma empatia pelo homem. No passado, sempre se sentira desconcertada com seu jeito. "Um pavão", era como Mac desdenhosamente o chamava.

— Estava tão atordoado que, ao chegar em casa naquela noite, desliguei o telefone e fui para a cama. Os jornalistas telefonaram para a Flórida e localizaram meus pais. Ainda bem que nenhum dos dois teve um ataque do coração. Minha mãe não conseguia parar de chorar quando soube que eu estava bem. Ainda tem dificuldade em acreditar. Só ontem ela me telefonou quatro vezes.

— Posso compreendê-la — disse Nell enquanto pensava qual teria sido sua própria reação caso Adam tivesse telefonado e dito que não se encontrava a bordo. Que alguma coisa o tinha detido e ele dissera a Sam para fazer a reunião sem ele. Supondo...

Mas isso nunca aconteceria. Não havia nada para supor. Os outros não teriam saído no iate de Adam sem ele, disse a si mesma. O iate que tinha meu nome e no qual eu nunca quis pisar, apesar de levar meu nome — e que acabou sendo seu caixão, pensou Nell.

Não, *não* seu caixão! No domingo tinham encontrado partes de um corpo que fora positivamente identificado como sendo de Jimmy Ryan. Até o momento, era o único que teria um funeral com caixão. As probabilidades de virem a encontrar e identificar mais corpos, ou partes, eram mínimas. Adam, Sam Krause e Winifred deviam ter sido despedaçados ou incinerados. Quaisquer pedaços deles que porventura existissem *provavelmente já teriam* sido levados pelas fortes correntes para além da ponte Verrazano, em direção ao Atlântico.

"Não incinerado; cremado ou enterrado no mar. Tente pensar assim, Nell", era o que lhe tinha dito monsenhor Duncan quando ela fora encomendar a missa em memória do marido.

— Vai haver uma missa por Adam na quinta-feira — disse ela a Lang, quebrando o silêncio que caíra entre eles.

Lang ficou em silêncio por um momento, depois começou a falar suavemente:

— Há muitos boatos no ar, Nell. A polícia já confirmou que o iate foi destruído por uma bomba?

— Oficialmente, não.

Mas ela sabia que havia essa suspeita, e não conseguia deixar de pensar nisso. Por que alguém faria isso? Teria sido um ato de violência isolado, como quando as pessoas atacam a esmo desconhecidos numa rua movimentada? Ou teria sido o caso de uma pessoa sem posses, com inveja do proprietário do elegante barco novo, querendo castigá-lo? Qualquer que fosse a razão, era algo que ela precisava saber, precisava tirar do caminho antes que pudesse pôr fim àquela coisa terrível.

A mulher de Jimmy Ryan também precisava de uma resposta. No dia seguinte à tragédia, ela havia telefonado, buscando compreender por que o marido morrera.

— Sra. Cauliff, sinto-me como se a conhecesse — dissera. — Já a vi na televisão e leio sua coluna e, ao longo dos anos, li a seu respeito e sobre como foi educada por seu avô após a morte de seus pais. Sinto muito pela senhora. Já sofreu muito. Não sei o que estão lhe dizendo sobre meu marido, mas não quero que pense que alguém que eu amava causou a morte dele. *Jimmy não fez isso.* Foi uma vítima, assim como seu marido. Sim, Jimmy estava deprimido. Ficou desempregado um longo tempo, e acumulamos muitas dívidas. Mas as coisas estavam melhorando, em grande parte graças ao seu marido. Sei que Jimmy era grato a ele ou a quem quer que, na empresa, passou sua candidatura para a construtora Sam Krause. Mas agora a polícia está insinuando que Jimmy foi o responsável pela explosão. Quero lhe dizer que, mesmo que Jimmy *tivesse* tendências suicidas (e, por mais que me custe admiti-lo, pode ser que sim), ele nunca, jamais teria causado a morte de outra pessoa. *Nunca!* Ele era um bom homem, um pai e um marido maravilhoso. Eu o conhecia bem, e sei que nunca teria feito uma coisa assim.

Fotos do enterro de Jimmy Ryan tinham saído na página 3 do *Post* e na primeira página do *News*. Lisa Ryan, com as três crianças agarradas a ela, caminhava atrás do caixão que continha os restos mortais de um marido e pai. Nell fechou os olhos.

— Nell, em algum momento da semana que vem eu gostaria de falar de alguns negócios com você — disse Lang suavemente. — Certas decisões devem ser tomadas, e preciso de sua opinião. Mas temos tempo para isso. — Levantou-se. — Tente descansar. Tem conseguido dormir?

— Razoavelmente, dadas as circunstâncias.

Ela ficou satisfeita por poder fechar a porta atrás de Peter Lang e envergonhada pelo ressentimento que sentira por ele ter sido poupado. Seus machucados desapareceriam. O inchaço do lábio sumiria em poucos dias.

— Adam — disse em voz alta. — Adam — repetiu suavemente, como se ele estivesse ouvindo.

É claro que não houve resposta.

A tempestade de sexta-feira à noite tinha feito com que o calor abrandasse. Agora estava fresco demais para começo de junho. O sistema de aquecimento do edifício tinha sido mudado para ar-condicionado, e, mesmo o tendo desligado, o apartamento estava frio. Nell esfregou os braços e foi ao quarto pegar um suéter.

A maravilhosa Liz tinha aparecido no sábado de manhã, trazendo uma sacola de mantimentos.

— Você precisa comer — dissera com firmeza. — Como não sabia o que tinha em casa, trouxe grapefruit, bacon e bagels recém-saídos do forno.

Depois da segunda xícara de café Liz tinha dito:

— Nell, sei que não é da minha conta, mas mesmo assim vou me meter. Mac está arrasado. *Não o ponha de lado.*

— Ele pôs Adam de lado, e neste momento tenho dificuldade em perdoá-lo.

— Mas você sabe que ele tinha a melhor das intenções. Achava que o que era bom para você, ou seja, candidatar-se ao Congresso, era, no fim das contas, bom também para o seu casamento.

— Bem, parece que nunca saberemos, não é?

— Pense nisso.

Desde então, Liz viera todos os dias. Nesta manhã, comentara com tristeza:

— Mac ainda não teve notícias suas, Nell.

— Vamos nos ver na missa e almoçar depois. Neste momento, preciso me adaptar sem que ele me intimide.

Adaptar-me à casa que partilhei com Adam durante três anos, pensou. Adaptar-me à solidão.

Comprara o apartamento 11 anos antes, depois de se formar por Georgetown, com o dinheiro que estivera sob custódia até que completasse 21 anos. Fora numa época em que o volátil mercado imobiliário de Nova York estava num de seus períodos de baixa, quando o número de vendedores superava em muito o de compradores, e a compra do espaçoso apartamento mostrara-se um excelente investimento.

— Qualquer ninho para onde eu a *leve* não chegará aos pés deste. — Adam brincara quando começaram a falar em casamento. — Mas me dê dez anos, e prometo que a situação será outra.

— Por que não passar esses dez anos aqui mesmo? Acontece que eu amo este lugar.

Ela esvaziara para ele um dos armários dos dois amplos quartos e trouxera da casa de Mac uma antiga cômoda dupla que pertencera ao pai. Agora, foi até esse móvel e pegou a salva de prata oval que estava ao lado de seu retrato de casamento.

Era nessa salva que Adam sempre colocava o relógio, as chaves, moedas e a carteira quando se despia à noite.

Nunca me dei conta de como me sentia sozinha até nos casarmos e ele estar aqui comigo o tempo todo, pensou. Na noite de quinta-feira ele se despiu no quarto de hóspedes. Não queria me acordar. E eu não deixei que percebesse que estava acordada porque não queria ter que conversar sobre meu dia e contar que decidira me candidatar ao antigo lugar de Mac.

De repente pareceu-lhe absurdamente importante e perturbador não ter, naquela noite, acompanhado esse ritual familiar. Liz tinha sugerido vir na semana seguinte para ajudar Nell a embalar as roupas e os objetos pessoais de Adam.

— Você vive dizendo que a morte dele não lhe parece real, Nell, e acho que não vai conseguir fechar a ferida até tomar consciência disso. Talvez se torne mais real quando tudo aquilo que o lembra tiver sido removido.

Ainda não, pensou Nell. *Ainda não!*

O telefone tocou. Relutantemente, ela atendeu:

— Alô.

— Sra. Cauliff?

— Sim.

— Aqui é o detetive Brennan. Seria conveniente que meu colega, o detetive Sclafani, e eu fôssemos até aí conversar com a senhora?

Agora não, Nell pensou. Preciso ficar sozinha. Preciso segurar alguma coisa que tenha pertencido a Adam e me sentir perto dele.

Tia Gert a ensinara a contatar um ente querido que desaparecera segurando um objeto que pertencera à sua mãe. Lembrava-se de que isso havia acontecido seis meses após a morte dos pais. Estava em seu quarto na casa de Mac, enroscada numa cadeira, segurando um livro que deveria comentar. Não ouvira tia Gert entrar. E não estava lendo.

Estava apenas sentada lá, olhando pela janela, pensou Nell. Eu amava tanto os dois, mas naquele momento era minha mãe que eu queria. Precisava de minha mãe.

Gert entrou e se ajoelhou a meu lado, a voz muito suave:

— Diga um nome.

Eu murmurei:

— Mamãe.

— Achei que era isso — disse ela —, e trouxe uma coisa para você. Uma das coisas que seu avô achou que não valia a pena guardar.

Era a caixa de marfim que mamãe guardava em cima da cômoda quando eu era pequena. Tinha um cheiro especial de madeira que eu adorava. Quando mamãe e papai viajavam, eu ia ao quarto deles buscá-la e, sempre que abria a caixa, me sentia perto de mamãe.

Tinha tornado a acontecer naquele dia. A caixinha não era aberta havia tanto tempo que o cheiro da madeira estava bastante concentrado. E naquele momento eu senti como se mamãe estivesse ali no quarto comigo. Lembro-me de ter perguntado a tia Gert como lhe ocorrera trazer aquele objeto.

— Eu simplesmente sabia — disse ela. — E lembre-se, sua mãe e seu pai vão estar por perto enquanto precisar deles. Você é que vai libertá-los quando estiver pronta para deixar que vão embora.

Mac odeia quando ela fala assim, pensou Nell. Mas Gert tinha razão. E, depois que meus pais me salvaram em Maui, pude libertá-los. E assim fiz. Mas ainda não estou pronta para deixar Adam partir. Quero me agarrar a alguma coisa que me faça sentir que ele ainda está perto de mim. Preciso tê-lo perto de mim mais algum tempo — antes que eu diga adeus.

— Sra. Cauliff, tudo bem? — perguntou o detetive Brennan, quebrando o longo silêncio.

— Ah, sim. Desculpe. Ainda sinto alguma dificuldade de adaptação — disse ela, a voz entrecortada.

— Olhe, não quero pressioná-la numa hora como esta, mas é muito importante que nos encontremos agora.

Nell balançou a cabeça, um gesto que pegara de Mac, um inconsciente sinal de desagrado quando ele não queria expressar verbalmente sua objeção a alguma coisa.

— Está bem. Venham, se é realmente necessário — disse a Brennan rispidamente, e desligou.

18

Na tarde de quarta-feira, a vizinha de Lisa, Brenda Curren, e Morgan, sua filha de 17 anos, foram buscar seus filhos, Kyle, Kelly e Charley, para irem ao cinema e jantarem fora.

— Entrem no carro com Morgan — disse Brenda. — Quero falar um minuto com a mãe de vocês. — Esperou até que os três tivessem saído para dizer: — Lisa, não fique tão preocupada. Você sabe que eles ficarão bem conosco. Fez bem em não mandá-los para a escola hoje, mas agora precisa de um tempo para você.

— Ah, não sei — disse Lisa sem qualquer entonação. — Tudo que vejo à minha frente é tempo. Quando penso nisso, me pergunto o que, em nome de Deus, vou fazer com todas essas horas e dias. — Olhou para a vizinha e viu preocupação em seus olhos. — Mas claro que você tem razão. Preciso de um tempo sozinha. Tenho que vasculhar a escrivaninha de Jimmy. Tenho que preencher os formulários da Previdência para as crianças. Isso pelo menos vai nos trazer algum dinheiro enquanto decido o que fazer.

— Você tem seguro, não tem? — O rosto agradável de Brenda se crispou de preocupação. — Desculpe — acrescentou em seguida. — Não é da minha conta, é claro. Mas Ed é tão obcecado por essa coisa de seguros que foi a primeira coisa que me veio à cabeça.

— Temos algum — disse Lisa.

O suficiente para enterrar Jimmy, pensou, mas é só. Guardou o pensamento para si, no entanto; nunca admitiria uma coisa dessas, nem mesmo para uma boa amiga como Brenda.

Não alardeie suas posses — era uma advertência que durante toda a vida ela ouvira da avó. *Não é da conta de ninguém o que você tem ou deixa de ter, Lisa. Deixe-os na dúvida.*

Só que não havia muita margem para dúvidas, pensou Lisa, sentindo-se ainda mais pressionada. Ainda devemos 14 mil dólares dos cartões de crédito, com juros de 18 por cento ao mês.

— Lisa, Jimmy sempre manteve tão bem este lugar. Ed não tem nem a metade da habilidade dele, mas me pediu para lhe dizer que, se alguma coisa precisar de conserto, ele faz o que puder para resolver para você. Sabe o que eu quero dizer. Bombeiros e eletricistas custam uma fortuna.

— É verdade.

— Lisa, todos sentimos muito a morte de Jimmy. Era um grande sujeito, e nós amamos vocês dois. Faríamos qualquer coisa para ajudar. Você sabe disso.

Lisa viu as lágrimas que Brenda tentava reprimir e se forçou a dar um sorriso.

— Sei que sim. E já está me ajudando. Agora vá lá e tire a garotada do meu caminho.

Ela acompanhou Brenda até a entrada, depois voltou pelo estreito corredor. A cozinha era espaçosa o suficiente para comportar uma mesa e cadeiras, mas pequena demais para que não se sentissem apertados. A escrivaninha era embutida, coisa que o corretor imobiliário considerara uma vantagem espantosa quando tinham visto a casa pela primeira vez, tantos anos antes.

— Não se conseguem mais armários embutidos nesta faixa de preço — dissera o corretor.

Lisa olhou a pilha de envelopes na escrivaninha. A hipoteca, as contas de gás e telefone já estavam uma semana atrasadas. Se Jimmy tivesse voltado para casa, teriam se sentado juntos e providenciado o pagamento durante o fim de semana, antes que acumulassem juros. Vai ser trabalho meu agora, pensou Lisa; algo que tenho que fazer sozinha com tanto tempo à minha disposição.

Preencheu os cheques e, com o coração apertado, pegou outro maço de envelopes, estes presos por um elástico. As contas dos cartões de crédito; tantas! Não se atrevia a pagar além do mínimo aquele mês.

Pensou se deveria limpar a gaveta da escrivaninha. Funda e larga, tinha se transformado num depósito para toda a correspondência inútil que deveria ter sido jogada fora imediatamente. Há cupom que nunca utilizamos, pensou Lisa. E mesmo quando não tínhamos dinheiro de sobra, e nenhuma possibilidade de adquiri-las, Jimmy tirava ilustrações de catálogos de ferramentas — tudo que gostaria de ter um dia, quando pudéssemos arcar.

Pegou um punhado de papéis soltos e viu um envelope com colunas de números. Não precisava sequer examiná-lo para saber do que se tratava. Quantas vezes observara Jimmy sentado à escrivaninha, fazendo as contas, agoniado ao ver a soma aumentar? Tinha se tornado uma cena familiar nos últimos anos.

E depois ele descia para o porão e se sentava em sua bancada de trabalho por algumas horas, fazendo de conta que estava consertando alguma coisa. Não queria que eu visse o quanto estava preocupado.

Por que não deixou de ficar preocupado se tinha voltado a trabalhar? Lisa se fez mais uma vez a pergunta que a atormentava nos últimos meses. Quase sem pensar, cruzou a sala e abriu a porta do porão. Enquanto descia a escada, tentou não pensar no trabalho que Jimmy tivera para transformar o espaço inóspito numa confortável sala familiar e num ateliê.

Entrou e acendeu a luz. Eu e as crianças quase nunca vínhamos aqui, pensou. Era como se fosse o refúgio de Jimmy. Ele costumava dizer que tinha medo que alguém pegasse uma ferramenta pontiaguda e se machucasse. O que machucava, na realidade, era ver o espaço tão arrumado, tão diferente de quando a ampla bancada estivera atulhada com as ferramentas necessárias para qualquer projeto em andamento. Agora estavam todas no lugar, todas arrumadas no painel de cortiça sobre a mesa. Os cavaletes de serrador, que normalmente sustentavam placas de aglomerado ou compensado, estavam juntos no canto ao lado do arquivo.

Jimmy usava o arquivo para as declarações de imposto de renda e outros papéis que julgava importante guardar. Era uma outra coisa que, mais dia menos dia, ela teria de examinar com atenção. Lisa abriu a gaveta de cima e passou os olhos pelas pastas cuidadosamente etiquetadas. Como esperava, continham as declarações de imposto de renda arquivadas sequencialmente.

Ao abrir a segunda gaveta, viu que Jimmy tinha retirado as divisórias. Plantas de projetos e folhas com especificações estavam cuidadosamente dobradas e colocadas umas sobre as outras. Sabia do que se tratava: eram seus projetos — projetos para o acabamento do porão, para beliches embutidos no quarto de Kyle, para a colocação de uma tela na varanda ao lado da sala.

Talvez até o projeto da casa dos nossos sonhos, pensou, aquela que teríamos algum dia. Ele a deu de presente de Natal para mim, há dois anos e meio, antes de perder o emprego. Pediu-me que lhe dissesse exatamente o que eu queria numa casa e fez as plantas para encaixar tudo que eu pedira.

Eletrizada com a perspectiva, Lisa tinha se deixado levar pela imaginação. Pedira uma cozinha com claraboia, que se projetasse sobre a sala, que por sua vez teria uma lareira suspensa. Pedira também uma sala de jantar com banquinhos sob as janelas e um quarto de vestir junto ao quarto principal. E ele fizera uma maquete em escala.

Espero que as tenha guardado, pensou. Tirou a pilha de papéis da gaveta. Não eram tantos como imaginara, e embaixo deles, no fundo da gaveta, encontrou uma caixa volumosa — não, duas, embrulhadas com papel pardo e barbante. Mas estavam firmemente encaixadas e ela teve de se ajoelhar no chão para, com os dedos, soltá-las.

Colocou-as sobre a bancada, procurou uma ferramenta afiada no painel, cortou o barbante, retirou o pesado papel pardo e abriu a tampa da primeira caixa.

Então, num misto de fascinação horrorizada e descrença, viu os maços de dinheiro, uns ao lado dos outros, dentro da caixa: notas de 20, 50, umas poucas de 100 dólares — algumas velhas, outras novas em folha. Na segunda caixa as notas eram quase todas de 50.

Uma hora depois, após contá-las e recontá-las cuidadosamente, Lisa, perplexa, admitiu para si própria que Jimmy Ryan escondera 50 mil dólares naquele porão. Seu amado marido de repente tinha se transformado num estranho.

19

Desde que saíra da Flórida para Nova York, havia dois anos, Bonnie Wilson, paranormal e médium, formara uma sólida clientela que recebia com regularidade em seu apartamento na West End Avenue.

Aos 30 anos, esguia, com cabelo preto liso e volumoso na altura dos ombros, pele clara e medidas invejáveis, Bonnie talvez parecesse mais uma modelo do que um mestre em fenômenos paranormais, mas na realidade se estabelecera na profissão e era muito procurada por pessoas ansiosas por entrar em contato com entes queridos desaparecidos.

Como costumava explicar aos recém-chegados:

— Todos temos capacidades paranormais, alguns mais do que outros. Qualquer um pode desenvolvê-las; no entanto, as minhas já estavam devidamente afinadas desde que nasci. Mesmo quando criança, eu tinha a capacidade de pressentir o que se passava na vida das outras pessoas, intuitivamente ouvir suas preocupações e ajudá-las a encontrar as respostas que buscavam. Quando estudava, rezava ou me juntava a grupos que partilhavam esses dons especiais, descobri que, durante as consultas, os entes queridos, agora num plano superior, vinham se unir a nós. Às vezes suas mensagens eram específicas. Outras vezes, queriam apenas comunicar aos que ficaram que estavam bem e felizes, e que seu amor era eterno. Com o tempo, minha capacidade de comunicação se tornou mais e mais precisa. Algumas pessoas ficam perturbadas com aquilo que lhes digo, mas a maior parte se sente muito reconfortada. Esforço-me para ajudar todos os que vêm até mim, e peço apenas que me tratem com consideração e respeitem meus dons. Quero poder ajudar, pois Deus me deu essa capacidade e é minha obrigação dividi-la com os outros.

Bonnie participava regularmente das reuniões da Associação de Fenômenos Extrassensoriais de Nova York, realizadas na primeira quarta-feira de cada mês. Hoje, como esperava, Gert MacDermott, uma frequentadora assídua dessas sessões, não estava presente. Em tons sussurrantes, os sócios falavam da terrível tragédia que se abatera sobre a família. Gert, normalmente uma pessoa loquaz, tinha um extraordinário orgulho de sua bem-sucedida sobrinha e falava com frequência de suas habilidades mediúnicas. Tinha mesmo aventado a possibilidade de apresentá-la ao grupo, mas até então ela não tinha comparecido às reuniões.

— Conheci o marido da sobrinha, Adam Cauliff, num coquetel na casa de Gert — disse o Dr. Siegfried Volk a Bonnie. — Gert parecia gostar muito dele. Acho que ele não tinha grande interesse em nossos estudos e esforços mediúnicos, mas certamente aparecia para agradá-la. Um homem encantador. Enviei um bilhete a Gert expressando meus sentimentos, e pretendo procurá-la na próxima semana.

— Também vou visitá-la — disse Bonnie. — Quero ajudá-la e sua família como puder.

20

Mais cedo naquele dia, Jed Kaplan tinha saído para seu passeio favorito, que começava no apartamento da mãe, na 14th Street com a Primeira Avenida, e terminava no rio Hudson, na marina de North Cove, junto ao World Financial Center, onde Adam Cauliff deixava o iate atracado. Era o quinto dia consecutivo em que Jed fazia esse percurso, uma caminhada de cerca de uma hora, dependendo das distrações que encontrasse no caminho, e cada vez gostava mais.

Agora, tal como no dia anterior, Jed sentou-se olhando o Hudson, um pequeno sorriso nos lábios. Ao pensar que o *Cornelia II* não estava mais arrogantemente balançando na água sentiu um arrepio de prazer quase sensual. Saboreou a imagem do corpo de Adam Cauliff explodindo em pedaços, a começar pela percepção instantânea e aterradora que deve ter passado pela mente de Cauliff de que ia realmente morrer.

Depois, pensou no corpo sendo despedaçado, lançado no ar e caindo na água — era uma imagem que se repetia continuamente em sua mente, satisfazendo-o cada vez mais.

A temperatura caíra durante todo o dia, e, agora que o sol se punha, a brisa do rio se tornara fria e penetrante. Jed olhou em volta, reparando que as mesas ao ar livre na esplanada, que tinham estado cheias durante os últimos quatro dias, agora estavam vazias. Os passageiros que chegavam na barca de Jersey City e Hoboken vinham apressadamente em busca de abrigo. Um bando de maricas, pensou Jed com menosprezo. Deveriam tentar viver nos descampados da Austrália por alguns anos.

Observou um navio de cruzeiro sendo rebocado em direção a Narrows e perguntou-se para onde estaria indo: Europa? América do Sul? Que diabo, talvez ele devesse tentar ir a algum desses lugares. Definitivamente chegara a hora de se mandar. A velha o estava enlouquecendo, e só podia deduzir que ele também a estava enlouquecendo.

Após lhe preparar o café naquela manhã, ela dissera:

— Jed, você é meu filho, e eu te amo muito, mas não estou mais aguentando seu jeito. Tem que deixar tudo isso para trás. Apesar do que você pensa, Adam Cauliff era um bom homem, ou pelo menos eu achava que sim. Agora, infelizmente, está morto, portanto você não tem mais razões para continuar a odiá-lo. Está na hora de seguir em frente. Posso lhe dar dinheiro para que comece uma nova vida em algum lugar.

De início, ela sugerira 5 mil dólares. No fim do café da manhã, a quantia tinha subido para 25 mil, além do direito de ler o testamento dela, no qual deixava tudo para ele. Antes de finalmente concordar em sair da cidade, ele a fizera jurar pela alma do pai que nunca alteraria o testamento.

Cauliff lhe pagara 800 mil dólares pela propriedade. Conhecendo a avareza da mãe, sabia que o mais provável era o dinheiro ainda estar lá quando ela batesse as botas.

Certamente não era a quantia que tinha em mente — a propriedade valia dez vezes mais —, mas era o melhor que conseguira, já que ela praticamente jogara fora a herança. Jed deu de ombros e voltou a visualizar a morte de Adam Cauliff.

Uma testemunha da explosão que estivera num barco que voltava da Estátua da Liberdade fora citada no *Post* como tendo dito: "O barco não estava se movendo. Pensei que tivessem jogado a âncora e estivessem tomando uma bebida ou algo assim. A água começou a ficar agitada, e me lembro de ter pensado que a festa iria durar pouco. Então, de repente, *bum*. Foi como se tivesse sido atingido por uma bomba atômica."

Jed recortara e guardara esse relato da explosão no bolso da camisa. Gostava de relê-lo, tinha prazer em imaginar os corpos e destroços sendo atirados ao ar pela força da explosão. Só lamentava não ter estado lá para presenciar isso.

Era uma pena que outras pessoas tivessem morrido, é claro, mas vai ver não eram grande coisa, já que trabalhavam com Cauliff, disse a si próprio. Deviam estar mancomunadas com ele nessa trapaça de defraudar viúvas senis de suas propriedades por uma fração do valor real. Bem, pelo menos não vai haver um *Cornelia III*, exultou.

— Com licença, senhor.

Sobressaltado, ele caiu em si e, na defensiva, aprontou-se para dizer a quem quer que viera aborrecê-lo que se mandasse. Mas no lugar do mendigo sem-teto que esperava enfrentar, viu-se encarando os olhos experientes de um homem de rosto severo.

— Detetive George Brennan — disse o homem, mostrando o distintivo.

Tarde demais Jed percebeu que zanzar pela marina podia ser a coisa mais estúpida que fizera em toda a sua vida.

21

Parecia que a busca de Dan Minor pela mãe ia finalmente dar frutos. A mulher do abrigo que reconhecera a fotografia dela e até a chamara de "Quinny" proporcionara-lhe o primeiro fio de esperança num longo tempo. Estava à procura da mãe, sem qualquer sucesso, havia tantos anos, que mesmo uma réstia de esperança era o suficiente para lhe dar novo ânimo.

Hoje, na verdade, sentia-se tão animado que, mal acabara o turno da tarde no hospital, mudara rapidamente de roupa e correra para o Central Park, a fim de continuar sua busca.

Era como se tivesse passado toda a sua existência procurando pela mãe. Ela desaparecera quando ele tinha 6 anos, logo depois do acidente que quase o matara.

Lembrava-se claramente de acordar no hospital e vê-la ajoelhada ao lado da cama, soluçando. Mais tarde, descobrira que, em consequência do acidente — ela estava bêbada quando acontecera —, sua mãe fora indiciada por negligência criminal e, para não enfrentar um terrível julgamento público e a perda quase certa da custódia do filho, fugira.

Às vezes, em seu aniversário, Dan recebia um cartão sem assinatura que sabia ter sido enviado por ela. Mas, durante muito tempo, essa fora a única confirmação de que ela ainda estava viva. Então, sete anos antes, estava sentado com a avó na sala de casa quando ligara a televisão e começara a passear pelos canais, detendo-se por acaso num documentário sobre os sem-teto de Manhattan.

Algumas das entrevistas tinham sido gravadas nos abrigos, outras nas ruas. Uma das mulheres entrevistadas estava parada numa esquina da Broadway, em Manhattan. A avó de Dan estava lendo, mas deu um salto quando a mulher falou, desviando os olhos para a tela.

Quando o entrevistador perguntou seu nome, a sem-teto respondeu:

— As pessoas me chamam de Quinny.

— Ah, meu Deus. É a Katryn! — gritara a avó. — Dan, olhe! *É a sua mãe!*

Teria realmente se lembrado daquele rosto, ou teriam sido as inúmeras fotos dela que vira ao longo dos anos que lhe deram a certeza que de aquela mulher era mesmo sua mãe? O rosto na televisão estava desgastado, os olhos sem vida; ainda assim havia traços da bela jovem que tinha sido. O cabelo escuro, agora generosamente salpicado de branco, despenteado e caindo volumosamente sobre os ombros, só podia lhe dar um aspecto desleixado. Ainda assim, a seus olhos, ela era linda. Usava um casaco gasto, grande demais para ela. Sua mão agarrava o carrinho de compras cheio de sacos plásticos.

Ela estava com 50 anos quando vi o programa, pensou Dan muitas vezes. Parecia muito mais velha.

— De onde você é, Quinny? — perguntara o entrevistador.

— Sou daqui, agora.

— Tem família?

Ela olhara diretamente para a câmera.

— Uma vez, tive um menininho maravilhoso. Não o merecia. Ele estava melhor sem mim, por isso fui embora.

No dia seguinte, os avós de Dan contrataram um detetive particular para tentar localizá-la, mas Quinny desaparecera. Dan conseguira saber alguma coisa sobre a maneira como vivia e seu estado de espírito — fatos que o entristeceram e partiram o coração dos avós.

Agora, alguns dias depois de ter encontrado alguém que identificara a foto de sua mãe, estava mais determinado do que nunca a localizá-la. Ela está em Nova York, pensou Dan. Vou encontrá-la. *Vou*. Mas, quando isso acontecer, o que vou dizer? O que vou fazer?

É claro que não precisava se preocupar — vinha ensaiando esse reencontro havia muito tempo. Talvez limitasse seus comentários àquelas palavras que tivessem significado para ela: "Pare de se punir. Foi um acidente. Se eu posso perdoá-la, por que você não pode se perdoar?"

Ele tinha dado seu cartão de visita a Lilly Brown, a mulher que conhecera no abrigo.

— Se a vir, me telefone — dissera-lhe. — Por favor, não lhe diga que estou à procura dela. Pode desaparecer outra vez.

Lilly o tranquilizara:

— Quinny vai voltar. Se a conheço bem, não deve demorar. Nunca fica fora de Nova York muito tempo, e no verão ela gosta de ficar sentada no Central Park. Diz que é seu lugar favorito em todo o mundo. Vou perguntar por aí. Talvez alguém a tenha visto recentemente.

Por ora eu tenho que me contentar com isso, pensou Dan enquanto corria pelas alamedas do Central Park; o céu ainda estava claro graças ao pôr do sol, mas o ar estava cada vez mais frio, e o vento gelava-lhe as costas e as pernas. Agora que o verão estava quase chegando — que esta noite, por favor, não seja uma amostra do que será o verão em Nova York, porque vai ser gelado —, havia sempre a possibilidade de que a mulher chamada "Quinny" viesse a ser encontrada sentada num dos bancos do parque.

22

Cornelius MacDermott chegou ao apartamento de Nell pontualmente às 6 horas. Quando ela abriu a porta, mantiveram-se afastados por alguns momentos, olhando-se em silêncio. Depois ele avançou e a abraçou.

— Nell — disse —, você se lembra do que os velhos irlandeses dizem aos que estão de luto nos velórios? Dizem: "Lamento muito sua dor." Você achava que era o mais idiota dos comentários. Num tom pretensioso e malicioso, você disse: "Não se lamenta a *dor* de alguém. Lamenta-se que o outro *sinta* dor."

— Eu lembro — disse Nell.

— E o que foi que eu respondi?

— Que a expressão queria dizer: "*Sua* dor é *minha* dor. Compartilho de seu sofrimento."

— Isso mesmo. Portanto, pense em mim como um daqueles velhos irlandeses. Sua dor *é* minha dor, de verdade. E é por isso que você precisa saber o quanto sinto por Adam. Daria qualquer coisa para impedir que você sentisse essa dor que sei que está sentindo.

Seja justa com ele, disse Nell a si própria. Mac tem 82 anos. Amou-me e cuidou de mim desde que me conheço por gente. Talvez não conseguisse deixar de ter ciúmes de Adam. Muitas mulheres adorariam ter se casado com ele, depois que vovó morreu. Provavelmente foi por minha causa que não se envolveu com nenhuma delas.

— Sei que sim. E fico feliz que esteja aqui. Acho que só preciso de tempo para assimilar tudo.

— Bem, infelizmente, Nell, tempo é o que você não tem — disse-lhe Mac abruptamente. — Vamos nos sentar. Temos muito o que conversar.

Sem saber bem o que esperar, ela obedeceu, seguindo-o até a sala.

Assim que se sentou, Mac começou:

— Nell, sei que está atravessando um momento terrível, mas há algumas coisas sobre as quais precisamos conversar. A missa em memória de Adam ainda nem foi celebrada, e aqui estou eu a importuná-la com perguntas difíceis. Lamento ter que agir assim. Talvez você queira me mandar embora, e vou entender se fizer isso. Mas algumas coisas simplesmente não podem esperar.

Agora Nell sabia o que ele ia dizer.

— Este não é apenas um ano de eleição *qualquer*. É um ano de eleição presidencial. Você sabe tão bem quanto eu que tudo pode acontecer, mas o nosso homem tem grande vantagem e, a não ser que faça alguma coisa muito estúpida, será o próximo presidente.

Provavelmente *vai ser* o próximo presidente, pensou Nell, e um bom presidente. Pela primeira vez desde que ouvira a notícia da morte de Adam, sentiu um calafrio — um primeiro sinal de vida. Olhou para o avô e viu que seus olhos estavam mais brilhantes do que das últimas vezes que o vira. Nada como uma campanha política para fazer o cavalo velho se pôr de pé e sair galopando, pensou.

— Nell, acabei de saber que mais dois sujeitos estão prestes a se candidatar a meu antigo lugar, Tim Cross e Salvatore Bruno.

— Tim Cross não passa de um chorão no conselho, e Sal Bruno perdeu mais votos para senador em Albany que uma mãe de dez filhos perdeu sangue — retrucou Nell.

— Essa é a minha menina. Você poderia ter conquistado o lugar.

— *Poderia* ter conquistado? Do que está falando, Mac? *Vou à luta. Tenho* que fazer isso.

— Você talvez não tenha essa oportunidade.

— Vou perguntar de novo: do que está falando, Mac?

— Não há uma maneira fácil de dizer isso, Nell, mas Robert Walters e Len Arsdale vieram me ver esta manhã. Vários empreiteiros assinaram uma declaração dizendo que pagaram subornos de milhões de dólares à Walters & Arsdale para conseguir as obras de vulto. Robert e Len são dois bons homens. Conheço-os desde sempre. Nunca o fariam. Nunca receberiam suborno.

— O que está tentando dizer, Mac?

— Nell, estou dizendo que o mais provável é que Adam estivesse recebendo suborno.

Ela encarou o avô durante alguns momentos, depois abanou a cabeça.

— Não, Mac, não acredito nisso. Ele não o faria. É fácil demais, para não dizer conveniente, jogar a culpa num homem morto. Alguém disse textualmente que entregou o dinheiro a Adam?

— Winifred era o mensageiro.

— *Winifred!* Pelo amor de Deus, Mac, aquela mulher tinha menos iniciativa que um girassol. O que o faz pensar que ela seria capaz de arquitetar um esquema de suborno?

— É isso mesmo. Embora Robert e Len concordem que Winifred conhecia o negócio de trás para frente, e saberia como articular um golpe, concordam também que nunca tentaria fazer uma coisa dessas sozinha.

— Mac — protestou Nell. — Ouça o que está dizendo. Você está partindo do princípio de que seus dois velhos amigos são puros como a neve, e que meu marido é um ladrão. Não é inteiramente possível que, ao morrer, ele lhes tenha proporcionado o perfeito bode expiatório para suas artimanhas?

— Bem, deixe-me perguntar-lhe uma coisa: Onde Adam conseguiu dinheiro para comprar a propriedade da 28th Street?

— Comigo.

Cornelius MacDermott a encarou.

— Não me diga que sacou o dinheiro do fundo?

— Era meu, não era? Emprestei o dinheiro a Adam para comprar o imóvel e abrir a própria empresa. Se ele realmente estivesse recebendo dinheiro, como você insinua, teria precisado me pedir emprestado?

— Sim, se não quisesse deixar rastro. Nell, entenda. Se vier a público que seu marido estava envolvido num escândalo de suborno, você pode dizer adeus à chance de se tornar uma congressista.

— Mac, no momento estou muito mais interessada em proteger a memória de Adam do que em pensar no meu próprio futuro político.

Isto não pode estar acontecendo, pensou Nell, colocando as mãos no rosto. Dentro de alguns segundos vou acordar de um pesadelo, Adam estará aqui e nada disto terá acontecido.

Ergueu-se abruptamente e foi até a janela. Winifred, pensou. A quieta, tímida Winifred. Eu a vi sair do elevador e imediatamente soube que ia morrer. Poderia tê-lo evitado?, pensou. Poderia tê-la avisado?

Segundo o que dissera Mac, Walters e Arsdale tinham certeza de que ela os estava enganando. Não acredito que Adam a tivesse levado com ele para a nova empresa se achasse que era desonesta.

É óbvio, decidiu. Se havia suborno, Adam não tinha qualquer conhecimento.

— Nell, não vê que isto dá à explosão uma cara totalmente diferente? — disse Mac, interrompendo seus pensamentos. — Não pode ter sido acidental, e quase certamente tinha como meta impedir que alguém que estava no barco falasse com a promotoria pública.

É como a correnteza, pensou Nell, voltando-se para o avô. Onda atrás de onda arrebentando sobre mim, e eu não conseguindo me manter à tona. Estou sendo levada cada vez para mais longe da praia.

Falaram um pouco sobre a explosão e o esquema de subornos de acordo com Walters e Arsdale. Sentindo que Nell estava se afastando, Mac tentou convencê-la a ir jantar com ele, mas ela recusou o convite.

— Mac, neste momento eu não conseguiria sequer engolir. Mas vamos jantar em breve. Prometo. Logo vou ser capaz de falar desses assuntos — disse.

Quando ele saiu, Nell foi ao quarto e abriu a porta do armário de Adam. O blazer azul-marinho que usara na volta da Filadélfia estava no cabide onde ela o pendurara na manhã seguinte. Quando Winifred veio na sexta-feira à tarde devo ter lhe dado o outro, pensou, que é igual a este exceto pelos botões prateados. Então, este foi o que ele usou um dia antes de morrer.

Nell tirou-o do cabide e enfiou os braços nas mangas. Esperava se sentir reconfortada, como se Adam a estivesse abraçando, mas, em vez disso, sentiu uma gélida sensação de alienação, seguida de uma súbita e perturbadora lembrança da desagradável troca de palavras entre eles naquela última manhã que o fizera sair às pressas, sem levar o casaco.

Ainda vestindo o blazer, andou inquieta pelo quarto. Em sua mente começava a se formar uma ideia, espontânea e não desejada. Adam andava nervoso nos últimos meses. Além da pressão normal referente à abertura da nova empresa, haveria algo mais o atormentando? Seria possível que alguma coisa estivesse acontecendo e ela não tivesse percebido? Teria Adam motivos para temer uma investigação?

Parou por um momento, pesando as palavras de Mac. Depois, abanou a cabeça. Não. Não, nunca poderei acreditar nisso, pensou.

Quinta-feira, 15 de junho

23

Depois que George Brennan lhe telefonara para contar do rapaz que tinha prendido na marina no dia anterior e levado para interrogatório, Jack Sclafani correu até o centro da cidade para encontrar o parceiro.

— Está quase fácil demais — disse-lhe Brennan. — Se você prestar atenção na maneira como as coisas estão se configurando, esse cara não só cometeu o crime como ficou lá, esperando que o agarrássemos.

Fez para Jack um resumo da ficha de Jed Kaplan:

— Trinta e três anos. Criado em Manhattan, em Stuyvesant Town, na East 14th Street. Sempre metido em problemas. Seu dossiê criminal no juizado de menores é confidencial, mas depois de adulto ele ficou preso por breves períodos em Riker's Island por brigas em bares. Aparentemente, torna-se bastante violento quando bebe ou usa drogas.

Brennan sacudiu a cabeça, enojado, e prosseguiu:

— O pai e o avô eram peleteiros bastante respeitados. A mãe, uma simpática senhora já de certa idade. A família possuía um galpão na 28th Street, que Adam Cauliff comprou da mãe de Jed por um preço bastante justo no ano passado. Jed voltou a Nova York no mês passado, após passar cinco anos na Austrália. Pelo que dizem os vizinhos, ficou furioso ao saber que a mãe tinha vendido o galpão.

"Parece que o que o deixou maluco foi o valor do lote ter mais do que triplicado, porque a mansão Vandermeer, um antigo prédio que ficava perto dele e que era tombado como monumento histórico, pegou fogo em setembro último. Ora, um monte de cinzas não pode mais ser um monumento histórico... Foi então que essa propriedade foi vendida a Peter Lang, o empresário do ramo imobiliário da moda. Se você bem se lembra, ele deveria estar naquele iate, o *Cornelia II*, quando este explodiu, mas na verdade não conseguiu chegar à reunião porque teve um acidente no caminho."

Brennan baixou os olhos para sua escrivaninha e inclinou-se para pegar a caneca de café, que tinha deixado esfriar.

— Adam Cauliff estava em negociações com Lang para construir um elegante complexo residencial-comercial nos dois lotes. Ele planejara uma torre que se elevaria no lugar exato em que os Kaplan costumavam pendurar as peles. Portanto, temos o motivo: o jovem Kaplan estava furioso porque o lote tinha sido vendido por um preço inferior a seu valor real, e a oportunidade. Será que isso basta para prendê-lo e condená-lo? Claro que não, mas é um bom começo. Venha comigo, ele está lá dentro.

Jed olhou para eles com um risinho zombeteiro.

Jack não precisou dar mais do que uma rápida olhada nele para ter certeza de que estavam lidando com um bandido. Sua aparência o denunciava: o olhar furtivo; a expressão sarcástica que parecia gravada no rosto; a maneira como se sentava à mesa, meio encurvado, como que prestes a atacar ou fugir. E ainda o leve cheiro adocicado de maconha impregnado em suas roupas.

Aposto que também tem uma ficha policial na Austrália, pensou Jack.

— Estou preso? — perguntou ele.

Os dois detetives se entreolharam.

— Não, não está — disse George Brennan.

Jed empurrou a cadeira para trás.

— Então vou dar o fora daqui.

George Brennan esperou até que ele tivesse saído, então virou-se para o velho amigo e perguntou, com um ar pensativo:

— O que você acha?

— De Jed? É um vagabundo — disse Jack. — E se acho que seria capaz de explodir aquele iate? Sem dúvida. — Fez uma pausa. — O que me aborrece, no entanto, é que, se ele realmente mandou aquelas pessoas para o outro mundo, não acho que fosse tão estúpido a ponto de perambular pela marina. Ele pode ser safado, mas será que é burro?

24

Nas primeiras horas da madrugada, Ken e Regina Tucker despertaram com os gritos de terror vindos do quarto do filho, Ben. Era a segunda vez desde a malfadada viagem a Nova York que Ben tinha aqueles pesadelos assustadores.

Ambos saltaram da cama e correram pelo corredor, abriram a porta do quarto do filho, acenderam a luz e entraram. Ken pegou o menininho nos braços e o manteve apertado contra o peito.

— Está tudo bem, cara, tudo bem — repetiu, acalmando-o.

— Manda a cobra embora — soluçou Ben. — Manda ela embora.

— Ben, foi só um pesadelo — disse Regina, acariciando-lhe a testa. — Estamos aqui do seu lado; está tudo bem.

— Conte para a gente o que aconteceu — pediu Ken.

— A gente estava navegando no rio, e eu estava olhando a água. Aí o outro barco... — Os olhos de Ben ainda estavam fechados; sua voz falhou e foi sumindo.

Seus pais se entreolharam.

— Ele está com o corpo todo tremendo — murmurou Regina.

Levou quase meia hora para se certificarem de que Ben tinha caído de novo no sono. Ao voltarem para o quarto, Ken disse baixinho:

— Acho que devíamos levar Ben a um terapeuta. Não sou nenhum especialista no assunto, mas, pelo que li e ouvi na televisão, me parece que isso é um caso do que eles chamam de síndrome de estresse pós-traumático.

Ele se sentou na beira da cama.

— Que falta de sorte! Você tenta proporcionar ao seu filho um dia inesquecível em Nova York e ele tem o azar de estar olhando no exato momento em que um iate explode, com quatro pessoas a bordo. Seria melhor ter ficado em casa.

— Você acha que ele viu mesmo essas pessoas explodirem?

— Com a visão que tem, é bem possível; pobre garoto. Mas ele é jovem e forte. Com ajuda, vai ficar bem. Sei que está quase na hora de levantar, mas vamos ver se conseguimos dormir mais alguns minutos. Tenho um dia de trabalho cheio pela frente e não quero ficar cochilando.

Regina Tucker apagou a luz e se deitou, aconchegando-se ao marido para se sentir mais tranquila. Por que Ben andava sonhando com cobras?, perguntou-se. Talvez por saber que sempre tive medo delas. Vai ver falei demais sobre isso na frente dele. Mas nada explica por que ele associou meu medo de cobras ao pesadelo com o iate.

Sentindo-se infeliz e culpada, fechou os olhos e tentou dormir, ainda que todos os seus sentidos estivessem alerta caso Ben voltasse a gritar de terror.

25

Na missa em memória de Adam Cauliff, celebrada no fim da manhã de quinta-feira, Nell se sentou no primeiro banco da igreja, entre o avô e a tia-avó. Sentia-se distante, quase como um observador externo. Enquanto a cerimônia se desenrolava, as lembranças a invadiam, e pensamentos dispersos percorriam sua mente.

Tinha se sentado naquele mesmo banco 22 anos antes, para o mesmo tipo de missa — para sua mãe e seu pai. *Seus* corpos, tal como o de Adam, tinham se perdido na explosão e no incêndio que se seguiram à queda do avião.

Adam era filho único, de dois filhos únicos.

Eu era filha única, de dois filhos únicos.

O pai de Adam morrera quando ele ainda estava no colégio; sua mãe, logo depois que ele se formou.

Seria em parte por isso que ela se sentira atraída por ele? Um sentimento compartilhado de isolamento?

Ela se lembrou de que, em seu primeiro encontro, Adam lhe dissera: "Eu não volto mais para Dakota do Norte. Não tenho mais parentes lá e me sinto muito mais próximo dos amigos que fiz na faculdade que das crianças que cresceram comigo."

Desde a morte de Adam, esses amigos da faculdade não se manifestavam. Que soubesse, nenhum deles tinha ido assistir à missa.

Minha vida era tão cheia, tão ocupada. Havia sempre tanta coisa acontecendo. Limitei-me a encaixar Adam em minha rotina, como teria feito com qualquer outro novo compromisso ou responsabilidade. Encarava-o como coisa segura, com a qual não precisava me preocupar. Nunca o forcei a falar de sua infância. Nunca lhe perguntei se gostaria que algum de seus velhos amigos viesse nos visitar.

Por outro lado, Adam alguma vez sugerira que ela os convidasse?

Eu teria concordado imediatamente, disse Nell para si mesma.

A igreja estava cheia de amigos dela, e amigos de Mac, de eleitores que os consideravam como sua família.

Sentiu a mão do avô sob seu braço, instando-a a se levantar. Monsenhor Duncan estava lendo o Evangelho.

Lázaro, aquele que ressuscitou dos mortos.

Volte, Adam, por favor, volte, suplicou ela.

Monsenhor Duncan discorreu sobre a violência sem sentido que tinha ceifado a vida de quatro pessoas inocentes. Depois, voltou-se para o altar.

A pausa antes da bênção final, pensou Nell, mas se deu conta de que Mac avançara pelo corredor central e estava subindo os degraus do altar.

Mac parou diante do púlpito.

— Adam era meu neto por consideração — começou.

Mac está fazendo o elogio fúnebre de Adam. Não me disse que pretendia fazer isso. Ela pensou então, com tristeza, que talvez ninguém tivesse se proposto a fazer isso; ninguém mais conhecia Adam o bastante ou tinha suficiente afeição por ele para lhe prestar essa homenagem.

Por um momento ela se sentiu à beira de um riso histérico, ao se lembrar de uma piada que Mac às vezes contava nas reuniões políticas quando queria ridicularizar um oponente:

"Pat Murphy morreu. Na missa, o padre se levanta e pergunta quem quer dizer algumas palavras elogiosas sobre ele. Mas, por alguma razão, Pat não tinha um só amigo no mundo, portanto, ninguém se levanta para falar por ele. O padre solicita de novo um voluntário para falar e, mais uma vez, ninguém se apresenta. Ao pedir pela terceira vez, bastante aborrecido, o padre praticamente grita: 'Não sairemos desta igreja sem que alguém diga algumas palavras sobre Pat Murphy.' Ao ouvir isso, um sujeito se levanta e diz: 'O irmão dele era pior.'"

Adam, por que não há ninguém aqui para falar por *você*?, pensou Nell. Por que alguém o odiava tanto a ponto de matá-lo?

Mac voltara para o banco. Em seguida houve a bênção final e a música de encerramento. A missa tinha acabado.

Quando Nell saiu da igreja com Mac e Gert, uma mulher se aproximou e a deteve.

— Posso falar com você? — perguntou. — Por favor. É muito importante.

— Claro.

Nell se afastou de Mac e Gert. Conheço essa mulher, pensou ela. Mas de onde?

A mulher parecia ter aproximadamente sua idade e, assim como Nell, estava vestida de preto. Tinha os olhos inchados, e havia sinais de sofrimento em seu rosto. É Lisa Ryan, pensou Nell, finalmente lembrando-se dela da fotografia que saíra nos jornais. Seu marido, Jimmy, estava a bordo com Adam. Ela me telefonou quando começaram a publicar histórias dizendo que a explosão poderia ter sido um ato de suicídio e que ele poderia ter sido responsável pelas mortes. Ao telefone, ela reconheceu que o marido andara deprimido, mas insistiu em que ele jamais feriria alguém deliberadamente.

— Sra. Cauliff — começou Lisa rapidamente —, será que poderia vê-la em particular? O mais rápido possível. É muito importante. — Ela olhou nervosamente em volta. De repente seus olhos se arregalaram e uma expressão de pânico invadiu-lhe o rosto. — Lamento tê-la importunado — disse abruptamente, virando-se e descendo depressa os degraus da igreja.

Ela está *aterrorizada*, pensou Nell. Mas com o quê? O que significa tudo isso?

Olhou para trás e reconheceu o detetive Brennan, que saía da igreja com outro homem, vindo em sua direção. Por que, perguntou-se, a visão desses dois homens teria aterrorizado a viúva de Jimmy Ryan?

26

NA TARDE DESSA MESMA QUINTA-FEIRA, BONNIE WILSON telefonou para Gert MacDermott, perguntando-lhe se podia dar um pulinho em sua casa.

— Bonnie, com toda sinceridade, hoje não é o melhor dia para mim — disse Gert. — A missa em memória de Adam

Cauliff foi esta manhã, e meu irmão convidou as pessoas para um almoço no Plaza Athenée. Acabei de chegar em casa. O dia foi extremamente longo.

— Gert, desculpe se insisto, mas tenho que falar com você. Posso estar aí em vinte minutos e prometo que não ficarei mais do que meia hora.

Gert suspirou ao desligar o aparelho. Após os altos e baixos emocionais daquele dia, a única coisa que ela queria era vestir um penhoar e tomar uma xícara de chá.

Gostaria de, com a idade, ter me tornado mais impositiva, pensou. Mas a verdade é que Cornelius provavelmente é firme o suficiente por nós dois, concluiu ela.

Suas palavras sobre Adam tinham sido um bonito gesto, pensou. Ela lhe dissera isso ao fim da missa.

— Qualquer político capaz pode falar muito bem sobre qualquer pessoa, Gert — respondeu ele bruscamente. — Você deveria saber disso, depois de me ouvir fazer discursos ocos há tanto tempo.

Irritada com sua aspereza, ela o aconselhou a não dizer isso a Nell. Felizmente, para seu crédito, ele manteve a boca fechada quando esta veio lhe agradecer.

Ah, pobre Nell, pensou, lembrando-se de sua conduta durante a cerimônia daquela manhã. Se ao menos ela pudesse ter demonstrado qualquer emoção... Em vez disso, apenas permaneceu sentada ali, entorpecida. Ela reagira quase da mesma maneira na missa para Richard e Joan, tantos anos antes.

Naquele dia, Cornelius chorara silenciosamente durante toda a missa. Aos 10 anos, a pequena Nell lhe acariciara a mão, tentando consolá-lo. Tal como hoje, ela não derramara sequer uma lágrima.

Gostaria que ela me permitisse ficar ao seu lado durante algum tempo, pensou Gert. Nell não está aceitando a morte de Adam, ainda não está sabendo lidar com isso. No almoço, depois da missa, ela dissera à tia: "Tudo é ainda tão irreal."

Gert suspirou ao cruzar o quarto e abrir o armário. Santo Deus, preferia que Bonnie não tivesse insistido em vir justamente agora, mas pelo menos posso vestir algo mais confortável antes que ela chegue.

Enfiou uma calça comprida e um suéter de algodão e calçou chinelos confortáveis. Lavou o rosto e penteou os cabelos. Sentindo-se mais refrescada, voltou ao salão justamente na hora em que o interfone soou e o porteiro lhe perguntou se estava esperando a Sra. Wilson.

— Sei que você preferia que eu não tivesse vindo — disse Bonnie assim que entrou no apartamento. — Mas senti que era necessário. — Seus intensos olhos cinzentos estudaram o rosto de Gert. — Não se preocupe — disse ela calmamente. — Acho que posso ajudar sua sobrinha. Pressinto que você ia justamente se servir de uma xícara de chá. Por que não duas?

Minutos depois, as duas estavam sentadas uma de cada lado da pequena mesa da cozinha.

— Lembro que minha mãe costumava ler nas folhas de chá — disse Bonnie. — Ela fazia isso muito bem. Tenho certeza de que tinha poderes paranormais naturais que não chegava a compreender. Desde que predisse corretamente que um primo nosso ia cair gravemente doente, meu avô lhe pediu que parasse de ler a sorte das pessoas. Ele a convenceu de que nosso primo tinha ficado doente por poder de sugestão.

Os dedos finos e longos de Bonnie envolviam a xícara. Algumas folhas de chá tinham escapado do coador, e ela as mirava reflexivamente. Seus cabelos negros caíram para frente, ocultando-lhe o rosto. Gert observou-a com preocupação crescente. *Ela sabe de alguma coisa*, pensou. Ela vai me dar más notícias, tenho certeza.

— Gert, você já ouviu falar no fenômeno das vozes independentes, não? — perguntou Bonnie.

— Claro que sim. Até onde sei, é coisa extremamente rara.

— Isso mesmo. Uma nova cliente veio me consultar ontem. Consegui me comunicar com a mãe dela no outro mundo e acho que isso a ajudou a aceitar a morte da mãe. Mas aí, justamente no momento em que a mãe dela disse que estava cansada e que ia nos deixar, senti que alguma outra pessoa estava querendo me contatar.

Gert pousou a xícara.

— Minha cliente foi embora e eu fiquei sentada, quieta, por alguns instantes, esperando para ver se eu ia receber alguma mensagem. Então, ouvi aquela voz: a voz de um homem. Mas era tão baixinha no início que eu não conseguia compreender o que ele estava dizendo. Esperei e senti o esforço que ele fazia, a dificuldade para chegar até mim, e então percebi que repetia o mesmo nome várias vezes: "*Nell, Nell, Nell.*"

— Era ... — A voz de Gert se perdeu.

Os olhos de Bonnie ficaram enormes, quase luminosos. As íris cinza-escuro tinham se tornado quase negras. Ela acenou afirmativamente.

— Pedi que se identificasse. Sua energia estava quase esgotada, de forma que ele mal conseguia se comunicar comigo. Mas, pouco antes de partir, ele disse: "Adam. Meu nome é Adam."

27

Quando o almoço acabou, Nell insistiu em ir sozinha a pé para casa. Sabia que andar os dez quarteirões até seu prédio só podia lhe fazer bem e queria um tempo para si, para poder pensar.

— Mac, estou bem — disse ela ao avô, tranquilizando-o. — Por favor, pare de se preocupar comigo.

Finalmente ela foi embora, enquanto Mac ainda ficou fazendo sala aos últimos convidados do almoço, velhos amigos que também exerciam poder e influência no partido. Muitos deles, mal tinham terminado de lhe dar os pêsames, já estavam discutindo sobre política com ela.

Mike Powers, por exemplo, lhe confidenciara:

— Nell, falando sem rodeios, Bob Gorman não fez coisa alguma nos dois anos em que ocupou a cadeira de Mac. Achamos ótimo que vá trabalhar numa dessas empresas pontocom. Vá com Deus, digo eu. Com você na lista, a vitória é praticamente certa.

Posso mesmo vencer?, perguntou-se Nell enquanto subia a Madison Avenue. Será que você ainda vai pensar da mesma maneira quando descobrir que os ex-patrões de Adam estão tentando jogar a culpa de suas próprias licitações fraudulentas e suborno em cima dele e Winifred?

É tão fácil culpar duas pessoas que não podem mais se defender, pensou ela, zangada. E, principalmente, tão cômodo.

Mas um pensamento insistente invadia o inconsciente de Nell: seria possível que Adam e Winifred tivessem sido mortos porque sabiam demais sobre o escândalo de subornos que o promotor estava investigando?

Se Adam estivesse envolvido de alguma maneira, ainda que mínima, o partido poderia perder aquela cadeira caso o escândalo estourasse depois que ela tivesse anunciado a candidatura.

E o que significava aquela cena, de manhã, na igreja? Por que Lisa Ryan tinha entrado em pânico ao ver os detetives que estavam investigando a explosão do iate? Seria possível que seu marido fosse responsável pelo incidente? Ou quem sabe fosse ele o alvo? Segundo os jornais, ele passara um tempo desempregado, e sua esposa dissera que isso acontecera porque ele se queixara de que estavam utilizando materiais de qualidade inferior num contrato. Será que ele sabia *mais* alguma coisa que o tornaria potencialmente perigoso?

Enquanto andava, Nell tomou consciência do sol em seu rosto. Finalmente levantando a cabeça o suficiente para olhar em volta, deu-se conta de que era uma tarde de verão perfeita. Adam e eu costumávamos passear pela Madison Avenue, pensou com tristeza. Ambos gostavam de observar as vitrines, ainda que raramente comprassem algo. De vez em quando comiam alguma coisa num dos restaurantes do bairro; o mais comum era sentarem-se num dos bares para tomar um café.

Ela sempre se espantava com a quantidade de restaurantes que conseguia sobreviver em Nova York. Passou por dois dos menores, com mesas e cadeiras de ferro fundido sobre a calçada.

Enquanto olhava, duas mulheres se instalaram em uma das mesas, deixando os embrulhos ao lado.

— Estes cafés na calçada me fazem sentir como se estivesse em Paris — disse uma delas.

Adam e eu passamos nossa lua de mel em Paris, lembrou-se Nell. Era a primeira vez que ele visitava aquela cidade. Adorei mostrar Paris a ele.

Mac ficara preocupado porque ela e Adam se conheciam havia muito pouco tempo antes de se casarem. "Espere um ano", aconselhara ele. "Então lhe farei um casamento do qual todo mundo vai falar. O que também é uma boa publicidade."

Ele nunca conseguiu entender por que Nell não quisera um casamento imponente, o que para ela era óbvio. Grandes casamentos eram para pessoas que tinham uma grande família. Ela precisaria ter primas para serem suas damas de honra; avós para dar presentes sentimentais; sobrinhas para jogar pétalas de flores à sua frente e roubar a cena.

Adam e ela tinham falado sobre isso. Todos os amigos do mundo não substituem a presença de uma grande família nessas circunstâncias, e, como isso era uma coisa que nenhum dos dois tinha, excetuando-se, claro, Mac e Gert, decidiram fazer tudo na maior simplicidade.

— Vamos fazer um casamento bem pequeno, bem íntimo — dissera Adam. — Não precisamos de repórteres estourando flashes na nossa cara. E, se eu começar a convidar meus amigos, não sei onde isso vai parar.

Onde estariam esses amigos hoje?, perguntou-se Nell.

Mac teve um ataque quando lhe disse que ela e Adam tinham marcado a data.

— Afinal, quem é esse cara? Nell, você mal o conhece. Tudo bem, é um arquiteto de Dakota do Norte que veio para Nova York com um empreguinho qualquer para começar. O que mais você sabe sobre ele?

Claro que Mac tinha pesquisado sobre Adam.

— Essa faculdade que ele fez não vale nada, Nell. Vá por mim, esse cara não é nenhum Stanford White. E as empresas onde ele trabalhou são empresas familiares, pequenos construtores de centros comerciais, casas de idosos, esse tipo de coisa.

Mas Mac latia e não mordia quando se tratava de Nell — como sempre, pensou ela. Uma vez que compreendera que a decisão fora tomada, ele apresentou Adam a seus amigos Robert Walters e Len Arsdale, que lhe deram imediatamente um emprego.

Nell chegou à porta do prédio. Onze anos antes, quando comprara o apartamento, ela havia acabado de sair da faculdade. Mac não podia entender por que ela não continuava a morar com ele.

— Você vai dirigir o escritório de Nova York para mim e fazer uma faculdade de direito à noite. Guarde suas economias — dissera ele.

— Já está na hora, Mac — insistira ela.

Naquela época, Carlo, o porteiro, acabara de entrar no emprego. Ela se lembrou de que ele a ajudara a descarregar a mala do carro com as poucas coisas que trouxera da casa de Mac. Hoje, sua expressão estava inquieta ao abrir a porta para ela.

— Que dia terrível, Sra. MacDermott — disse Carlo, com os olhos cheios de solidariedade.

— É mesmo, Carlo.

Nell se sentiu estranhamente consolada por aquela voz masculina.

— Espero que a senhora possa ficar tranquila durante o restante do dia.

— É exatamente o que pretendo fazer.

— Sabe, estava pensando naquela senhora que trabalhava para o Sr. Cauliff — disse Carlo.

— Está se referindo a Winifred Johnson?

— Essa mesma. Ela esteve aqui na semana passada, no dia do acidente.

— É isso mesmo.

— Ela estava sempre tão nervosa quando vinha aqui; quer dizer, parecia muito tímida.

— É isso mesmo — tornou a responder Nell.

— Na semana passada, quando eu estava abrindo a porta para ela sair, o telefone celular dela tocou. Ela parou para atender, e acabei escutando sem querer. Era a mãe dela. Acho que está numa casa de repouso, não é?

— Sim, está em Old Woods Manor, em White Plains. O pai de uma amiga minha também esteve lá. É uma das melhores no gênero.

— Eu notei que a mãe da Sra. Johnson estava se queixando de que se sentia deprimida, agora que a Sra. Johnson tinha morrido — disse Carlo. — Espero que a velha senhora tenha alguém para visitá-la.

Uma hora depois, após tomar um banho e trocar as roupas por uma jaqueta e calça jeans, Nell pegou o elevador até a garagem e entrou no carro. Sentia-se envergonhada por não ter pensado em contatar a mãe de Winifred, pelo menos para oferecer seus pêsames e ver se podia fazer alguma coisa por ela.

Mas, enquanto dirigia pela Franklin Delano Roosevelt Avenue, sempre engarrafada, reconheceu que essa súbita visita a Old Woods Manor tinha outra razão. A amiga cujo pai vivera ali lhe dissera que era uma clínica bastante cara. Ao pensar nisso, Nell se perguntou há quanto tempo a Sra. Rhoda Johnson estava morando ali e como Winifred tinha se arranjado para pagar as mensalidades.

Lembrou-se de que Adam observara uma vez que Winifred estava por dentro de tudo que dizia respeito às transações da indústria da construção civil. E Mac sugerira que talvez ela não fosse tão tímida quanto todo mundo pensava.

Agora Nell se indagava se as necessidades de uma mãe doente não teriam dado a Winifred o empurrão que faltava para que ela faturasse em cima de seu conhecimento de transações feitas por baixo dos panos. Talvez ela soubesse alguma coisa sobre as comissões que Walters e Arsdale tinham mencionado a Mac. E talvez tivesse sido por causa *dela* que aquele iate explodira — e que Adam estivesse morto.

28

Peter Lang tivera a intenção de ir à missa em memória de Adam Cauliff, mas na última hora recebeu um telefonema de Curtis Little, funcionário do banco Overland, um dos potenciais parceiros investidores no projeto da Torre Vandermeer. Little queria que ele desse a seu sócio, John Hilmer, um panorama de como andavam as negociações. O único tempo disponível para a reunião coincidia com o horário da missa.

Eles se encontraram na sala de reuniões dos espaçosos escritórios de Peter, no cruzamento da 49th Street com a Avenue of the Americas.

— Meu pai nunca deixou de reclamar quando eles mudaram o nome da Sixth Avenue para Avenue of the Americas — disse Peter a Hilmer enquanto se sentavam em volta da mesa de conferências. — Originalmente estes escritórios pertenciam a ele, que, até se aposentar, dizia a todo mundo que trabalhava na Sixth Avenue. Era um homem muito prático.

Hilmer sorriu levemente. Era sua primeira reunião com o lendário Peter Lang e estava claro que não havia nada de particularmente "prático" no que se referia *a ele*. Mesmo com os cortes e as manchas roxas de seu acidente ainda bem visíveis, Lang era um homem sedutor que exalava autoconfiança e usava roupas caras com uma elegância informal.

O tom ligeiramente descontraído desapareceu quando Lang apontou para uma estrutura coberta por um pano sobre a mesa.

— Curt, em alguns minutos você e John vão ver a maquete de um complexo residencial-comercial desenhado por Ian Maxwell. Como devem saber, Maxwell acabou de terminar um prédio do mesmo tipo de 55 andares no lago Michigan, projeto que ganhou um prêmio. Muitas pessoas o consideraram uma das estruturas mais bonitas e imaginativas construídas em Chicago nos últimos vinte anos.

Ele se interrompeu, e uma expressão de dor atravessou-lhe o rosto.

Com um sorriso de desculpas, Lang pegou um comprimido e o engoliu com um gole d'água.

— Sei que pareço ter sido assaltado, mas o verdadeiro problema é minha costela fraturada — explicou.

Curtis Little, um cinquentão de cabelos grisalhos que transpirava energia, disse secamente:

— Tenho certeza de que, nessas circunstâncias, você dá graças a Deus por ter se saído apenas com alguns arranhões e uma costela quebrada, Peter. Eu, em seu lugar, daria. — Seus dedos tamborilavam na mesa, inquietos. — Isso nos traz ao tema central desta reunião. Como ficamos com respeito ao imóvel de Adam Cauliff?

— Curt, você acompanhou isso desde o começo — disse Peter —, mas deixe-me colocar John a par de tudo. Como você sabe, os quarteirões entre as ruas 23 e 31 do West Side são a próxima área de Manhattan a ser renovada. Na verdade, essa renovação já está até bem avançada. Tentei durante algum tempo fazer com que a mansão Vandermeer fosse retirada da lista de prédios tombados pelo Patrimônio. Estamos de acordo que é um escândalo que propriedades vitais para Manhattan sejam imobilizadas por causa de ligações sentimentais a estruturas sem utilidade e sem sentido que deveriam ter sido destruídas há muitos anos. É bem o caso da mansão Vandermeer, bom exemplo de uma burocracia imbecil: o prédio não só era feio como nunca teve o menor interesse para a arquitetura.

Lang reclinou-se em seu assento, buscando uma posição mais confortável.

— Apesar da minha convicção de que não merecia ser tombado, confesso que nunca pensei que conseguiria fazer a direção do Patrimônio retirar esse prédio da lista dos imóveis tombados. Por isso nunca me interessei pela propriedade dos Kaplan, que era adjacente. Continuei, no entanto, a exercer pressão sobre os membros da direção do Patrimônio e acabei conseguindo o que queria. A ironia da história é que a mansão acabou pegando fogo, com aquela infeliz mulher dentro, horas depois que a direção do Patrimônio votou a favor de sua eliminação da lista. — Ele deu um sorrisinho triste.

Lang voltou a pegar o copo d'água, deixando que o líquido molhasse seus lábios inchados antes de continuar:

— Como sabem, enquanto eu estava lutando para liberar a mansão Vandermeer, Adam Cauliff comprou a propriedade dos Kaplan. Ofereci o dobro do que ele tinha pago, mas não era isso o que ele queria. Em vez de vender, propôs que o contratássemos como arquiteto para o complexo que estávamos planejando construir e que também incluíssemos Sam Krause na construção.

Curtis Little se agitou.

— Peter, não queremos financiar o prédio que Adam Cauliff projetou. Ele não tem nenhuma originalidade, é pretensioso, sem o menor interesse e mistura estilos arquitetônicos.

— Concordo inteiramente com você — retrucou Lang. — Adam pensou que poderia ligar a venda da propriedade a um contrato de arquiteto para si. Achou que faríamos qualquer coisa para obter o terreno dos Kaplan, mas estava enganado. Isso me leva ao projeto de Ian Maxwell. Vários sócios meus já trabalharam com Ian no passado e foi por sugestão deles que o chamei.

Peter se inclinou e puxou o pano que cobria a estrutura que estava sobre a mesa, revelando um modelo em escala de um prédio com uma fachada art déco pós-moderna.

— Ian esteve aqui há duas semanas. Eu o levei ao local e expliquei o problema. Esta é uma primeira versão de como ele pensa construir o tipo de torre complexa que gostaríamos de edificar sem utilizar o terreno dos Kaplan, que agora pertence a Cauliff. Eu disse a Adam, na semana passada, que estávamos elaborando um plano alternativo.

— Cauliff sabia que não pretendíamos levar adiante sua proposta? — perguntou Little.

— Sabia. Ele abriu um escritório próprio na esperança de que não pudéssemos fazer nada sem ele, mas se enganou. Estive com a esposa... ou melhor, a viúva dele, ontem. Falei que precisava vê-la com urgência por questões de negócios na semana que vem. Nessa ocasião, explicarei que não temos necessidade do terreno dela, que vamos chamá-lo de "terreno dos Kaplan", para ficar mais claro, mas que pagaremos um preço justo de mercado se ela quiser se desfazer dele.

— Então, se ela topar... — começou Curtis Little.

— Se fechar conosco, Ian Maxwell fará o projeto de nosso prédio com a torre ao lado, como pensamos originalmente. Se não, como expliquei a Adam, a torre ficará atrás da estrutura, o que, embora não seja o ideal, é bastante satisfatório.

— Acha que Adam Cauliff se contentaria em vender o terreno dos Kaplan por um preço justo de mercado? — indagou John Hilmer.

Peter Lang sorriu.

— Claro que sim. Adam tinha um ego inflado e uma opinião pouco realista em relação ao próprio potencial, tanto como arquiteto quanto como homem de negócios, mas não era burro. Não quero dizer com isso que ele tenha ficado satisfeito ao ver a propriedade dos Kaplan escapar-lhe das mãos com um pequeno lucro. Mas eu sugeri que, se ele não cedesse à nossa proposta, o máximo que poderia fazer era doar o terreno à cidade, para construir um jardim público. — Sua própria piada lhe arrancou um sorrisinho malicioso.

Curtis Little estudou o modelo em escala.

— Peter, você *poderia* de fato ter posto a torre atrás da estrutura, mas perderia a maior parte do valor estético do prédio, além de uma boa parte do terreno. Não creio que estivéssemos dispostos a investir nosso capital, nesse caso.

Peter Lang sorriu.

— Claro que não. Mas Adam Cauliff não sabia disso. Ele não passava de um provinciano querendo se passar por um dos grandes. Pode crer, ele nos teria vendido aquele terreno; e pelo preço que determinássemos.

John Hilmer, que acabara de ser nomeado vice-presidente de investimentos e capital de risco do banco Overland, também tinha subido na vida com muita luta. Ao observar Peter Lang do outro lado da mesa e ver como tudo na vida lhe tinha caído do céu, sentiu uma crescente aversão pelo homem.

Um pequeno acidente de trânsito tinha impedido que Lang morresse na explosão do iate de Cauliff. Mas, ao evocar o pobre rapaz, Lang não manifestara o menor sentimento de pena pelo fato de que Adam Cauliff e mais três pessoas tivessem perdido a vida naquela explosão.

Lang *ainda* está furioso por Adam Cauliff ter sido tão esperto a ponto de lhe "roubar" a propriedade dos Kaplan, pensou Hilmer. Ele havia encontrado uma maneira de persuadir Adam de que poderia obter financiamento para o prédio sem dispor daquele terreno, e, agora que o rapaz morrera, estava lambendo os beiços porque tinha certeza de que iria obtê-lo ao preço que queria. *Não* era, de modo algum, um sujeito simpático, mesmo dentro dos limites daquela profissão impiedosa.

Quando Hilmer se levantou para ir embora, outro pensamento lhe cruzou a mente. Seu filho, que jogava na defesa de um time de futebol americano, sempre saía de um jogo muito mais machucado do que Peter Lang, cujo carro batera de frente com um caminhão-reboque.

29

CARREGANDO SANDUÍCHES QUENTES DE PASTRAMI E COpos de café fumegante, Jack Sclafani e George Brennan voltaram ao escritório de Jack depois da missa. Ambos comeram em silêncio, mergulhados em profundas reflexões.

Então, quase ao mesmo tempo, enfiaram as embalagens de alumínio, os guardanapos e os picles de alho que não tinham comido nos sacos de papel e os jogaram na cesta de lixo. Tomando o último gole de café, olharam um para o outro.

— O que acha da viúva Ryan, Jack? — perguntou Brennan.

— Ela estava morta de medo. Terrivelmente preocupada com alguma coisa. Correu como um coelho assustado quando nos viu.

— Por que será que está tão intimidada?

— Seja o que for, ela quer arrancar isso do peito.

Brennan sorriu.

— Sentimento de culpa católico? Necessidade de confessar?

Ambos eram católicos praticantes e, havia algum tempo, tinham chegado à conclusão de que qualquer pessoa educada na fé católica tinha necessidade de confessar seus pecados e pedir perdão. Brincando, eles diziam que isso facilitava seu trabalho.

Após a missa, do lado de fora da igreja, Jack Sclafani estivera mais perto de Lisa Ryan do que seu companheiro na hora em que ela se afastou de Nell MacDermott ao vê-lo se aproximar. Ela estava em pânico, pensou ele. O que vi em seus olhos era puro medo. Daria qualquer coisa para saber o que ela estava dizendo — ou o que *teria dito* — à Sra. MacDermott se não tivesse percebido nossa aproximação.

— Acho que devemos lhe fazer uma visitinha — disse Jack lentamente. — Ela sabe alguma coisa que a enche de medo e não sabe o que fazer com isso.

— Acha que ela tem alguma prova de que *foi* o marido quem provocou aquela explosão? — perguntou Brennan.

— Ela tem prova de *alguma coisa*. É muito cedo ainda, entretanto, para saber de quê. Recebemos algum relatório da Interpol sobre Jed?

Brennan se aproximou do telefone.

— Vou ligar lá para baixo para ver se chegou alguma coisa depois que saí.

O pulso de Jack Sclafani se acelerou ao ver a súbita tensão estampada no rosto de Brennan ao indagar sobre a resposta da Interpol. Ele obteve alguma informação, pensou Sclafani.

Brennan acabou de falar e colocou o fone no gancho.

— Como suspeitávamos, Jed tem uma ficha na Austrália mais longa do que a Muralha da China. A maior parte são pequenas infrações, exceto uma, que o fez ficar na cadeia por um ano. Mas ouça isto: ele foi pego carregando explosivos na mala do carro. Na época, estava trabalhando para uma empresa de demolição e roubou os explosivos do depósito. Felizmente o apanharam. Mas nunca conseguiram saber o que pretendia fazer com aquele troço. Suspeitaram que tivesse sido pago para explodir alguma coisa, mas nunca provaram.

Brennan pôs-se de pé.

— Acho que está na hora de dar outra olhadinha em Jed, não acha?

— Mandado de busca?

— Sim. Com essa ficha e sua hostilidade declarada em relação a Adam Cauliff, acho que o juiz concordará conosco. Poderemos obter o mandado esta tarde mesmo.

— Eu ainda quero falar com Lisa Ryan — disse Jack Sclafani. — Mesmo que eu visse Jed com um bastão de dinamite nas mãos, meu palpite ainda seria de que o que a está amedrontando é a chave do que aconteceu naquele iate.

30

OLD WOODS MANOR FICAVA APENAS A ALGUNS QUARTEIrões da movimentada Road 287, no município de Westchester, ao norte da cidade de Nova York, mas quando Nell virou na longa alameda que levava à clínica o panorama mudou drasticamente. Desapareceram todas as características do subúrbio. O belo prédio de pedra que se erguia à sua frente podia ter sido a casa de campo de um rico proprietário de terras em algum lugar da velha Inglaterra.

Quando seu avô era deputado, muitas vezes ela o acompanhara em suas missões de inspeção. A seu lado, observara todo o leque das casas de repouso, desde instalações que obviamente deveriam ser fechadas, passando por modestas mas adequadas extensões de pequenos hospitais até instalações bem administradas, cuidadosamente planejadas, por vezes até mesmo luxuosas.

Ao estacionar o carro e entrar no suntuoso salão de recepção, onde foi recebida por um funcionário, a impressão de que aquele lugar era o *crème de la crème* das instalações de assistência se confirmou.

Georgina Mathews, uma mulher atraente de cerca de 60 anos, a conduziu ao elevador e a acompanhou até o segundo andar.

— Trabalho aqui como voluntária algumas vezes por semana — explicou. — A Sra. Johnson ocupa a suíte 216. A morte de sua filha foi um golpe terrível para ela. Estamos todos tentando ajudá-la do melhor jeito possível, mas eu a previno: ela está num estado emocional que a deixa irritada com todo mundo.

Então somos duas, pensou Nell.

Elas saíram do elevador no segundo andar e seguiram por um corredor revestido de carpetes de muito bom gosto. No caminho, passaram por várias pessoas idosas com bengala ou em cadeira de rodas, para quem Georgina Mathews tinha sempre um sorriso ou uma palavra amável.

Com seu olho clínico, Nell percebeu que todas as pessoas idosas que vira pareciam em boa saúde e muito bem-cuidadas.

— Qual é a relação entre funcionários e moradores? — perguntou.

— Boa pergunta. Há dois atendentes para cada três idosos. Claro, isso inclui as enfermeiras e os terapeutas. — A Sra. Mathews parou. — Este é o apartamento da Sra. Johnson. Ela está esperando a senhora. — Bateu na porta e a abriu.

Rhoda Johnson estava numa poltrona reclinável, com os olhos fechados, os pés para cima, coberta por uma leve manta. Sua aparência física surpreendeu Nell. Aquela mulher de quase 80 anos tinha ombros largos e abundantes cabelos grisalhos.

Nell se espantou também com o contraste entre mãe e filha. Winifred era assustadoramente magra, com cabelos lisos e finos. Nell esperava que ela se parecesse com a mãe, mas obviamente Rhoda Johnson tinha sido modelada em outra fôrma.

Quando entraram no quarto, ela abriu os olhos e fixou o olhar em Nell.

— Disseram-me que você estava vindo me ver. Acho que deveria me sentir agradecida.

— Sra. Johnson... — advertiu Georgina Mathews.

Rhoda Johnson a ignorou.

— Winifred estava se dando muito bem na Walters & Arsdale durante todos esses anos. Eles tinham até lhe dado um aumento suficiente para que me trouxesse para cá. Eu detestava a outra casa de repouso. Eu cansei de dizer a ela para continuar na Walters & Arsdale em vez de acompanhar o seu marido quando ele abriu a própria firma, mas ela não quis me ouvir. E viu no que deu?

— Sinto muito, mas muito mesmo, por Winifred — disse Nell. — Sei que isso é trágico para a senhora. Queria saber se posso ajudá-la de alguma forma.

Ela se deu conta do rápido olhar de soslaio da Sra. Mathews. Ela deve saber a respeito de Adam, pensou Nell, mas ninguém associou o que aconteceu com Winifred a mim quando telefonei.

Num gesto de simpatia espontânea, Georgina Mathews tocou o braço de Nell.

— Eu não tinha me dado conta — murmurou. — Vou deixar vocês duas conversarem. — Virou-se para Rhoda Johnson: — E seja simpática.

Nell esperou até que a porta se fechasse.

— Sra. Johnson, compreendo como deve estar se sentindo triste e assustada. Eu estou sentindo a mesma coisa. Foi por isso que quis ver a senhora.

Ela puxou uma cadeira para perto e, impulsivamente, beijou Rhoda Johnson no rosto.

— Se a senhora preferir, vou embora. Pode estar certa de que compreendo como se sente — disse ela.

— Acho que não foi culpa sua. — O tom de voz da Sra. Johnson era bem menos agressivo. — Mas por que seu marido ficou insistindo com Winifred para que ela largasse o emprego? Por que não abriu a empresa primeiro, para ver se funcionava? Winifred tinha um bom emprego, um bom salário, e era extremamente estável. Será que ela pensou em *mim* quando resolveu correr o risco de ir trabalhar com o seu marido? Não, claro que *não*.

— Talvez ela tivesse feito um seguro que cobrisse suas despesas aqui — sugeriu Nell.

— Se o fez, nunca me disse. Winifred sabia muito bem ficar de bico calado. Como eu poderia saber se esse seguro existe?

— Winifred teria um cofre em algum banco?

— Para botar o quê?

Nell sorriu.

— Então, onde ela guardava seus documentos pessoais?

— Numa escrivaninha no apartamento dela, eu acho. Era um bom apartamento. Com um aluguel ainda razoável. Moramos lá desde que ela estava no jardim de infância. Eu ainda poderia estar lá agora, não fosse pela artrite, que me deixou aleijada.

— Talvez possamos pedir a um vizinho que pegue as coisas que ela tem na escrivaninha e as envie para a senhora.

— Não quero nenhum vizinho metendo o nariz nos meus assuntos.

— Bem, a senhora então tem um advogado? — perguntou Nell.

— E por que eu precisaria de um advogado? — Rhoda Johnson olhou intensamente para Nell, medindo-a de alto a baixo. — Cornelius MacDermott é seu avô, não é mesmo?

— Sim.

— Um bom homem, um dos poucos políticos honestos deste país.

— Obrigada.

— Se eu a deixar entrar no apartamento para procurar esses papéis, ele a acompanharia?

— Se eu lhe pedisse, sim. Claro.

— Quando Winifred ainda era um bebê, e vivíamos no distrito eleitoral dele, eu votei nele. Meu marido o achava o máximo.

Rhoda Johnson começou a chorar.

— Vou sentir muita falta de Winifred. Era uma boa pessoa, não merecia morrer. Ela só não tinha muita iniciativa. Esse era o seu problema, pobre menina. Sempre tentando agradar as pessoas. E, como eu, nunca teve seu valor devidamente apreciado. Se matou de trabalhar para aquela empresa. E, finalmente, eles lhe deram o aumento que merecia.

Pode ser que sim, pensou Nell. E pode ser que não.

— Sei que meu avô iria comigo ao seu apartamento, e, se lhe ocorrer mais alguma coisa que deseje de lá, podemos trazer para a senhora sem problemas.

Rhoda Johnson remexeu no bolso do suéter, em busca de um lenço. Observando-a, Nell notou, pela primeira vez, como os dedos da Sra. Johnson estavam deformados pela artrite.

— Há algumas fotografias emolduradas — disse ela. — Tragam-nas também. Ah, por favor, será que poderiam encontrar as medalhas de natação de Winifred? Ela ganhou todos os prêmios quando era adolescente. Um treinador me disse que, se ela tivesse continuado a nadar, poderia ter sido uma outra Esther Williams. Mas, com a minha artrite cada vez pior e na ausência do pai, eu jamais poderia acompanhá-la pelos quatro cantos do país, não é verdade?

31

Depois que Bonnie Wilson foi embora, Gert ficou pensando, angustiada, em como dizer a Nell o que acabara de saber. Como poderia lhe dizer que Adam estava tentando entrar em contato com ela? — porque Gert estava segura de que

Bonnie Wilson lhe contara a verdade. Sabia que Nell ia resistir. Ela se recusa a entender que algumas pessoas têm dons paranormais genuínos, pensou Gert, e que usam esses poderes para ajudar os outros. Também tem medo pelo fato de ela mesma possuir esses dons. O que não me estranha, depois de ouvir toda essa conversa mole de Cornelius sobre "fantasias".

Os olhos de Gert se encheram de lágrimas ao pensar na pequena Nell, aos 10 anos, soluçando em seus braços:

— Tia Gert, mamãe e papai *realmente vieram* me dizer adeus. Você sabe como o papai sempre passa a mão no meu cabelo. Eu estava no recreio, e ele veio me ver e fez isso. E aí a mamãe me beijou. Eu senti quando ela me beijou. E comecei a chorar. Sabia que eles tinham ido embora. *Eu sabia*. Mas o vovô diz que nada disso aconteceu. Ele diz que eu imaginei tudo.

Perguntei a Cornelius como ele explicava o fato de Nell ter sentido isso no momento em que o avião onde estavam os pais desapareceu das telas do radar, pensou Gert. Perguntei-lhe como podia ter tanta certeza de que Nell tinha apenas imaginado que seus pais tinham vindo visitá-la. A resposta dele foi que eu estava enchendo de bobagens a cabeça da menina.

E, pensou Gert, mesmo antes desse dia terrível, Nell soubera quando Madeline, sua avó, havia morrido. Tinha apenas 4 anos, mas eu estava lá quando ela desceu a escada correndo. Estava muito contente porque a avó tinha vindo a seu quarto durante a noite, e ela pensara que Madeline tinha voltado do hospital. E a atitude bem típica de Cornelius foi dizer que tudo isso não passara de um sonho.

Não vou dizer a ele o que Bonnie Wilson me contou, pensou Gert. Queira Nell falar pessoalmente com Bonnie ou não, vou fazê-la jurar que não vai dizer nada a Mac sobre isso, prometeu-se ela.

Às 20 horas, ela telefonou para Nell. A secretária eletrônica estava ligada, e a mensagem se fez ouvir após o terceiro toque. Provavelmente ela quer ficar tranquila esta noite, pensou Gert. Tentou não parecer nervosa ao deixar o recado:

— Nell, estou apenas ansiosa para saber como você está — começou ela. Depois de certa hesitação, acrescentou: — E, preciso falar urgentemente com você. Eu...

Ela ouviu um clique quando o fone foi levantado.

— Estou aqui, tia Gert. Aconteceu alguma coisa?

Pelo tom meio roufenho de sua voz, ela pôde perceber que Nell tinha chorado. Aí, mandou a prudência às favas:

— Nell, tenho que lhe contar uma coisa. Bonnie Wilson, uma amiga médium, veio aqui em casa hoje à tarde. Ela estabelece uma comunicação entre pessoas que morreram e os entes queridos que ficaram aqui.

"Posso pôr você em contato com pessoas que têm total confiança nela. É autêntica, eu lhe garanto. Quando Bonnie veio aqui hoje, disse-me que Adam a contatou do outro mundo e quer falar com você. Nell, por favor, deixe-me levá-la à casa dela."

Gert falou tudo depressa, antes que Nell desligasse ou antes que ela mesma perdesse a coragem de contar à sobrinha-neta tudo o que acontecera durante a visita de Bonnie.

— Gert, não acredito nessas coisas — disse Nell suavemente. — Você sabe disso. Sei que isso significa muito para você, mas não funciona para mim. Por favor, não procure me convencer disso, ainda mais no que se refere a Adam.

Gert estremeceu ao ouvir o clique quando Nell desligou. Ficou tentada a discar novamente e se desculpar por se impor daquela maneira, e num momento tão terrível.

Mas o que Gert não sabia era que, ao desligar, Nell estava tremendo de medo e de incerteza.

Vira Bonnie Wilson naquele programa esquisito de televisão no ano anterior, um em que convidam pessoas a telefonar e a pôr à prova o poder psíquico dos especialistas. A menos que fosse pura mistificação, o jeito pelo qual Bonnie se identificara com certas pessoas da plateia tinha sido impressionante. Nell se lembrou particularmente da nítida cena evocada Bonnie quando uma mulher lhe perguntou sobre o marido, morto num acidente de automóvel.

"Você estava esperando por ele no restaurante em que ficaram noivos", dissera ela. "Era o aniversário de cinco anos de casamento de vocês. Ele quer que você saiba que a ama e que está feliz, ainda que se sinta roubado de todos os anos que esperara passar ao seu lado."

Meu Deus, pensou Nell, será possível que Adam esteja realmente tentando entrar em contato comigo? Sei que Mac odeia que eu fale sobre isso, mas realmente acredito que os mortos têm uma presença real em nossas vidas. Afinal de contas, *sei* que mamãe e papai vieram me dizer adeus quando morreram; *sei* que estavam a meu lado, mantendo-me a salvo, quando quase me afoguei no Havaí. Por que, então, seria tão pouco provável que Adam tentasse entrar em contato comigo agora? E por que será que ele recorreu a outra pessoa, em vez de vir falar diretamente comigo, como mamãe, papai e vovó fizeram?

Nell olhou para o telefone, lutando contra a vontade de ligar para Gert e lhe confessar como estava confusa.

32

Desde que Dan Minor chegara em casa, após sua corrida diária no Central Park, uma sensação de inquietação substituiu seu sentimento anterior de euforia. Ele admitiu para si mesmo que era extremamente tênue a probabilidade de encontrar a mãe — Quinny, como a tinha chamado Lilly Brown — sentada num banco de parque, ou de que em breve Lilly lhe telefonasse dizendo: "Ela está aqui no abrigo."

No entanto, um longo banho o ajudou a recuperar a coragem. Vestiu uma calça de brim e uma camisa esporte, calçou mocassins e foi até a geladeira do bar. Ele ainda não sabia onde iria jantar, mas tinha certeza de que uma taça de chardonnay com queijo e biscoitos salgados cairiam bem.

Sentou-se no sofá do espaçoso salão de pé-direito alto, decidindo que, após três meses e meio, o local estava finalmente começando a tomar jeito. Por que será que me sinto muito mais em casa num condomínio em Manhattan do que me sentia quando vivia em Cathedral Parkway, em Washington?, indagou-se, embora soubesse a resposta.

Alguns dos genes de Quinny, acho eu. Sua mãe tinha nascido em Manhattan e, segundo Lilly Brown, Nova York era "seu lugar favorito no mundo", embora os avós tivessem se mudado para Maryland quando ela tinha cerca de 12 anos.

Quanto me lembro efetivamente dela? E quanto do que sei dela vem do que ouvi dizer a seu respeito?, perguntou-se Dan.

Ele sabia que seu pai se apaixonara por outra mulher quando ele tinha 3 anos, portanto nem sequer se lembrava de ter vivido com ele. De realmente positivo sobre meu velho e querido pai, pensou Dan, só posso dizer que foi o fato de ele não ter brigado para obter minha guarda quando mamãe desapareceu.

Ele sabia que os avós desprezavam seu pai, mas tinham tomado cuidado para não deixar isso transparecer enquanto ele estava crescendo.

— Infelizmente, muitos casamentos terminam, Dan — disseram-lhe. — O cônjuge que não deseja que o casamento acabe pode ficar muito magoado. Passado certo tempo, as pessoas superam essa dor. Tenho certeza de que sua mãe teria superado o divórcio, mas ela nunca pôde superar o que aconteceu com *você*.

Como posso pensar que, depois de todos esses anos, minha mãe e eu ainda podemos ter qualquer tipo de relação?, perguntou-se Dan.

Mas *podemos*, pensou ele. *Sei* que podemos. O detetive particular que contrataram para encontrá-la quando a viram no tal documentário na televisão conseguira reunir certa quantidade de informações sobre ela.

— Ela trabalha como acompanhante de idosos — dissera-lhes. E aparentemente é muito boa nisso. Mas, quando cai em depressão, começa a beber de novo, e então volta para as ruas...

O investigador tinha encontrado uma assistente social que lhe contara que, certa vez, tivera uma longa conversa com Quinny. Agora, enquanto tomava seu vinho, Dan ficou pensando numa determinada coisa que essa assistente tinha dito:

— Perguntei a Quinny o que ela desejava mais que tudo na vida. Ela me olhou por um tempo que me pareceu bastante longo e murmurou: *Redenção*.

A palavra ficou ecoando em sua mente.

O telefone tocou. Dan se aproximou do aparelho e verificou o número de quem estava ligando. Suas sobrancelhas se ergueram quando viu que se tratava de Penny Maynard, a estilista que vivia no quarto andar do mesmo prédio. Tinham trocado algumas palavras no elevador. Tinha aproximadamente a mesma idade que ele, era refinada e atraente. Chegara a pensar em convidá-la para sair, mas depois decidira que não queria ter esse tipo de relação tão próxima com alguém com quem se encontraria regularmente no elevador.

Decidiu deixar a secretária gravar o recado.

A máquina pôs-se em marcha.

— Dan — disse Penny, em tom firme —, sei que você está em casa. Algumas outras pessoas do prédio estão aqui, e decidimos que já é tempo de conhecermos melhor nosso vizinho pediatra. Dê um pulinho aqui em casa e venha conversar conosco. Não precisa ficar mais de vinte minutos, a menos, é claro, que decida aproveitar um dos meus jantares improvisados.

Ao fundo, Dan podia ouvir um murmúrio de conversas. De repente, entusiasmado com a ideia de entrar em contato com outras pessoas, ele pegou o fone.

— Terei o maior prazer em aparecer — disse ele.

Dan achou as pessoas na casa de Penny muito agradáveis e, sentindo-se descontraído e animado, acabou ficando para o jantar, voltando a seu apartamento a tempo de ouvir o jornal das 22 horas. Havia uma rápida cobertura da missa celebrada por Adam Cauliff, o arquiteto que morrera na explosão do iate no porto de Nova York.

Rosana Scotto, da Fox News, estava relatando:

— A explosão que matou Adam Cauliff e outras três pessoas continua a ser investigada. O ex-deputado Cornelius

MacDermott acompanha a viúva de Adam Cauliff, sua neta, ao sair da igreja. Há rumores de que Nell MacDermott irá concorrer à cadeira que seu avô ocupou durante quase cinquenta anos, pois é possível que Bob Gorman, o atual ocupante, abandone a vida pública.

A tela mostrou um close de Nell. Os olhos de Dan Minor se arregalaram — ela lhe parecia muito familiar. Espere aí, pensou ele. Eu a conheci há quatro ou cinco anos. Numa recepção na Casa Branca. Ela estava com o avô, e eu acompanhava a filha do deputado Dade.

Ele se lembrou de que ambos tinham conversado por alguns minutos e descoberto que tinham se formado em Georgetown. Difícil imaginar que, desde aquele encontro ocasional, Nell MacDermott se casara, enviuvara e estava agora iniciando uma carreira política.

A câmera se deteve no rosto de Nell. As feições rigidamente compostas e os olhos cheios de dor tinham pouco a ver com a brilhante e sorridente jovem de que Dan se lembrava.

Vou escrever umas palavras para ela, pensou. Provavelmente não se lembrará de mim, mas gostaria de fazer isso. Ela parece estar sofrendo muito. Esse tal de Adam Cauliff deve ter sido um sujeito e tanto, concluiu.

Sexta-feira, 16 de junho

33

Winifred Johnson morava, antes de falecer, num prédio na esquina da Amsterdam Avenue com a 81st Street. Nell encontrou o avô na entrada do edifício, às 10 horas de sexta-feira.

— Grandezas passadas, Mac — disse ela, ao chegar.

Ele deu uma olhada em torno da entrada, que certamente vira dias melhores. O chão de mármore estava manchado, a iluminação era escassa. Duas vetustas poltronas compunham o mobiliário.

— A mãe de Winifred telefonou ao síndico hoje de manhã para avisá-lo que estávamos vindo — explicou ela quando o zelador, que preenchia também a função de porteiro, mostrou-lhes o caminho para o único elevador.

— Nell, acho que foi um grande erro virmos aqui — disse Cornelius MacDermott enquanto o elevador subia penosamente até o quinto andar. — Não sei no que vai dar a investigação do promotor, mas, se Winifred estava envolvida ou metida nessa história de suborno, ou se... — Ele se interrompeu.

— Nem pense em sugerir que Adam estava envolvido com subornos ou concorrência fraudulenta, Mac — disse ela ferozmente.

— Só estou sugerindo que a qualquer momento a polícia pode conseguir um mandado de busca para este local, e não seria bom que soubessem que viemos aqui antes deles.

— Mac, *por favor*. — Nell tentou esconder a emoção de sua voz. — Só estou tentando ajudar. Vim aqui mais para ver que tipo de providências financeiras Winifred tomou com relação à mãe. Estou procurando seguros de vida, esse tipo de coisas. A Sra. Johnson está muito preocupada com o fato de ter que deixar a clínica de Old Woods Manor, onde se sente muito bem. Não acho que ela seja uma pessoa fácil de lidar, mas sofre de uma grave artrite reumatoide. Se eu sentisse tanta dor assim o tempo todo, creio que também não estaria esbanjando charme.

— O que esbanjar charme tem a ver com xeretar e fuçar o apartamento de Winifred? — perguntou Mac quando saíram do elevador. — Vamos lá, Nell, sempre fomos honestos um com o outro. Você não está agindo por puro altruísmo neste caso. Se há corrupção rolando na Walters & Arsdale, você espera encontrar alguma coisa que a ligue a Winifred, deixando Adam de fora.

— O apartamento de Winifred é o 5E — disse Nell, procurando na bolsa as chaves que a Sra. Johnson tinha lhe dado.

— Fechadura dupla e fecho de segurança — observou Mac sombriamente. — Qualquer profissional abriria essa porta com um abridor de latas.

Ao abrir a porta, Nell hesitou um instante e depois entrou. Winifred esteve aqui ainda na semana passada, pensou ela, mas o lugar já está com um ar de descuido e abandono.

Ficaram alguns minutos no saguão de entrada, tentando se orientar antes de adentrar o apartamento. À esquerda da porta, uma mesa ostentava um vaso com flores murchas, desses buquês vendidos em supermercados. O salão ficava bem em frente, um espaço estreito, longo e triste, com um tapete persa bastante gasto, um sofá envelhecido, uma poltrona de veludo vermelho, um piano de armário e uma mesa retangular.

Um caminho de renda recobria a mesa, sobre a qual estavam dispostas inúmeras fotografias em porta-retratos e um par de lâmpadas com abajur de franjas. Tudo era tão fora de moda que Nell não pôde evitar evocar os filmes que vira sobre a época vitoriana.

Ela foi até a mesa e observou as fotografias. A maior parte mostrava uma Winifred jovem, de maiô, recebendo um prêmio. Uma das mais recentes, na qual ela aparentava uns 20 anos, mostrava uma criatura magra como uma sílfide, com um sorriso ansioso.

— Devem ser essas as fotografias que a mãe dela quer — disse Nell a Mac. — Vou pegá-las quando estivermos indo embora.

Nell voltou ao saguão de entrada e deu uma olhada na cozinha, que ficava à esquerda. Depois, virou à direita e percorreu o corredor, o avô em seu encalço. O maior dos dois quartos continha uma cama de casal, um armário e uma cômoda. A colcha jogada sobre a cama fez com que se lembrasse da que recobria a cama de sua avó quando ela era criança.

Ela continuou até o outro quarto, que Winifred visivelmente utilizava como escritório e sala íntima. Amontoados no espaço reduzido encontravam-se um sofá, uma televisão, uma cesta de revistas e uma escrivaninha com um computador. Havia duas filas de estantes sobre a escrivaninha, e a parede atrás do sofá ostentava filas e filas de medalhas emolduradas que aumentaram a sensação de claustrofobia de Nell. Este lugar é tão deprimente, pensou ela. Winifred passou aqui a maior parte de sua vida.

Aposto que, excetuando este quarto, ela nunca fez a menor alteração desde que sua mãe foi para uma clínica de repouso.

— Nell, se o grande tour já acabou, sugiro que tente encontrar o que veio buscar e que demos o fora daqui rapidinho.

Nell sabia que, quando Mac usava esse tom rabugento, era sinal de que estava preocupado. Admitiu para si mesma que não lhe ocorrera que o fato de entrar no apartamento de Winifred Johnson pudesse ser mal interpretado pelo promotor, mas, depois que seu avô levantara a questão, ela também ficara preocupada.

— Tem toda razão, Mac. Desculpe.

Foi até a escrivaninha e, sentindo um certo mal-estar por estar fazendo aquilo, abriu a gaveta central.

Foi como se um novo mundo se descortinasse ante seus olhos. A gaveta estava cheia de pedaços de papel de todos os tamanhos e qualidades, de blocos autocolantes até projetos de arquitetura. Em cada um deles Winifred escrevera, em letras de imprensa, à mão, em maiúsculas ou minúsculas tão pequenas que quase não se podia ler, as quatro palavras seguintes: WINIFRED AMA HARRY REYNOLDS.

34

O GERENTE DO SALÃO ONDE LISA RYAN TRABALHAVA LHE dera uma semana inteira de folga, dizendo-lhe:

— Você precisa de tempo para si mesma, querida, para começar o processo de recuperação.

Processo de recuperação, pensou Lisa, olhando para as pilhas de roupas espalhadas sobre a cama. Eram as três palavras mais estúpidas que ela já ouvira. Lembrou-se de como Jimmy ficava danado quando as ouvia da boca dos repórteres, depois de um terremoto ou de um desastre aéreo:

— Os parentes mal foram notificados, os corpos ainda nem foram encontrados e algum idiota com um microfone na mão já está falando em processo de recuperação — diria ele, sacudindo a cabeça, irritado.

Alguém lhe dissera que seria terapêutico que ela permanecesse em movimento, ocupada, e entre as atividades sugeridas estava a arrumação do armário e das gavetas de Jimmy. E ali estava ela, tirando as roupas do marido e colocando-as dentro de caixas para serem doadas. É melhor que sirvam a algum deserdado da vida do que ficar apodrecendo dentro de um armário, como ela vira acontecer com as roupas do avô.

Sua avó tinha conservado tudo o que o avô possuía, criando quase — ou assim lhe parecera na época — uma espécie de relicário em sua memória. Ela ainda se lembrava, quando era criança, de ter visto os paletós e casacos do avô pendurados ordenadamente ao lado dos vestidos da avó.

Não preciso guardar as roupas de Jimmy para me lembrar dele, pensou ao dobrar a camisa esporte que as crianças lhe tinham dado de presente no último Natal — não deixo de pensar nele um só momento.

— Mude sua rotina — aconselhara o diretor da funerária.
— Não se sente à mesa no mesmo lugar. Mude a arrumação dos móveis do seu quarto. Você se surpreenderá ao ver como detalhes tão pequenos podem ajudar a superar a perda durante o primeiro ano.

Depois de esvaziar o armário de Jimmy, ela o poria no quarto dos meninos. Já removera a maquete da casa ideal para o salão. Não suportava ficar olhando para ela quando estava deitada, sozinha, na cama que partilhara com Jimmy.

Amanhã mudarei a cama de lugar: vou colocá-la entre as janelas, pensou, embora duvidasse que essas mudanças pudessem realmente ajudá-la. Não conseguia imaginar que chegaria o dia em que ela não se lembraria de Jimmy pelo menos uma vez.

Deu uma olhada para o relógio e ficou espantada ao ver que já eram 14h45, o que queria dizer que as crianças estariam chegando em casa dentro de vinte minutos. Ela não queria que a vissem arrumando as coisas do pai.

O dinheiro — esse pensamento lhe veio subitamente à mente.

Tinha conseguido não pensar nisso o dia inteiro. Ontem, depois da missa de Adam Cauliff, quando vira os dois policiais saindo da igreja, teve a certeza de que gostariam de falar com ela. Imagine se descobrem algo sobre esse dinheiro, pensou. Ou que suspeitem de alguma coisa, consigam um mandado de busca e o encontrem aqui em casa. E imagine que pensem que eu sei como Jimmy o obteve e me prendam. O que vou fazer então?

Ela não conseguiu mais expulsar o medo de sua mente. Não sei o que fazer, pensou. Meu Deus, realmente *não sei o que fazer*.

De repente, o tilintar dos sininhos da porta rompeu a quietude da casa. Com um grito sufocado, Lisa deixou cair a camisa que tinha entre as mãos e correu escada abaixo. É Brenda, tentou tranquilizar-se. Ela disse que passaria aqui mais tarde.

Mas antes mesmo de abrir a porta ela sabia com fatal certeza que não era Brenda quem ela encontraria à sua porta, e sim um daqueles detetives.

Jack Sclafani sentiu um genuíno impulso de compaixão ao ver os olhos inchados e as feições pálidas da viúva de Jimmy Ryan. Parece que ela passou o dia inteiro chorando, pensou. O choque deve ter sido terrível. Também, aos 33 anos, ela é muito jovem para ficar sozinha com três filhos para criar.

Ele a tinha visto pela primeira vez quando fora a sua casa com Brennan para lhe notificar que haviam identificado positivamente o corpo de seu marido — melhor dizendo, os pedaços do corpo de seu marido, corrigiu-se ele mentalmente —, e tinha certeza de que ela o reconhecera do lado de fora da igreja no dia da missa de Cauliff.

— Sou o detetive Jack Sclafani, de novo, Sra. Ryan. Lembra-se de mim? Gostaria de conversar com a senhora por alguns minutos, se for possível.

Enquanto a observava, ele vira a intensa tristeza abandonar seus olhos, dando lugar ao medo nu e cru. Não vai ser difícil, pensou. Seja o que for que ande em sua cabeça, ela vai pôr as cartas na mesa logo logo.

— Posso entrar? — pediu polidamente.

Ela parecia paralisada, incapaz de falar ou de se mover. Finalmente, conseguiu murmurar:

— Sim, claro que sim. Entre, por favor.

Pai, perdoe-me porque pequei, pensou Jack, seguindo-a para dentro da casa.

Eles se sentaram frente a frente na pequena mas agradável sala de estar. Jack fixou o olhar na grande fotografia da família que estava pendurada sobre o sofá.

— Foi tirada em tempos mais felizes — observou ele. — Jimmy parece ter o mundo nas mãos, orgulhoso da mulher e dos filhos.

Essas palavras atingiram o efeito desejado. A tensão pareceu abandonar o corpo de Lisa enquanto as lágrimas escorriam por seu rosto.

— Tínhamos, de fato, o mundo nas mãos — respondeu ela baixinho. — Você sabe o que quero dizer. Vivíamos, como todo mundo do nosso meio, dependendo do salário no fim do mês, mas tudo bem. Nós nos divertíamos muito e tínhamos planos. E sonhos.

Ela apontou para a mesa.

— Essa é a maquete em escala da casa que algum dia Jimmy ia construir para nós.

Jack se levantou e foi examinar a maquete mais de perto.

— Muito, muito bonita. Tudo bem se eu a chamar de Lisa?

— Sim, tudo bem.

— Lisa, sua primeira reação quando ouviu que Jimmy estava morto foi de perguntar se ele tinha se suicidado. Isso quer dizer que havia algo muito errado em sua vida, mas exatamente o quê? Tenho a impressão de que não havia problemas entre vocês dois.

— Não, não havia.

— Será que ele estava preocupado com sua saúde?

— Jimmy nunca esteve doente. Costumávamos brincar entre nós dizendo que era um absurdo pagar um seguro-saúde para alguém como ele.

— Se não é um problema matrimonial, nem de saúde, normalmente é problema de dinheiro — sugeriu Jack.

Bem no alvo!, pensou, quando viu as mãos de Lisa Ryan se contraírem.

— As dívidas aumentam com muita facilidade quando temos uma família. Você compra uma coisa de que precisa com o cartão de crédito na certeza de que vai pagar nos meses seguintes e, de repente, precisa comprar pneus novos para o carro, ou consertar o teto da casa, ou uma das crianças tem de ir com urgência ao dentista. — Jack suspirou. — Também sou casado e pai de família. Sei como é isso.

— Nunca acumulamos contas — respondeu Lisa, na defensiva. — Pelo menos não antes de Jimmy perder o emprego. E sabe por que ele o perdeu? — estourou ela. — Porque era um homem honesto e decente, e ficou horrorizado porque o construtor estava usando um concreto de baixa qualidade, que não atendia às normas. Claro que alguns construtores reduzem os gastos, é assim que se faz na indústria da construção civil, mas Jimmy disse que esse cara estava colocando vidas humanas em perigo.

"E, veja você, a consciência dele o fez não apenas perder o emprego, mas também entrar na lista negra — continuou ela —, ficar impedido de conseguir emprego em qualquer outro lugar. Foi *a partir daí* que começamos a ter problemas financeiros."

Cuidado, disse Lisa a si mesma. Você está falando demais. Mas a compreensão que lia nos olhos do detetive Sclafani caía em sua alma como um bálsamo. Faz apenas uma semana, pensou, e já sinto essa necessidade de trocar ideias com um homem.

— Quanto tempo Jimmy ficou sem emprego, Lisa?

— Quase dois anos. Ah, claro que ele conseguia algum trabalho aqui ou ali, informal, mas não era um trabalho a longo prazo, que pagasse bem. Espalharam que ele falava demais, e foi por isso que tentaram destruí-lo.

— Ele então deve ter se sentido muito aliviado quando o chamaram do escritório de Adam Cauliff. Como foi que Jimmy entrou em contato com ele? Cauliff acabara de abrir seu escritório.

— Jimmy tinha contatado todo mundo — disse Lisa. — Seu currículo acabou caindo nas mãos de Adam Cauliff, cuja assistente o passou para Sam Krause, que, por sua vez, empregou Jimmy.

De repente Lisa pensou numa possibilidade. Claro, foi isso que aconteceu. Jimmy tinha lhe dito que Krause era conhecido por reduzir gastos. Talvez, ao trabalhar para Krause, tivesse sido forçado a compactuar com ele para não tornar a perder o emprego.

— Parece que alguma coisa estava incomodando Jimmy demais, apesar de ter conseguido um emprego — sugeriu Sclafani. — Isso devia estar acontecendo, pois você chegou a pensar que ele era capaz de cometer suicídio. Acho que você sabe um pouco mais sobre isso, Lisa. Por que não divide seus pensamentos comigo? Pode ser que exista alguma coisa que Jimmy quisesse que soubéssemos, agora que ele não está mais aqui para nos contar.

Foi isso mesmo que aconteceu, pensou Lisa, prestando pouca atenção às palavras do detetive. Tenho certeza. Jimmy viu alguma coisa errada numa das obras de Krause e teve que escolher entre ser despedido ou ser pago para olhar para o outro lado e fingir que não via. Ele sentiu que não tinha escolha, mas sabia também que, uma vez que recebesse a propina, eles o teriam em suas mãos.

— Jimmy era um homem bom, honesto — começou ela.

Sclafani concordou com um gesto de cabeça, olhando para a fotografia familiar.

— Dá para perceber — concordou.

É isso aí, pensou ele. Ela vai começar a falar sobre isso.

— No outro dia, depois do enterro... — começou Lisa, mas sua voz morreu ao ouvir o barulho da porta da cozinha se abrindo e o som dos pés das crianças correndo pela casa.

— Mamãe, chegamos! — gritou Kelly.

— Estou aqui.

Lisa ficou de pé, de repente irritada consigo mesma por quase ter contado a um policial que lá embaixo, no porão, havia um pacote do que só se podia chamar de "dinheiro sujo".

Tenho que me livrar dele, pensou. Tinha razão quando tentei falar com Nell MacDermott no outro dia. Sinto que posso confiar nela. Talvez *ela* possa me ajudar a devolver esse dinheiro a quem de direito na empresa de Krause. Afinal de contas, foi seu marido quem mandou Jimmy para lá.

As crianças a rodearam, ficando na ponta dos pés para beijá-la. Lisa olhou para Jack Sclafani.

— Jimmy tinha muito orgulho destes três aqui — disse, com voz firme —, e eles se orgulhavam muito do pai. Como já disse, Jimmy Ryan era um homem bom e decente.

35

— QUER DIZER QUE WINIFRED TINHA UM NAMORADO?

— Estou pasma — admitiu Nell para o avô, no táxi que os levava para casa após terem saído do apartamento de Winifred. — Eu costumava provocar Adam dizendo que ela era apaixonada por ele.

— Ela estava apaixonada por ele como as mulheres ficam apaixonadas pelos Beatles ou por Elvis Presley — contestou acidamente Cornelius MacDermott. — Adam a seduziu para que ela deixasse a Walters & Arsdale e fosse com ele quando abriu sua empresa.

— *Mac!*

— Desculpe. O que eu quis dizer é que Adam era muito mais jovem do que ela e casado com uma bela mulher. Winifred podia ser o que fosse, mas não era idiota. Estava evidentemente envolvida com um cara chamado Harry Reynolds; ou pelo menos era louca por ele.

— Por que será que ele ainda não se manifestou? — disse Nell. — Quer dizer, é como se Winifred tivesse desaparecido da face da terra. Segundo sua mãe, ninguém procurou contatá-la, exceto o síndico do prédio, que telefonou para dizer que, a menos que ela estivesse pensando em voltar para lá, esperava que entregasse o apartamento. Queria dizer com isso que ela não deveria tentar uma sublocação.

— Ainda acho que cometemos um erro ao ir à casa dela. Principalmente depois que descobrimos que ela não guardava documentos lá — disse Mac. — Você deveria ter ido primeiro ao escritório.

— Mac, fui ao apartamento de Winifred a pedido *expresso* de sua mãe.

O pacote de fotografias emolduradas que Nell tinha trazido estava em seu colo. Cornelius MacDermott examinou-o.

— Quer que eu peça a Liz para enviar isto para a clínica pelo correio?

Nell hesitou. Talvez eu volte a visitar a Sra. Johnson, mas não tão cedo.

— Tudo bem, peça a Liz para enviá-lo — concordou. — Vou telefonar para a Sra. Johnson e lhe dizer que está a caminho. E que ainda vamos dar uma olhada no escritório de Winifred para ver se encontramos algum documento.

O táxi diminuiu a velocidade ao chegar ao prédio de Nell. Ela sentiu o braço de Mac em torno dela.

— Você sabe que estou aqui se precisar — disse ele baixinho, abraçando-a suavemente.

— Sei disso, Mac.

— Se quiser desabafar, pegue o telefone e me ligue, a qualquer hora. Não se esqueça, também já passei por fases de muito sofrimento.

É verdade, pensou Nell. A mulher, o filho único, a nora — todos arrancados abruptamente de seu convívio. Você não precisa que ninguém lhe ensine o que é sofrimento.

Ao se virar, Carlo estava abrindo a porta do táxi para ela. Tornou a ouvir a voz de Mac:

— Nell, só mais uma coisa.

O tom de voz de Mac era hesitante, muito diferente do habitual. Com um pé fora do táxi, Nell voltou-se para ele e ficou esperando.

— Você nunca fez declaração de renda conjunta com Adam, não é mesmo?

Ela estava a ponto de se irritar com ele quando viu o olhar de profunda angústia em seu rosto. Com uma pontada de preocupação, percebeu que, com o passar dos dias, Mac aparentava cada vez mais sua verdadeira idade.

Lembrou-se de que, quando ela se casara com Adam, Mac a tinha prevenido para fazer declarações de renda separadas. Ele lhe dissera naquela ocasião:

— Nell, você pretende ter uma carreira pública. Isso significa que os abutres vão estar dando voltas sobre você a cada curva da estrada, esperando que dê um passo em falso. Não pode lhes dar nenhuma oportunidade de jogar lama em você. Deixe que Adam preencha sua própria declaração de imposto de renda. Ele poderia inocentemente reivindicar alguma coisa que mais tarde seria usada para prejudicá-la. Faça sua própria declaração, da maneira mais simples possível. Não use estratagemas complicados.

— Sim, Mac, eu fazia uma declaração separada — disse ela, com voz tensa. — Pare de se preocupar com isso. — Mais uma vez ela tentou sair do carro e se virou para ele. — Mas seja franco comigo. Você sabe de alguma coisa... e preste atenção, quero dizer *sabe mesmo*... que poderia sugerir que Adam não era totalmente honesto?

— Não — respondeu ele de modo relutante, sacudindo a cabeça. — Nada.

— Então essa sua ideia de que meu marido estava metido em seja lá o que for que o promotor está investigando não passa de uma associação de boatos, da negação peremptória da Walters & Arsdale e da sua célebre intuição?

Ele assentiu.

— Mac, sei que você está tentando me proteger e que eu deveria amá-lo por isso, mas...

— Não me sinto muito amado por você neste momento, Nell.

Ela conseguiu esboçar um sorriso.

— Para falar a verdade, você não é, e, por outro lado, é claro que é. Acredite em mim, são as duas coisas ao mesmo tempo.

Lançando um olhar de desculpas para Carlo, ela saiu finalmente do carro. Quando já estava no elevador, rumo ao abençoado refúgio que era seu apartamento, tomou uma decisão.

Nell ainda não tinha conseguido entender os dons paranormais que vivenciara em certas ocasiões. Tampouco compreendia — ou aceitava — a ideia de que um médium podia se comunicar com os mortos. Mas se Bonnie Wilson dizia que estava em contato com Adam, Nell sabia que tinha de verificar essa história até o fim.

Tenho que fazer isso, disse a si mesma; se não por mim, pelo menos por Adam.

36

Desde a explosão do *Cornelia II*, a equipe de busca e recuperação da Guarda Costeira empreendia diariamente o tedioso processo de procurar vestígios do iate ou de seus passageiros, tentando coletar os restos que ainda existissem. Na sexta-feira à tarde, pela primeira vez em quatro dias, encontraram uma coisa importante. Lá pelos lados da ponte de Verrazano, um pedaço de madeira de cerca de 1 metro emergiu e chegou à praia. Retalhos de uma camisa esporte azul, manchada, com fragmentos de ossos humanos, aderiam às suas lascas.

A descoberta macabra confirmou à equipe de pesquisa que tinham acabado de encontrar ínfimos vestígios de mais uma vítima. Ao ser convidada a descrever o que ele estava usando quando saiu do escritório e foi para a reunião no iate, a secretária de Sam Krause afirmara com certeza que ele vestia uma camisa esporte azul de mangas compridas e calça cáqui.

George Brennan soube da descoberta no momento em que estava saindo para se encontrar com Jack Sclafani no número 405 da East 14th Street. Levava no bolso um mandado de busca que lhes dava permissão para revistar a residência de Ada Kaplan, cujo filho, Jed, tinha se tornado um dos prováveis suspeitos da explosão do iate.

Encontraram-se no saguão de entrada do edifício, e Brennan informou o parceiro da nova descoberta.

— Sabe, Jack, quem quer que tenha feito isso utilizou explosivo bastante para destruir metade de um transatlântico. Sexta-feira passada foi um dia excelente para navegar. Até onde sei, o porto estava cheio de pequenas embarcações. Foi uma sorte a maioria dos outros barcos ter conseguido chegar à marina antes que o iate de Cauliff explodisse. Nem sei dizer o que mais poderia ter acontecido se algum deles estivesse mais perto.

— Você acha que a explosão foi deflagrada por controle remoto ou por um temporizador? Quem quer que tenha feito o trabalho precisou tomar muito cuidado para que tudo corresse conforme o planejado.

— Muito cuidado, sim, se foi alguém com experiência de explosivos, como Jed Kaplan, ou muita sorte se foi um amador. Caso contrário, poderia ter se matado ao montar os elementos.

Ada Kaplan chorava de vergonha, desesperada, ao pensar o que os vizinhos estariam dizendo ao ver cada centímetro de seu apartamento de quatro cômodos ser minuciosamente revistado. Seu filho Jed estava sentado à mesa da pequena sala de jantar, uma expressão de desprezo no rosto.

Ele não está nem um pouco preocupado, pensou Jack. Se foi ele mesmo quem provocou a explosão daquele iate, não deixou qualquer vestígio disso aqui.

Eles obtiveram, no entanto, uma pequena vitória — descobriram um pacote de maconha dentro de uma mochila no armário.

— O que é que há? Vocês estão vendo que isso está mais do que velho — protestou Jed. — Eu nem vi isso. E, de qualquer maneira, a última vez que estive aqui foi há cinco anos.

— É verdade — reforçou sua mãe. — Fui eu que coloquei essas mochilas velhas naquele armário, caso ele precisasse delas, mas ele não as tocou desde que chegou aqui. Posso jurar.

— Lamento, Sra. Kaplan — disse-lhe Brennan. — Lamento por você também, Jed, mas aqui há maconha suficiente para deter você por posse com intenção de venda.

Três horas depois, Sclafani e Brennan deixaram Jed numa cela da delegacia.

— A mãe dele vai pagar a fiança, mas pelo menos o juiz concordou em confiscar o passaporte do suspeito — observou Brennan, não muito satisfeito.

— Ele deve ter aprendido a lição, quando foi pego na Austrália com o carro cheio de explosivos — comentou Jack. — Não tinha nada naquele apartamento que pudesse ligá-lo ao que aconteceu com o iate.

Dirigiram-se para os respectivos carros.

— Você teve mais sorte na visita a Lisa Ryan? — perguntou Brennan.

— Que nada! Mas tenho certeza de que ela estava a ponto de confessar alguma coisa quando os filhos chegaram da escola. — Jack balançou a cabeça, tirando do bolso a chave do carro. — Garanto que, com mais dois minutos, eu teria ouvido o que ela sabe. Ainda fiquei por lá mais um pouco, falei com as crianças.

— Tomou um lanche com eles?

— E depois um café com ela, quando eles se foram. Pode acreditar, tentei o máximo. Ela simplesmente não estava mais acreditando naquele papo de "pode confiar em mim".

— Mas por que ela fechou a boca de repente?

— Impossível afirmar com certeza, mas meu palpite é que ela não quis me dizer nada que pudesse denegrir a imagem de Jimmy Ryan perante os filhos.

— Sabe, aposto como você tem razão. Bem, até amanhã. Talvez tenhamos mais sorte.

Antes de chegar a seu carro, o celular de George Brennan tocou. Alguém o informou de que tinham achado uma bolsa feminina na praia, na mesma área da ponte Verrazano onde tinham sido encontrados os restos de madeira e os fragmentos da camisa esporte manchada.

Dentro da carteira ensopada de água estavam os cartões de crédito e a carteira de motorista de Winifred Johnson.

— Disseram que mal estava arranhada — disse Brennan ao desligar. — Incrível como isso acontece. Essa bolsa deve ter sido lançada para o alto e caído na água.

— A menos que ela não estivesse no iate no momento da explosão — sugeriu Sclafani depois de pensar alguns segundos.

37

NELL PASSOU A TARDE RESPONDENDO ÀS CARTAS DE PÊ-sames que tinham se acumulado em sua escrivaninha durante a semana. Só terminou por volta das 17 horas. *Preciso* sair um pouco, pensou. Há uma semana que não faço qualquer exercício.

Ela vestiu um short e uma camiseta, pôs no bolso um cartão de crédito e uma nota de 10 dólares e deu uma corrida pelos três quarteirões que a separavam do Central Park. Entrou no parque na altura da 72nd Street e começou a correr em direção ao sul. Eu costumava correr três ou quatro vezes por semana, pensou. Como fui parar de fazer isso?

Adaptando-se pouco a pouco à antiga rotina e gostando da sensação de liberdade trazida por aquele movimento aberto, irrestrito, Nell pensou sobre as inúmeras cartas de pêsames que tinha recebido.

"Você parecia tão feliz com Adam..."

"Lamentamos a tragédia que você está vivendo..."

"Estamos ao seu lado neste momento difícil..."

Por que não li *uma* carta sequer que falasse do ótimo sujeito que Adam era e de como iam sentir falta dele?

Por que estou tão insensível? Por que não consigo chorar?

Nell apressou o passo, mas não conseguiu tirar essas perguntas da cabeça. Onde foi que eu li que não se pode correr mais rápido que os seus pensamentos?, perguntou-se ela.

Dan Minor rodeou o Central Park pelo sul e voltou a entrar no parque, começando a correr em direção ao norte. Um dia ideal para uma corrida, pensou. O sol do fim da tarde estava agradavelmente morno, a brisa era refrescante. O parque estava cheio de gente correndo, patinando ou simplesmente andando. A maior parte dos bancos estava ocupada por pessoas apreciando o panorama ou se concentrando em uma leitura.

Dan teve uma sensação dolorosa ao ver um banco ocupado por uma mulher com um vestido muito gasto. Ninguém se sentou ao lado *dela,* pensou, observando os sacos plásticos entupidos de coisa a seus pés.

Será que Quinny passou a maior parte de sua vida assim?, indagou-se. Será que também a ignoravam ou a evitavam?

Estranho que fosse mais fácil pensar nela como "Quinny". "Mãe" era uma outra pessoa — "Mãe" era uma mulher bonita, de cabelos negros, com braços acolhedores, que o chamava de "meu pequeno Danny".

Era também uma mulher que bebia todas as noites depois que eu ia me deitar, pensou. Às vezes eu acordava e ia cobri-la com uma manta, quando ela perdia a consciência.

Enquanto corria, teve a impressão fugidia de uma mulher alta, de cabelos castanhos, ter passado correndo por ele.

Conheço essa mulher, pensou.

Foi uma reação imediata, o tipo de sensação que se tem quando algo familiar nos desperta um reflexo na memória. Dan parou e se virou. Quem será essa mulher, e por que me lembro dela?

Sabia que tinha visto aquele rosto nas últimas 24 horas.

Claro, pensou. É Nell MacDermott. Eu a vi ontem, no jornal das 22h, na TV. Eles a mostraram do lado de fora da igreja, depois da missa celebrada em memória de seu marido.

Uma compulsão que Dan não chegou a entender o fez dar meia-volta e correr no sentido oposto, em direção ao sul do Central Park, seguindo Nell MacDermott e seus cabelos castanhos revoltos.

Nell diminuiu o ritmo ao se aproximar da Broadway. A livraria Coliseu ficava na esquina da Broadway com a 57th Street. Ao deixar o apartamento, ela pensara em trazer algum dinheiro e um cartão de crédito caso se decidisse a parar ali ao voltar para casa. Agora tinha de resolver o que ia fazer.

Decidiu-se finalmente. Se vou mesmo ver Bonnie Wilson e verificar se sua alegação de ter estabelecido contato com Adam é verdade, preciso saber mais sobre os fenômenos paranormais, pensou. Sei que Mac vai achar esta ideia ridícula e me dizer que só gente simplória ou velhas excêntricas — tia Gert, claro — dão crédito às "baboseiras" dos médiuns. Foi realmente por causa dele que rejeitei a sugestão de tia Gert, há alguns dias. Mas se o que eu vi Bonnie Wilson fazer no tal programa de TV era real, talvez ela possa, de fato, estar em contato com Adam. Se eu for até a casa dela, quero estar, no mínimo, preparada. Quero saber o que procurar e o que perguntar.

Dan seguiu Nell ao longo da Broadway até ela desaparecer na livraria. Sem saber o que fazer, ficou na calçada olhando a vitrine, fingindo estar interessado no que estava exposto ali. Será que deveria entrar atrás dela? Não tinha um centavo com ele, portanto era difícil fingir que ia comprar alguma coisa. Além disso, tinha corrido muito antes de encontrá-la e sabia que devia estar precisando de um bom banho e de roupas limpas. Não estava em condições de fazer compras.

Enxugou o suor da testa com a ponta da camisa. Talvez devesse me limitar a lhe escrever um cartão, pensou.

Mas gostaria mesmo de falar pessoalmente com ela. Provavelmente seu número de telefone não consta do catálogo, e, numa situação dessas, ela deve estar recebendo mais cartas do que pode responder. Vou entrar, decidiu finalmente.

Pela janela, ele a viu andando entre as prateleiras. Então, com um misto de alívio e antecipação inquieta, viu que ela se encaminhava para o caixa.

Quando saiu da loja, ela deu dois grandes passos até a esquina e ergueu a mão para chamar um táxi que vinha descendo a Broadway.

É agora ou nunca, pensou Dan. E resolveu ir fundo.
— Nell.
Ela parou. Aquele louro alto, em roupa de jogging, lhe era vagamente familiar.

— Dan Minor, Nell. Conhecemo-nos na Casa Branca, alguns anos atrás, você se lembra?

Ambos sorriram.

— Você tem que reconhecer que esta abordagem é bem melhor que o "Já não nos vimos antes?" — disse Dan, acrescentando rapidamente: — Você estava com seu avô, e eu tinha sido convidado pelo deputado Dade.

Tenho certeza de que o conheço, pensou Nell, estudando o rosto agradável. Finalmente, recordou-se:

— Ah, claro! Estou me lembrando. Você é médico, cirurgião pediátrico, e estudou em Georgetown.

— Isso mesmo. — E o que mais dizer agora?, perguntou-se Dan, ao ver o sorriso espontâneo abandonar o rosto de Nell. — Só queria lhe dizer o quanto sinto pela morte do seu marido — concluiu depressa.

— Obrigada.

— Como é, senhora, vai querer o carro ou não? — O táxi que Nell chamara tinha parado ao lado do meio-fio.

— Sim, espere um segundo, por favor. — Ela estendeu a mão para Dan. — Obrigada por vir dizer olá, Dan. Foi bom ver você outra vez.

Dan ficou olhando o táxi se afastar pela Broadway, cruzar a avenida e virar na 57. Como é que a gente faz para convidar para jantar uma mulher que ficou viúva há exatamente uma semana?, indagou-se.

38

Na sexta-feira à tarde, na Filadélfia, Ben Tucker foi levado ao consultório da Dra. Megan Crowley, psicóloga para crianças.

Ele ficou sentado sozinho na sala de espera enquanto a mãe foi conversar com a doutora em outra sala. Sabia que também teria de falar com ela, mas não queria, pois tinha certeza de que ela faria perguntas sobre seu sonho. E isso era uma coisa sobre a qual ele não queria falar.

Esse sonho se repetia agora todas as noites, e algumas vezes, mesmo durante o dia, ele tinha certeza de que, ao virar uma esquina, a cobra ia estar lá e pularia em cima dele.

Seus pais tentaram lhe dizer que o que ele via não era real, que estava perturbado. Disseram que era muito difícil para uma criança pequena assistir a uma explosão que matara tanta gente, e que a doutora o ajudaria a superar aquilo.

Mas eles não conseguiam entender — não tinha nada a ver com a explosão. O negócio era a *cobra*.

Seu pai lhe dissera que, ao pensar naquele dia em Nova York, Ben deveria pensar na visita que fizera à Estátua da Liberdade. Como fora engraçado subir todos aqueles degraus e como era bonita a vista do alto da coroa da estátua!

Ben tinha tentado seguir aqueles conselhos. Esforçara-se para pensar na história chata de como seu trisavô fora um dos meninos que coletavam moedas para que a Estátua da Liberdade pudesse ser erguida. Pensou em todas as pessoas que vinham de outros países, que tinham passado de navio ao lado da estátua, emocionados por estarem chegando aos Estados Unidos.

Pensou nessas coisas todas, mas nada disso adiantou — ele simplesmente não conseguia parar de pensar na cobra.

A porta se abriu e sua mãe apareceu, junto com outra senhora.

— Oi, Ben — disse ela. — Eu sou a Dra. Megan.

Ela era jovem. Não era como o Dr. Peterson, seu pediatra, que era definitivamente muito velho.

— A Dra. Megan gostaria de conversar com você agora, Benjy — disse sua mãe.

— Você vem comigo? — perguntou ele, começando a ficar amedrontado.

— Não, vou ficar esperando aqui. Não se preocupe, tudo vai correr bem. Você vai voltar para cá logo logo, e vamos comer uma coisa gostosa.

Ele olhou para a doutora, sabendo que ia ter de acompanhá-la. Mas não vou falar da cobra, prometeu a si mesmo.

A Dra. Megan o surpreendeu, no entanto. Não parecia querer falar da cobra. Ela lhe perguntou sobre a escola, e ele respondeu que estava no terceiro ano. Então ela lhe perguntou sobre os esportes que praticava. Ele disse que o que mais gostava era de luta livre e contou a ela como tinha vencido um adversário, imobilizando-o no chão em trinta segundos. Depois, conversaram sobre as aulas de música, e ele lhe contou como tinha desafinado enquanto tocava flauta mais cedo naquele dia.

Conversaram sobre um monte de coisas, mas ela não lhe perguntou nada sobre a cobra. Disse apenas que o veria de novo na segunda-feira.

— A Dra. Megan é muito legal — disse ele à mãe, ao descerem de elevador. — Podemos tomar sorvete agora?

Sábado e domingo, 17 e 18 de junho

39

Nell passou a noite de sexta-feira lendo os livros sobre fenômenos paranormais que comprara naquela mesma tarde, depois de correr no parque.

Sábado após o almoço ela já percorrera todos os capítulos de cada um deles que tratavam dos aspectos dos fenômenos que lhe interessavam. Em que eu acredito disso tudo?, perguntou-se várias vezes ao ler e reler inúmeras passagens.

Eu soube o momento exato da morte da *vovó*, da mamãe e do papai, pensou; sei que, no Havaí, mamãe e papai me fizeram continuar nadando mesmo quando eu queria desistir — essas são minhas experiências pessoais dos fenômenos paranormais.

Nell notou que, em alguns livros, o autor se referia à "aura" das pessoas. Naquele último dia, pensou, no dia da explosão, quando Winifred veio aqui, havia uma espécie de escuridão em torno dela. Segundo o que li, eu estava vendo a aura dela. Estes livros dizem que a escuridão simboliza a morte.

Nell pensou sobre o dia em que vira Bonnie Wilson na televisão. Ela fora, sem dúvida, fantástica quando falara com aquela mulher sobre as circunstâncias da morte de seu marido, relembrou.

Os céticos dizem que as pessoas que alegam ter poderes paranormais se limitam a fazer suposições baseadas nas informações que eles levam a própria pessoa a dar. Bem, admito que sou cética, pensou Nell, mas confesso que, se Bonnie Wilson é uma fraude, então ela também conseguiu me enganar.

Será mesmo que as pessoas que se dizem em contato com os mortos estão só fazendo adivinhações certeiras?, perguntou-se. Bonnie Wilson *não* poderia apenas ter adivinhado tudo o que dissera àquela mulher quando Nell a vira na televisão. Mas, e a sincronia?, indagou-se ela. Isso é como eles chamam quando você está pensando em alguém e esta mesma pessoa lhe telefona um minuto depois. É como se uma pessoa lhe enviasse um fax e a outra o recebesse. Elas estão em sincronia.

Isso ajudaria bastante a explicar o fenômeno que ela vira ao assistir ao programa com Bonnie Wilson. Talvez os médiuns que alegam poder entrar em contato com os mortos funcionem, na verdade, como aparelhos de fax para os pensamentos das pessoas que os estão consultando, concluiu ela.

Ah, Adam, por que fui lhe dizer para não voltar para casa naquele dia?, pensou Nell, angustiada. Se não tivesse feito isso, será que eu aceitaria melhor o fato de que você se foi?

No entanto, ainda que não tivéssemos tido esse desentendimento, sua morte deixaria muitas perguntas sem resposta. Quem foi que fez isso com você, Adam? E por quê?

Pensei que a pobre Winifred estivesse apaixonada por você, mas agora sei que havia outra pessoa na vida dela. Fiquei contente ao saber disso, espero que ela tenha sabido o que significa ser amada.

Mac está com tanto medo que seu nome seja citado nessa investigação sobre corrupção e concorrência fraudulenta que está acontecendo na Walters & Arsdale! Mesmo que essas coisas estivessem acontecendo quando você trabalhava lá, não é justo que joguem tudo nas suas costas agora que você não está mais aqui para se defender...

Você trabalhou para a Walters & Arsdale por quase dois anos e, no entanto, nenhum dos dois principais sócios veio à sua missa. Sei que estavam furiosos porque você comprou o terreno dos Kaplan e os deixou para fundar sua própria empresa. Mas isso não indicava apenas ambição de sua parte? Fui criada acreditando que a ambição é uma coisa boa, pensou Nell.

Será que a pessoa que fez explodir o iate era alguém que queria vê-lo fora do caminho? Seria *você* o alvo? Ou Sam Krause? Ou talvez Winifred? A viúva de Jimmy Ryan começou a falar comigo na igreja depois da missa, mas alguma coisa a assustou. Será que ela estava querendo me dizer algo que eu deveria saber sobre aquela reunião no iate? Jimmy Ryan teria alguma informação perigosa para outra pessoa? Teria sido ele o alvo?

Naquela manhã, Adam dissera que havia diferentes graus de honestidade no ramo da construção civil. O que ele quis dizer com isso?, perguntou-se Nell.

A insônia torturou-a durante a maior parte da noite do sábado. Sinto como se Adam pudesse voltar para casa a qualquer momento, pensou. Finalmente ela conseguiu conciliar o sono, mas acordou de novo às 6 horas. Uma outra linda manhã de junho se anunciava. Ela tomou banho e se vestiu para ir à missa das 7 horas.

"Que a alma de Adam e a dos outros fiéis que se foram repousem em paz..." Essa prece, que ela já fizera na semana anterior, se repetiria por muitos outros domingos. Nell tinha de obter algumas respostas, alguma explicação para tudo o que acontecera.

Mas, se Adam está tentando entrar em contato comigo, pensou ela, alguma coisa deve estar impedindo que ele encontre o repouso final.

Não sei mais em que acreditar.

De volta para casa, depois da missa, ela parou para comprar um bagel recém-saído do forno. Adoro as manhãs de domingo em Nova York, pensou ao descer a Lexington Avenue. Em manhãs como esta, parece uma pequena cidade que acaba de acordar, com suas ruas vazias e calmas.

Esta parte de Manhattan costumava ser o distrito eleitoral de Mac, as ruas dele. Será que virão a ser *meu* distrito, *minhas* ruas?, pensou, sentindo o coração se acelerar.

Sem Adam, já não precisava ficar aflita com sua candidatura.

Ela odiou que, por alguns instantes, tivesse sentido certo alívio ao se dar conta de que aquele problema não existia mais.

40

PETER LANG PASSOU O FIM DE SEMANA SOZINHO EM Southampton, tendo recusado vários convites de amigos para jogar golfe, ir a coquetéis ou jantar fora. Sua energia e seus pensamentos estavam concentrados na situação em que tinha se metido ao buscar financiamento para o novo projeto Vandermeer e na necessidade absoluta de fazer agora com que Nell MacDermott lhe vendesse o terreno que o marido adquirira da Sra. Kaplan.

Jamais pensei que a direção do Patrimônio pudesse voltar atrás quanto ao tombamento da mansão Vandermeer, pensou, censurando-se por tamanha negligência. Quando começou a se falar nisso já era tarde demais — Cauliff o vencera junto a Ada Kaplan.

Sem o terreno dos Kaplan, o complexo que poderiam construir seria razoável, mas nada de especial. Com ele, no entanto, Peter poderia finalmente ser o mentor de uma obra-prima da arquitetura, um grande acréscimo à linha do horizonte de Manhattan.

Jamais dera seu nome a qualquer dos edifícios que construíra. Tinha esperado, sabendo que encontraria finalmente a perfeita combinação entre o local e o projeto que mereceria ostentar o nome de sua família. O prédio resultante seria um monumento a três gerações da família Lang.

Como temera, quando contatara Adam Cauliff com uma oferta de compra do terreno Kaplan, este lhe respondera em poucas palavras que preferia morrer a lhe vender o terreno. Daí a parceria forçada.

Bem, parece que Adam morreu antes de mim, pensou Peter, com satisfação cruel.

E agora ele tinha de persuadir a viúva de Cauliff a lhe vender aquela propriedade. Conseguira muitas informações sobre Nell e sabia que, pelo menos num futuro imediato, ela não seria compelida a vender aquele lote por necessidade financeira — parecia estar bastante bem nesse sentido e ser independente do falecido marido. Peter tinha, no entanto, um ás na manga, um trunfo que, se usado, poderia lhe garantir a vitória.

Todo mundo sabia que Cornelius MacDermott ficara extremamente desapontado quando sua neta não disputara a cadeira do Congresso à qual ele renunciara ao se aposentar dois anos antes.

Ela tinha tudo para ganhar, meditou Peter Lang na tarde de domingo, ao descer o caminho rodeado de flores que ia de sua casa à praia. Pena que não tenha se apresentado daquela vez, pensou. Gorman foi uma perda de tempo, e, se ele abandonar mesmo a cadeira, ela vai ter que trabalhar para reconquistar muitos eleitores insatisfeitos com o desempenho dele.

Nell MacDermott, assim como o avô, é politicamente muito sensata. É inteligente o bastante para saber que posso ajudá-la muito a se eleger, que seria interessante ter-me do seu lado. Não somente posso ajudá-la, como suspeito que, quando a corte começar a investigar algumas das práticas nas quais Adam estava envolvido, ela vai me implorar que venha em seu socorro para defender o caráter do marido.

Peter Lang deixou cair a toalha que carregava e correu a passos largos até a beira-mar, atirando-se nas águas do Atlântico. A água estava muito fria, mas depois de alguns metros seu corpo começou a se acostumar. Enquanto nadava, com braçadas regulares, pensou em seu encontro perdido com o destino e se perguntou se Adam Cauliff ainda estaria vivo e consciente quando as águas se fecharam sobre sua cabeça após a explosão do iate.

41

Bonnie Wilson disse a Gert que lhe telefonasse a qualquer momento caso Nell MacDermott decidisse consultá-la. Ela compreendia perfeitamente que, mesmo ansiosa por vê-la, Nell poderia ainda assim estar hesitante. Como colunista de um jornal popular, com extrema visibilidade pública, saber que ela havia consultado um médium poderia lhe trazer mais publicidade do que gostaria. E com esse boato de que ela talvez se candidatasse ao Congresso — a imprensa estava sempre procurando maneiras de desacreditar os candidatos —, qualquer fofoca sobre uma consulta a um médium conhecido, como Bonnie, poderia ser usado contra Nell.

A mídia tinha debochado de Hilary Clinton ao saber que ela consultara um médium para tentar entrar em contato com Eleanor Roosevelt; e Nancy Reagan sempre fora criticada por consultar um astrólogo.

Mas numa noite de domingo, às 22 horas, Bonnie recebeu o telefonema de Gert MacDermott que tanto esperava.

— Nell quer encontrar você — disse Gert, a voz baixa.

— O que há de errado, Gert?! Não preciso ser médium para perceber a tensão em sua voz.

— Ah, receio que meu irmão esteja muito zangado comigo. Ele convidou a mim e a Nell para jantar, hoje à noite, e deixei escapar que tínhamos nos comunicado; cheguei mesmo a falar um pouco sobre o assunto que tínhamos tratado. Então ele se irritou e cometeu o erro de proibir Nell de vê-la.

— O que significa, claro, que ela *virá* me consultar.

— Talvez viesse de qualquer forma, embora eu ache que nem ela mesma tinha certeza disso. Mas agora ela quer consultá-la de todo jeito, e o mais cedo possível.

— Muito bem, Gert. Diga-lhe para estar aqui amanhã, às 3 da tarde.

Segunda-feira, 19 de junho

42

O SALÃO ESTAVA FECHADO NAQUELE DIA, COMO TODAS AS segundas-feiras. Por um lado, Lisa Ryan estava feliz por ter mais um dia para se preparar emocionalmente para enfrentar o mundo; mas, por outro, ela bem que gostaria de voltar ao trabalho. Temia bastante a primeira semana, quando todas as clientes se mostrariam solidárias, mas querendo ouvir os menores detalhes da explosão que tirara a vida de Jimmy.

Muitas delas tinham ido ao enterro. Outras tinham mandado flores e cartões de condolências.

Lisa sabia, no entanto, que a novidade do acontecimento tinha acabado para quase todo mundo, menos para ela. Agora, todas as suas clientes iam cuidar da própria vida, sem maiores preocupações com a perda sofrida por Lisa. Talvez, por algum tempo, cada uma delas ainda se sentisse agradecida ao ouvir o ronco do carro do marido entrando na garagem à noite. Mas dentro em pouco isso voltaria à rotina. Claro, todas sentiam muito por ela, de verdade, mas estavam muito satisfeitas por não estarem recebendo as manifestações de pêsames em seu lugar.

Lisa também já sentira a mesma coisa, no ano passado, quando o marido de uma de suas clientes morrera num acidente de trânsito.

Ela falara sobre isso com Jimmy na época. Nunca esquecerei o que ele disse, pensou Lisa: "Lissy, todos nós somos meio supersticiosos. Todos temos o sentimento de que, se alguma coisa terrível acontecer a outra pessoa, os deuses ficarão satisfeitos por algum tempo e nos deixarão em paz."

Por volta das 9 horas ela acabara de arrumar a casa. Havia ainda inúmeras cartas de amigos e conhecidos para responder, mas Lisa simplesmente não se sentia com ânimo para isso agora.

Muitos velhos amigos que haviam se mudado daquela área tinham-lhe escrito para manifestar o choque que sentiram, a tristeza pelo que acontecera. Uma das que mais a tocaram era a de um rapaz com quem ela e Jimmy tinham crescido, agora um mandachuva num estúdio de cinema em Hollywood.

"Ainda me lembro quando Jimmy e eu estávamos no sétimo ano", escrevera ele. "Uma vez, tínhamos como dever de casa um desses projetos de ciências que, hoje em dia, como pai, sei que os professores só dão para complicar a vida das famílias. Na véspera da data em que os projetos deveriam ser entregues, eu ainda não tinha feito o meu, mas, como de hábito, Jimmy já havia acabado o dele e se prontificara a me dar uma mãozinha. Ele veio aqui em casa e me ajudou a montar a maquete de uma ponte, e a escrever uma redação explicando o grau de oscilação necessário à sua construção. Ele era um cara incrível."

E eu quase sujei sua boa reputação com aquele policial, pensou Lisa, relembrando a visita do detetive Sclafani na sexta-feira. Mas apenas ficar calada sobre aquele dinheiro não resolvia o problema — tinha de devolvê-lo. Tinha certeza absoluta que Jimmy não aceitara de bom grado aquela quantia; sabia que fora forçado a aceitá-la. Qualquer outra explicação era simplesmente impossível. Jimmy fora compelido a escolher entre perder o emprego ou fechar os olhos para alguma coisa errada em seu trabalho. Forçaram-no a aceitar um dinheiro que não queria — porque, dessa maneira, eles o teriam sob controle.

Mesmo sem conhecê-la verdadeiramente, Lisa pressentia que Nell MacDermott era alguém em quem podia confiar. Pensou também que talvez Nell soubesse alguma coisa sobre os projetos em que Jimmy estava trabalhando. Afinal de contas, fora alguém da firma do marido de Nell que chamara Jimmy para uma entrevista e depois passara seu currículo para a construtora Sam Krause. O que começara como um aparente ato de bondade acabara provocando a morte de Jimmy.

De algum modo, o dinheiro naquela caixa tinha a ver com tudo aquilo. E, embora necessitasse muito dele — para pagar contas e pôr comida na mesa —, ela sabia que jamais poderia gastar um só centavo daquele dinheiro sujo, manchado agora pelo sangue de Jimmy.

Às 10 horas, Lisa tentou ligar para Nell MacDermott. Sabia que ela morava em Manhattan, em alguma parte do East Side, entre as ruas 70th e 80th. Mas seu telefone não constava do catálogo.

Lisa lembrou-se de ter lido no jornal que o avô de Nell, o ex-deputado Cornelius MacDermott, tinha agora uma empresa de consultoria. Tendo obtido seu número por meio do serviço de informações, resolveu telefonar para lá. Alguém ali deveria saber como entrar em contato com Nell; talvez aceitasse mesmo colocá-la em contato com ela.

Seu chamado foi transferido quase imediatamente para uma senhora de voz amável, que se apresentou como Liz Hanley, assistente do ex-deputado MacDermott.

Lisa simplificou as coisas:

— Meu nome é Lisa Ryan, sou a viúva de Jimmy Ryan. Preciso falar com Nell MacDermott, por favor.

Liz Hanley pediu a ela que esperasse um instante. Dois minutos depois, retomou a ligação, dizendo:

— Se telefonar neste minuto, você poderá contatar Nell no 212-555-6784. Ela está esperando sua ligação.

Lisa agradeceu, desligou e discou imediatamente aquele número. O aparelho foi atendido à primeira chamada. Cinco minutos depois, Lisa Ryan estava indo encontrar Nell MacDermott, a outra mulher que ficara viúva por causa da explosão do iate.

43

Ao longo de seus 38 anos de vida, Jed Kaplan tivera tantos problemas com a lei que sabia perfeitamente quando estava sendo vigiado. Ele desenvolvera uma espécie de sexto sentido que lhe dizia quando estava sendo seguido.

Posso sentir cheiro da polícia a quilômetros de distância, pensou amargamente naquela segunda de manhã, quando bateu a porta de seu apartamento e se dirigiu para o centro da cidade. Espero que tenha sapatos confortáveis, pois vamos dar um de nossos longos passeios.

Jed gostaria de sair de Nova York. Não suportava viver na mesma casa que a mãe nem mais um minuto. Quando acordara, havia mais ou menos uma hora, suas costas estavam quase paralisadas por ter passado a noite no colchão ordinário daquele sofá-cama de má qualidade. E, quando fora tomar uma xícara de café na cozinha, encontrara a mãe sentada à mesa, com os olhos inchados de chorar.

— Seu pai estaria completando 80 anos hoje — dissera ela com a voz alquebrada. — Se ainda fosse vivo, estaríamos dando uma festa em homenagem a ele. Em vez disso, aqui estou eu, sozinha, tendo que me esconder, com vergonha de encarar os vizinhos.

Jed tentara tranquilizá-la, reafirmando mais uma vez sua inocência. Mas não houve jeito de fazê-la calar a boca, e ela continuara, no mesmo tom:

— Você se lembra dos velhos filmes com Edward G. Robinson, não? Em um deles, quando a mulher morreu, a única coisa que deixou para o filho foi a cadeirinha de bebê. Ela disse que a única época em que ele a fizera feliz foi quando se sentava nela.

Ela então brandira o punho em direção a ele.

— Eu poderia dizer a mesma coisa de você, Jed. Seu comportamento é uma desgraça para mim. Você envergonha a memória do seu pai.

Ele suportou o quando pôde e rapidamente deixou o apartamento que lhe provocava uma sensação de inevitável claustrofobia. Tinha de dar o fora dali, mas, para isso, precisava de seu passaporte. Os policiais sabiam que a acusação improvisada que tinham forjado a partir da maconha encontrada em sua mochila seria derrubada no tribunal, por isso tinham confiscado o passaporte para impedi-lo de partir para onde quer que fosse.

Nunca admiti que aquela erva era minha, pensou Jed, felicitando-se. Eu lhes disse a mais pura verdade: que não tinha tocado naquela mochila nos últimos cinco anos.

Mas, mesmo que essa acusação fosse derrubada, nem por isso ele ficaria livre de problemas com a polícia. Eles vão inventar outra coisa para me forçar a permanecer aqui.

O problema, pensou ele, ao parar para tomar um café numa delicatéssen na Broadway, é que a única dica que eu *poderia* dar aos tiras também pode ser usada para ajudá-los a jogar a culpa daquela explosão nas minhas costas.

44

— SINTO MUITO PELO ATRASO — DESCULPOU-SE LISA Ryan ao chegar ao apartamento de Nell. — Eu deveria saber que não encontraria facilmente uma vaga. Acabei tendo que ir para um estacionamento.

Ela esperava que não estivesse parecendo tão aflita e agitada como se sentia. O trânsito de Manhattan sempre a deixava nervosa, e, ainda por cima, ter de colocar o carro num estacionamento — despesa enorme, o preço mínimo era de 20 dólares — a deixara ao mesmo tempo irritada e desorientada. Vinte dólares era muito dinheiro para Lisa, quase equivalente às gorjetas que recebia para fazer de cinco a oito mãos. Todo esse dinheiro esbanjado para não deixar na rua um calhambeque que já tinha 10 anos. Se não fosse tão importante ver Nell MacDermott, ela teria voltado imediatamente para o Queens.

Quando saiu do estacionamento e se dirigiu para o edifício, lágrimas de frustração encheram seus olhos, forçando-a a buscar um lenço. Recusava-se a dar vexame nas ruas de Manhattan.

Ela sempre se sentira bem-vestida com seu terninho azul-marinho, mas, ao olhar aquela mulher à sua frente, soube que, comparado à calça marrom-claro bem-cortada e à blusa creme de Nell MacDermott, seu traje parecia artigo de segunda.

As fotos não lhe fazem justiça, pensou Lisa. Ela é muito bonita. E, naturalmente, parece estar muito melhor hoje do que quando a vi pela primeira vez, logo após a missa de seu marido.

Nell MacDermott acolheu-a de maneira amável, cordial. Propôs imediatamente que a chamasse de Nell, e Lisa instintivamente sentiu que podia confiar nela, qualidade muito importante naquelas circunstâncias.

Uma outra coisa nela transmitia segurança — Nell MacDermott exalava uma confiança serena. Observando-a, Lisa concluiu que Nell devia ter sido criada em lugares elegantes como aquele onde estavam.

Ao segui-la até a sala de estar, pensou de novo em Jimmy, que costumava caçoar de sua mania de ler revistas de decoração de interiores. Lisa passara horas mobiliando mentalmente sua casa ideal. Às vezes ela a imaginara com uma decoração formal, composta de móveis antigos e tapetes persas. Outras, em estilo inglês rústico ou em estilo moderno, art déco — embora tivesse de acabar excluindo esses estilos, pois sabia que não eram do gosto de Jimmy. Relembrou-se com tristeza de como costumava lhe dizer que, quando os meninos crescessem, gostaria de voltar à escola para aprender decoração de interiores. Coisa que, agora, estava fora de cogitação.

— Sua casa é linda — disse ela suavemente, olhando em volta a combinação harmoniosa do mobiliário eclético.

— Obrigada. Gosto muito dela — disse Nell, com um jeito meio melancólico. — Minha mãe e meu pai eram antropólogos, viajavam muito, e traziam para casa peças originais de todas as partes do mundo. Basta acrescentar algumas cadeiras e sofás bem confortáveis, e pronto. Posso confessar-lhe que este apartamento foi um porto seguro para mim nesta última semana.

Enquanto falava, Nell MacDermott observava a visita. A base usada por Lisa Ryan não conseguia esconder o fato de que seus olhos estavam inchados, e sua pele apresentava as marcas características de quem tinha chorado. Nell teve a impressão de que não precisava muito para provocar uma torrente de lágrimas.

— Acabei de fazer café. Gostaria de tomar uma xícara comigo?

Dentro de poucos minutos, as duas estavam sentadas frente a frente à mesa da cozinha. Lisa sabia que cabia a ela romper o silêncio. Fui eu que pedi para vir aqui, pensou. Então tenho que começar. Mas por onde?

Inspirando profundamente, começou:

— Nell, meu marido estava sem trabalhar havia quase dois anos. Ele se candidatou a um emprego na empresa do seu marido, e então, do nada, o sócio do seu marido, Sam Krause, o recrutou.

— Sam Krause era mais um parceiro de negócios do que propriamente um sócio — disse Nell. — Adam estava trabalhando em projetos com várias pessoas, mas não considerava nenhum deles como sócio. Enquanto trabalhava para a Walters & Arsdale, era o arquiteto responsável pela reforma de alguns edifícios, e Sam Krause entrava com a construtora. Então Adam abriu a própria empresa, planejando trabalhar no projeto Vandermeer.

— Sei disso. Jimmy andou reformando alguns prédios velhos, mas recentemente ele me disse que esperava começar a trabalhar num grande projeto, uma torre de apartamentos, em que ele seria o encarregado principal.

Lisa fez uma pausa. Quando recomeçou a falar, conseguiu apenas dizer:

— Nell... — Sua voz falhou. Após alguns instantes, ela explodiu: — Nell, Jimmy perdeu o emprego dois anos atrás porque era honesto demais e andou se manifestando sobre os materiais de qualidade inferior que a empresa em que trabalhava estava usando. Por causa disso, entrou na lista negra e ficou sem trabalhar durante muito tempo. Assim, ao receber o chamado de Sam Krause para aquele emprego, ficou extremamente feliz. Olhando retrospectivamente, no entanto, acho que alguma coisa aconteceu logo que Jimmy começou a trabalhar para ele. Eu amava tanto Jimmy e me sentia tão próxima a ele que não pude deixar de notar... ele mudou da noite para o dia.

— O que quer dizer com "mudou"? — perguntou Nell suavemente.

— Não conseguia dormir. Perdeu o apetite. Parecia estar vivendo num outro mundo.

— E você acha que isso se deu por que razão?

Lisa pousou a xícara na mesa e encarou a mulher diante dela.

— Acho que Jimmy foi forçado a fingir que não viu quando percebeu que havia alguma coisa muito errada naquela firma. Pessoalmente, nunca faria nada de mal, mas àquela altura andava tão derrotado que, se tivesse que escolher entre ficar de novo sem trabalho ou simplesmente fingir que não viu, acho que teria escolhido essa última opção. Mas é claro que teria sido uma decisão ruim, ainda mais no caso dele. Jimmy era bom demais para ter feito uma coisa dessas e ficar em paz consigo mesmo. Sei que foi isso que deve ter acontecido, e isso o estava deixando louco.

— Jimmy chegou a falar com você sobre esse assunto, Lisa?

— Não — disse ela, hesitando. Quando voltou a falar, suas palavras saíram apressadas, nervosas. — Nell, não conheço você, mas preciso dizer isso a alguém, portanto eu vou confiar em você. Encontrei dinheiro escondido no ateliê de Jimmy em nosso porão. Acho que foi dinheiro que ele recebeu para manter a boca fechada. Pelo modo como estava embrulhado, posso garantir que Jimmy não tocou em um centavo daquilo. O que combina com ele: um homem honesto, que sabia que nunca poderia usar esse dinheiro.

— Qual era a quantia?

A voz de Lisa diminuiu de volume.

— Cinquenta mil dólares — murmurou.

Cinquenta mil dólares! Jimmy Ryan tinha mesmo se metido numa operação de vulto, pensou Nell. Será que Adam suspeitava ou sabia de alguma coisa a esse respeito?, indagou-se. Teria sido por isso que Ryan fora convidado à reunião no iate?

— Quero devolver esse dinheiro — disse Lisa. — E quero fazer isso discretamente. Mesmo que perdesse o emprego de novo, Jimmy nunca deveria ter aceitado esse dinheiro. Mas, como eu lhe disse, ele sabia muito bem disso. E é por isso que andava tão deprimido nos últimos meses, mesmo tendo trabalho. Ele já não pode fazer essa devolução pessoalmente, mas posso fazê-la por ele. Esse dinheiro deve ter vindo de alguém da construtora Krause. Preciso devolvê-lo. Foi por isso que quis falar com você.

Recorrendo a uma reserva de coragem maior do que sabia possuir, Lisa inclinou-se para frente e pegou a mão da outra mulher.

— Nell, quando Jimmy procurou emprego na firma de seu marido, eles nunca tinham se encontrado. Tenho certeza disso. Em seguida, logo depois que seu marido colocou Jimmy na folha de pagamento de Sam Krause, alguma coisa terrível aconteceu. Não sei o que foi, mas acredito que tenha a ver com o projeto no qual seu marido e Jimmy estavam trabalhando juntos. Você precisa descobrir o que era e encontrar um jeito de me ajudar a endireitar as coisas.

45

GEORGE BRENNAN E JACK SCLAFANI ESTAVAM PRESENTES quando Robert Walters, principal sócio da Walters & Arsdale Projetos Associados, acompanhado do advogado principal da empresa, chegou ao escritório de Cal Thompson, o promotor público. Thompson fazia parte da equipe da Promotoria recentemente encarregada de investigar a questão de suborno e licitações fraudulentas na indústria da construção civil.

Todas as partes presentes sabiam que Walters se beneficiava de um acordo que lhe garantia uma imunidade parcial por tudo que revelasse naquela reunião.

O advogado principal já tinha liberado um comunicado *pro forma* para a imprensa: "A Walters & Arsdale e seus principais associados negam qualquer implicação no assunto e estão confiantes de que não serão acusados de nenhuma atividade criminosa."

Tanto Brennan quanto Sclafani pensavam que, por trás da fachada de indiferença desdenhosa e casual, Robert Walters estava nervoso e agitado. Todos os seus atos faziam parte de um número bem ensaiado.

Eu também estaria nervoso em seu lugar, pensou Brennan. Os mandachuvas de pelo menos umas vinte empresas iguais à dele já tinham optado por entrar em acordo, escolhendo o caminho mais fácil para se livrarem dessa investigação. Ele sabia que a maioria deles acabaria recebendo apenas um tapinha, livrando-se com uma multa. Grande negócio! Você desembolsa 1 milhão de dólares enquanto sua empresa fatura meio bilhão. Por vezes, quando o promotor consegue realmente provar alguma coisa contra eles, alguns desses caras acabam fazendo umas horas de serviço comunitário. Em um ou dois casos, alguns chefões são condenados a uns dois meses de cadeia. Mas aí eles saem — e sabe o que acontece? Começa tudo de novo.

Isso não passa de simples negociata, pensou ele. Os proprietários das maiores empresas de construção civil entram num acordo sobre quem vai ganhar a concorrência. Mesmo a proposta mais baixa é superfaturada, mas o arquiteto ou projetista aceita o jogo — e recebe em troca uma propina. Então surge o próximo projeto, e bingo! — é a vez de o cara da outra empresas apresentar a proposta mais baixa. É um grande esquema de compensação. Tudo é manipulado, mas de maneira extremamente civilizada.

Apesar da aparente inutilidade do esforço, Brennan acreditava que esses casos deveriam ser objeto de processo. Se pressionarmos alguns desses chefões, as empresas menores pelo menos terão uma oportunidade de ganhar algumas boas licitações, pensou ele. No entanto, às vezes ele se achava otimista demais...

— Em nossa indústria, por vezes comissões de venda perfeitamente legais podem ser mal-interpretadas — dizia Walters.

— O que meu cliente quis dizer é que... — interrompeu o advogado.

O interrogatório chegou finalmente ao ponto que interessava a George Brennan e Jack Sclafani.

— Sr. Walters, o finado Adam Cauliff fazia parte de sua empresa?

Ele não gosta mesmo desse nome, pensou Sclafani, observando o rosto de Robert Walters ficar vermelho de raiva àquela pergunta.

— Adam Cauliff foi funcionário nosso durante aproximadamente dois anos e meio — respondeu Walters, com voz seca e fria, como se menosprezasse o assunto.

— E quais eram as funções do Sr. Cauliff na Walters & Arsdale?

— Ele começou como um dos arquitetos de nossa equipe. Depois, foi encarregado do setor de reconstruções e reformas de porte médio.

— E o que entende por porte médio?

— Projetos de custo inferior a 100 milhões de dólares.

— Seu desempenho era satisfatório?

— Eu diria que sim.

— O senhor disse que Cauliff ficou em sua empresa por mais de dois anos. Por que ele saiu?

— Para abrir a própria empresa — respondeu Robert Walters, com um sorriso frio. — Adam Cauliff era um homem detalhista e dotado de espírito prático. Há arquitetos que não se conformam com o fato de que, na realidade, o espaço dos escritórios é alugado por metro quadrado. Apesar de reconhecerem que a economia é um fator importante, eles planejarão efeitos desnecessários, consumidores de espaço, como corredores muito largos que, multiplicados por trinta ou quarenta andares, podem reduzir dramaticamente o espaço rentável.

— Deduzo, então, que Adam Cauliff era um funcionário valioso, que não cometia esse tipo de erro.

— Ele era bastante eficiente. Tocava bem as obras. E aprendia depressa. Foi esperto o bastante para comprar o terreno adjacente à mansão Vandermeer enquanto ela ainda estava tombada pelo Patrimônio. Quando a mansão perdeu esse status, a propriedade dos Kaplan adquirida por Adam tornou-se infinitamente mais valiosa.

— A mansão foi destruída por um incêndio, não? — perguntou o assistente do promotor.

— É verdade. Mas só depois de perder o status de prédio tombado. Se a mansão não tivesse pegado fogo, seria derrubada de qualquer jeito. Peter Lang comprou essa propriedade e deu início aos planos para erguer ali um complexo residencial-comercial.

Walters deu um sorriso irônico.

— Adam Cauliff pensou que o terreno dos Kaplan, agora em suas mãos, seria tão indispensável a Lang que este seria obrigado a aceitar o projeto que Cauliff fizera para o edifício. Mas as coisas não se passaram assim. Se Adam tivesse permanecido conosco e aceitado a colaboração de nossos talentosos arquitetos, teria tido uma chance de ganhar o contrato.

— Isso significa que sua empresa obteria o contrato?

— Isso significa que uma equipe de arquitetos de vanguarda, várias vezes premiados, capazes de criar uma estrutura de ponta na área do design urbano, trabalharia com ele. O projeto de Cauliff era terra a terra, sem originalidade. Os investidores não o aceitariam, e tenho a impressão de que Lang lhe disse isso.

"Cauliff estava numa situação de impasse. Teria sido obrigado a vender aquele lote para Lang mais ou menos pelo preço que este lhe oferecesse. Caso contrário, Lang poderia muito bem construir um outro imóvel, menos ambicioso, independentemente de Cauliff. Se isso acontecesse, o lote dos Kaplan ficaria tão encravado que seria praticamente inútil. Portanto, como podem ver, Cauliff estava numa situação difícil.

— O senhor não lamentou o fato de Adam Cauliff estar nessa situação, não é mesmo, Sr. Walters? — perguntou o promotor.

— Dei um emprego a Cauliff graças à minha grande amizade com seu sogro, o ex-deputado Cornelius MacDermott. Cauliff recompensou meu esforço saindo da minha empresa e levando com ele Winifred Johnson, minha secretária pessoal por 22 anos, que se tornara meu braço direito. Se lamento sua morte? Certamente, como qualquer ser humano normal, lamento seu desaparecimento. Ele era o marido de Nell MacDermott, que conheço desde que nasceu. Nell é uma jovem maravilhosa, e sinto muito que esteja sofrendo.

A porta do escritório se abriu, dando entrada a Joe Mayes, um dos assistentes do promotor. Pela expressão de seu rosto, Brennan e Sclafani podiam ver que algo de importante acontecera.

— Sr. Walters — perguntou Mayes abruptamente —, sua empresa estava inspecionando um prédio de escritórios na esquina da Lexington com a 47th Street, que foi reformado por vocês alguns anos atrás?

— Sim, hoje de manhã recebemos a notícia de que vários tijolos da fachada pareciam soltos. Enviamos imediatamente uma equipe de inspeção ao local.

— Temo que os tijolos estivessem mais do que soltos, Sr. Walters. A fachada inteira desmoronou sobre a rua esta manhã. Três pedestres ficaram seriamente feridos, um deles em estado grave.

George Brennan observou o rosto vermelho de Robert Walters ficar doentiamente pálido. Material de baixa qualidade?, perguntou-se. Ou talvez um trabalho malfeito? Nesse caso, de quem enchemos o bolso para ignorar esse fato?

46

Precisamente às 15 horas, Nell tocou a campainha do apartamento de Bonnie Wilson, na 73rd Street com a West End Avenue. Ao ouvir um ruído de passos do outro lado da porta, ela pensou por um instante em pular dentro do elevador e dar o fora dali enquanto ainda era tempo.

Mas o que estou fazendo aqui?, perguntou-se ela. Mac tinha razão. Toda essa conversa mole sobre médiuns e mensagens de entes queridos que perdemos não passa de um disparate, e eu sou uma idiota por me expor ao ridículo caso venha a público que acabei caindo nesse tipo de armadilha.

A porta se abriu.

— Entre, Nell, por favor.

A primeira impressão de Nell foi que Bonnie Wilson era mais bonita pessoalmente do que na televisão. O cabelo negro como a noite fazia um contraste surpreendente com sua pele de porcelana. Os grandes olhos cinzentos eram contornados por cílios espessos. As duas mulheres tinham mais ou menos a mesma altura, mas Bonnie era muito magra, aparentando subnutrição.

Ela deu um sorriso de desculpas.

— Nunca fiz isto antes — explicou ela, conduzindo Nell através de uma peça longa e estreita do saguão de entrada até um pequeno estúdio. — Já aconteceu de, ao entrar em contato com alguém do outro mundo, outra pessoa de lá tentar se comunicar comigo. Mas esta é uma situação completamente diferente.

Ela indicou uma cadeira.

— Sente-se, por favor, Nell. Saiba que se, depois de termos conversado por alguns minutos, você quiser se levantar e ir embora, não me sentirei ofendida. Pelo que sua tia me disse, você não se sente à vontade com a ideia de contatos com pessoas que morreram.

— Para ser franca, é bem possível que eu *realmente* dê o fora, e fico feliz por você considerar essa possibilidade — disse Nell secamente. — No entanto, depois de tudo o que minha tia Gert me disse, senti que precisava vir. Ao longo da vida, eu mesma tive várias manifestações do que se poderia chamar fenômenos paranormais. Com certeza Gert as mencionou a você.

— Não, na verdade ela não mencionou isso. Nos últimos anos, eu a tenho encontrado apenas em algumas reuniões de nossa Associação de Fenômenos Extrassensoriais, e, em dada ocasião, fui a uma reunião em seu apartamento, mas nunca discuti seu caso com ela.

— Bonnie, quero ser muito honesta com você — disse Nell.

— Eu simplesmente não acredito nessa história, que me soa como muito suspeita, de que você pode se comunicar tão facilmente com os mortos como se pegasse um telefone e chamasse uma pessoa que já morreu. Tampouco aceito que alguém do "outro mundo", como os livros que li chamam essas pessoas, peguem o telefone para contatar *você*.

Bonnie Wilson sorriu.

— Aprecio sua honestidade. No entanto, eu e outras pessoas em todo o mundo com poderes paranormais, por razões que ultrapassam nosso entendimento, fomos escolhidas para servir de mediadores entre as pessoas que se foram e os entes queridos que deixaram aqui. De um modo geral, alguém tocado por uma tragédia quer entrar em contato com a pessoa que se foi e vem me procurar.

"Mas outras vezes, de maneira menos frequente, as coisas acontecem de modo diferente. Por exemplo, um dia, ao ajudar um homem que tinha morrido a transmitir uma mensagem à sua mulher, fui contatada por um jovem chamado Jackie, morto num acidente de trânsito. Eu não sabia como podia ajudá-lo. Então, menos de uma semana depois, recebi um telefonema de uma mulher que nunca tinha encontrado antes."

Nell teve a impressão de que os olhos de Bonnie ficavam mais escuros quando ela falava.

— Essa mulher tinha me visto na televisão e queria marcar uma consulta particular. Aparentemente, seu filho, Jackie, morrera num acidente de carro. Ela era a mãe do jovem rapaz que tinha falado comigo do outro mundo.

— Mas o fato de eu estar aqui agora não é tanta coincidência assim. Para começar, você conhecia Gert — protestou Nell. — Além disso, os jornais estão cheios da história da explosão do barco, e praticamente todos os artigos mencionam que Adam era casado com a neta de Cornelius MacDermott.

— E foi exatamente por isso que, quando Adam me contatou durante uma comunicação, disse seu nome e perguntou por Nell, eu sabia que tinha que me dirigir a Gert.

Nell ficou de pé.

— Bonnie, lamento, mas não acredito nisso. Receio já ter tomado muito de seu tempo. Preciso ir embora.

— Você não teria tomado meu tempo se apenas me desse a oportunidade de ver se Adam tem alguma mensagem para você.

Nell voltou a se sentar, relutantemente. Imagino que lhe devo ao menos isso, pensou.

Os minutos passaram. Os olhos de Bonnie estavam fechados, a face apoiada em sua mão. De repente ela inclinou a cabeça, como se estivesse tentando ouvir alguém ou alguma coisa. Após um longo momento ela abaixou a mão, abriu os olhos e olhou diretamente para Nell.

— Adam está aqui — disse suavemente.

Apesar de toda a sua descrença, Nell sentiu um arrepio percorrer-lhe o corpo. Mantenha a sensatez, censurou-se ferozmente. Isso é bobagem. Ela tentou manter a voz firme e calma:

— Você pode vê-lo?

— Com os olhos da mente. Ele a está olhando com muito amor, Nell. Está sorrindo para você e dizendo que, claro, você não pode acreditar que ele esteja aqui. Afinal de contas, você vem do Missouri.

Nell respirou com dificuldade. "Eu vim do Missouri" era uma expressão que ela usava, brincando, toda vez que Adam tentava convencê-la de que deveria aprender a gostar de navegar.

— Isso faz algum sentido para você? — perguntou Bonnie Wilson.

Nell assentiu.

— Adam quer lhe pedir desculpas, Nell. Ele está me dizendo que vocês dois brigaram, da última vez que estiveram juntos, antes de ele morrer.

Nunca contei a ninguém que tínhamos brigado, pensou Nell. A ninguém mesmo.

— Adam está me dizendo que a culpa foi dele. Tenho a impressão de que ele estava tentando impedi-la de fazer alguma coisa que você queria.

Nell sentiu lágrimas quentes brotarem de seus olhos.

Bonnie Wilson estava sentada, imóvel.

— Estou começando a perder contato. Mas Adam ainda não quer partir. Nell, estou vendo rosas brancas sobre sua cabeça. Elas são um sinal do amor dele por você.

Nell não podia acreditar nas próprias palavras quando disse:

— Diga a ele que eu também o amo. Diga-lhe que lamento muito nossa briga.

— Agora o estou vendo mais claramente de novo. Ele parece muito feliz, Nell. Mas está dizendo que quer que você comece um novo capítulo em sua vida. Há alguma situação em vista que possa tomar todo o seu tempo e toda a sua energia?

A campanha eleitoral, pensou Nell.

Bonnie não esperou que ela respondesse.

— Sim, entendo — murmurou ela. — Ele está dizendo: "Diga a Nell para doar todas as minhas roupas." Estou vendo uma sala com cabides e caixas...

— Eu sempre levo as roupas que quero dar para um bazar ligado à igreja de nosso bairro — disse Nell. — Lá, há uma sala igual a essa que você acabou de descrever, onde eles separam as roupas.

— Adam disse que você deve doá-las imediatamente. Ao ajudar os outros em nome dele, você o está ajudando a atingir um grau mais alto de espiritualidade. Ele diz que você deve rezar por ele, lembrar-se dele em suas preces e então deixá-lo partir.

Bonnie se interrompeu, os olhos perdidos no espaço, como se não visse nada.

— Ele está nos deixando — falou baixinho.

— *Tente impedi-lo!* — gritou Nell. — Alguém explodiu seu iate. Pergunte-lhe se ele sabe quem foi.

Bonnie aguardou.

— Não creio que ele vá nos dizer isso, Nell. Isso significa que ele não sabe ou já perdoou o agressor e quer que você faça o mesmo.

Depois de alguns minutos, Bonnie sacudiu a cabeça e olhou diretamente para Nell.

— Ele se foi — disse, com um sorriso. Mas, de repente, comprimiu o peito com as mãos. — Não, espere, estou recebendo seus pensamentos. O nome "Peter" significa alguma coisa para você?

Peter Lang, pensou Nell.

— Significa sim — respondeu baixinho.

— Há sangue em volta dele, Nell. Não posso garantir que isso queira dizer que foi essa pessoa chamada Peter quem provocou a explosão. Mas *posso* garantir que Adam está tentando preveni-la contra alguma coisa ligada a esse homem. Ele lhe pede que não confie nesse tal de Peter, que tome cuidado...

47

Ao chegar em casa, na segunda-feira à tarde, Dan Minor encontrou uma mensagem de Lilly Brown na secretária eletrônica. Mas, ao ouvi-la, constatou que não era o que tanto esperava.

A voz de Lilly parecia nervosa, sua fala era rápida.

"Dr. Dan", começou ela, "perguntei em toda parte se alguém tinha notícias de Quinny. Ela tem muitos amigos, mas ninguém a vê nem ouve falar dela há meses. Isso não é normal. Tem um grupo com o qual ela fica de vez em quando nos imóveis antigos da East 4th Street. Eles acham que ela talvez esteja doente e tenha sido internada em algum hospital. Às vezes, durante os ataques prolongados de depressão, Quinny ficava sem falar e sem comer por vários dias."

Será que é num lugar desses que vou encontrá-la?, perguntou-se Dan, com o coração apertado. Internada num pavilhão psiquiátrico ou coisa pior? O inverno anterior fora extremamente rigoroso em Nova York. Se ela não tivesse saído da cidade no outono e estivesse numa depressão prolongada, e não a tivessem forçado a se recolher num abrigo, tudo podia ter-lhe acontecido.

O que me fez ter tanta certeza de que a encontraria?, perguntou-se ele, sentindo realmente, pela primeira vez, a determinação enfraquecer. No entanto, isso ainda não é o fim, pensou. Significa apenas que não posso mais ficar sentado aqui, esperando que ela apareça. A partir de amanhã, vou começar a procurar nos hospitais. Foi obrigado a reconhecer que teria também de descobrir que instituição da cidade tinha a lista dos mortos não identificados.

Lilly tinha falado com os sem-teto que ocupavam os imóveis abandonados nas proximidades da East 4th Street. No próximo fim de semana vou andar por lá e tentar falar pessoalmente com alguns deles, resolveu.

Havia outra coisa que ele podia fazer. Lilly tinha descrito a aparência atual de Quinny. Dissera que seu cabelo estava inteiramente grisalho e ia até os ombros.

"Ela está ainda mais magra do que naquela antiga fotografia que você tem", dissera Lilly. "Os ossos do rosto estão à mostra. Mas dá para ver que deve ter sido bonita quando era jovem."

Há lugares onde se consegue envelhecer uma fotografia por computador, se é que é assim que se diz, pensou Dan. Sei que o departamento de polícia é capaz de fazer isso.

Dan resolveu que era tempo de descobrir outras maneiras de encontrar Quinny ou, ainda que as notícias fossem ruins, pelo menos saber exatamente o que havia acontecido com ela.

Enquanto trocava de roupa, vestindo um short e uma blusa de moletom de mangas compridas, preparando-se para correr no parque, ele se pegou desejando ter a sorte de encontrar Nell MacDermott de novo.

Essa possibilidade o ajudou a aliviar a crescente ansiedade que estava sentindo a respeito de Quinny. Tornei-me o que sou por amor a ela, pensou. *Por favor, faça com que eu possa dizer isso a ela*, rezou.

48

Na segunda-feira à tarde, Cornelius MacDermott recebeu a visita de Tom Shea, secretário-geral do partido pela cidade de Nova York. Ele fora vê-lo porque precisava saber se Nell decidira concorrer à cadeira de deputado que Bob Gorman deixara vaga.

— Não preciso lhe dizer que estamos num ano de eleições presidenciais, Mac — disse Shea. — Um candidato forte para essa cadeira nos ajudaria muito na contagem final dos votos necessários para colocar nosso homem na Casa Branca. Você é uma lenda em seu distrito. Sua presença ao lado de Nell durante a campanha lembraria constantemente aos eleitores o que você fez por eles.

— Conhece o conselho que se dá à mãe do noivo antes do casamento? — ironizou Mac. — "Vista-se de bege e fique de boca fechada." É o que pretendo fazer se Nell se candidatar. Ela é inteligente, tem boa aparência, percebe as coisas rapidamente, sabe o que acarreta essa profissão e é capaz de exercê-la melhor do que ninguém. E, o melhor de tudo, ela gosta das pessoas. É por isso que deve se candidatar. É por isso que as pessoas devem votar nela; não porque me veem como uma espécie de lenda.

Liz Hanley estava no escritório com eles, tomando notas. Meu Deus, como ele está suscetível hoje!, pensou. Mas ela sabia por quê. Mac lhe confiara sua preocupação com o estado emocional de Nell, e estava extremamente angustiado com a possibilidade de que sua visita a um médium pudesse vazar para a imprensa.

— Ora, vamos, Mac, você sabe o que quero dizer. — Tom Shea estava de bom humor. — As pessoas se apaixonaram por Nell ao ver aquela foto dela aos 10 anos tentando secar as lágrimas do seu rosto na missa em memória de seus pais. Ela cresceu sob as vistas do público. Podemos esperar até o jantar do dia 30 para anunciar sua decisão, mas precisamos ter certeza de que a morte do marido não foi um golpe duro demais, a ponto de impedir sua campanha.

— Nada é duro demais para Nell — cortou Mac. — Ela é profissional.

Mas após a saída de Shea, a fanfarronice ostentada por Mac desmoronou.

— Liz, tive uma explosão de raiva ontem na casa de Nell quando soube que ela ia ver aquela médium. Telefone para ela e me ajude a fazer as pazes. Diga-lhe que quero jantar com ela.

— Abençoados sejam os apaziguadores — disse Liz secamente. — Pois serão chamados filhos de Deus.

— Você já me disse isso antes...

— É porque já fiz isso antes. Onde devo dizer a ela para encontrá-lo para jantar?

— No Neary's, às 19h30. Você vem com a gente, está bem?

49

NA SUA SEGUNDA SESSÃO COM BEN TUCKER, NA SEGUNDA-feira à tarde, a Dra. Megan Crowley manobrou habilmente a conversa até chegar ao dia em que o garotinho vira o iate explodir no porto de Nova York. Ela teria preferido esperar mais uma ou duas sessões, mas Ben tivera novos pesadelos durante esse fim de semana e ela podia perceber que estavam lhe custando muito caro.

Ela começou a sessão discutindo sobre viagens de barca.

— Quando eu era pequena, costumávamos ir a um lugar chamado Martha's Vineyard — disse ela. — Eu adorava aquele lugar, mas, rapaz, que viagem mais comprida, pelo menos saindo daqui. Seis horas de carro e depois mais de uma hora de barca.

— As barcas fedem — disse Ben. — Aquela em que eu estava me deu vontade de vomitar. Nunca mais quero entrar numa delas.

— E onde foi que você andou de barca, Benjy?

— Em Nova York. Meu pai me levou para ver a Estátua da Liberdade. — Ele fez uma pausa. — Foi naquele dia que o iate explodiu.

Megan esperou.

Ben ficou pensativo.

— Eu estava olhando bem na direção do iate. Era legal. Me deu vontade de estar lá, em vez de naquela barca ridícula, mas agora estou até contente por não estar nele. — Ele franziu a testa. — Não quero falar sobre isso.

Megan viu uma expressão de medo invadir-lhe o rosto. Ela sabia que ele estava pensando na cobra, mas não tinha ideia de como as duas coisas estavam relacionadas.

— Ben, às vezes é bom falar de uma coisa que está nos perturbando. É terrível ver um barco explodir.

— Eu vi as pessoas — murmurou ele.

— Sabe de uma coisa, Ben? Se você desenhar o que viu, tenho certeza de que isso vai ajudá-lo a tirar essas coisas da sua cabeça. Você gosta de desenhar?

— Gosto muito de desenhar.

Megan tinha preparado folhas de papel de desenho, marcadores hidrográficos e lápis de cor. Alguns minutos depois, Ben estava curvado sobre a mesa, em profunda concentração.

Ao observá-lo, Megan notou que ele devia ter visto o acidente com muito mais detalhes do que o pai imaginara. Em seu desenho, o céu se encheu de detritos brilhantemente coloridos, alguns ainda em chamas. Outros objetos pareciam peças quebradas de mobiliário ou de louça.

O rosto de Ben foi ficando tenso e contraído quando ele desenhou o que era nitidamente uma mão humana.

Ele pousou o lápis.

— Não quero desenhar a cobra — disse.

50

Quando Mac e Liz chegaram ao Neary's na hora marcada, encontraram Nell sentada a uma mesa de canto, tomando uma taça de vinho e beliscando um biscoitinho.

Ao ver a expressão de surpresa do avô, ela disse, com desenvoltura:

— Quis apenas jogar o seu jogo, Mac. Marcar um encontro às 19h30 mas chegar às 19h15, para fazer o outro achar que está atrasado e desestabilizá-lo.

— Pena que seja a única coisa que você tenha aprendido comigo! — rosnou Mac, sentando-se ao lado dela.

Nell beijou-o no rosto. Quando Liz lhe telefonara, um pouco antes, fora clara com ela:

— Nell, não preciso lhe explicar como Mac funciona. Ele age pelos sentimentos. E não aguenta ver você magoada. Ele faria qualquer coisa por você. Ficaria no lugar de Adam naquele barco para evitar seu sofrimento.

Ao ouvir Liz dizer isso, Nell ficou um pouco envergonhada. Claro que ela e Mac tinham suas dissensões, mas o avô era seu porto seguro, sempre pronto a ajudar quando ela tinha necessidade. Impossível ficar zangada com ele.

— Oi, vovô — disse ela.

Entrelaçaram os dedos.

— Você ainda é minha garota, Nell?

— Claro que sim.

Liz tinha se sentado à mesa diante deles.

— Querem que deixe vocês dois a sós enquanto se reconciliam?

— Não. O prato do dia é carne assada, seu favorito. E o meu também. — Nell sorriu para Liz e fez um gesto com a cabeça para o avô. — Claro que só Deus sabe o que a Lenda aqui vai comer.

— Nesse caso, vou ficar. Mas vocês não acham que podíamos falar um pouco sobre o tempo ou sobre os Yankees, pelo menos até que a comida chegue?

— Vamos tentar — responderam em uníssono Cornelius e Cornelia MacDermott, sorrindo um para o outro. Mas, enquanto comiam o coquetel de camarão, começaram inevitavelmente a discutir sobre a eleição.

— Nada está decidido enquanto tudo não estiver decidido, Nell — disse Mac. — Num ano de eleição, tanto a cidade quanto o estado de Nova York são sempre imprevisíveis. É por causa disso que cada distrito eleitoral é importante. As pessoas que apoiam fortemente um candidato não hesitarão em votar nos outros da mesma lista. Como candidata, você pode levá-los a isso.

— Acha mesmo? — perguntou ela.

— Tenho certeza. Não foi à toa que fiz isso minha vida inteira. Vamos botar seu nome nessa cédula.

— Você sabe que provavelmente é o que vou fazer, Mac. Me dê apenas mais uns dois dias para pôr minha cabeça em ordem.

Resolvido temporariamente o problema da eleição, ela sabia qual seria o assunto seguinte.

— Foi visitar aquela médium?

— Fui.

— Chegou a falar com Jesus Cristo e sua Santa Mãe?

— *Mac* — advertiu Liz.

É mais forte do que ele, resignou-se Nell, escolhendo as palavras com cuidado:

— Sim, Mac, fui realmente lá. Ela me disse que Adam lamentava ter se oposto à minha decisão de fazer uma coisa que eu tanto queria. Tenho certeza de que se referia às eleições. Ela disse que Adam queria que eu continuasse a viver minha vida e rezasse por ele. Disse ainda que ele queria que eu doasse todas as suas roupas para ajudar outras pessoas.

— Sábios conselhos...

— Monsenhor Duncan teria dito a mesma coisa, caso eu tivesse falado com ele. A única diferença — acrescentou Nell deliberadamente — é que *Bonnie Wilson ouve isso diretamente de Adam*.

Nell percebeu que tanto o avô quanto Liz a estavam encarando.

— Sei que parece incrível — disse ela —, mas, enquanto estava lá, eu acreditei de fato nisso tudo.

— E continua acreditando?

— Acredito nos conselhos. Mas houve mais alguma coisa. O nome de Peter Lang foi evocado. Não sei o que pensar sobre isso, mas, segundo Bonnie Wilson, lá do outro mundo, como dizem, Adam está me prevenindo contra ele.

— Nell, pelo amor de Deus! Você está levando isso muito a sério!

— Eu sei. Mas Adam e Peter Lang *estavam* trabalhando juntos naquela propriedade da 28th Street. Adam tinha feito o projeto. Peter me telefonou esta tarde, dizendo que queria discutir negócios importantes comigo. Virá me ver amanhã de manhã.

— Olhe — disse Mac —, Lang não chegou onde está sem fazer poucas e boas, e provavelmente não é flor que se cheire. Vou mandar alguém dar uma olhada nisso. — Ele fez uma pausa, hesitando em levantar mais um problema antes do jantar. — Mas ele não é a única preocupação neste momento. Nell, você deve ter ouvido falar na fachada que desabou esta tarde, na Lexington Avenue?

— Claro, ouvi no jornal das seis.

— É um problema sério, Nell. Justamente antes de sair de meu escritório hoje à noite, recebi um telefonema de Bob Walters. Sam Krause foi o construtor que trabalhou nesse prédio da Lexington Avenue. Mas Adam, que nessa época trabalhava ainda na Walters & Arsdale, foi o arquiteto responsável pelo projeto de reforma. Se eles tentaram reduzir os custos... e você sabe, essas coisas que a gente ouve falar sobre utilização de materiais ruins e padrões inferiores de qualidade e segurança... é possível que aleguem que Adam estivesse por dentro. Vários pedestres ficaram feridos nesse desabamento. Um deles está em condições críticas e talvez não se salve. — Ele fez uma pausa. —

O que estou querendo dizer, Nell, é que o nome de Adam pode ser citado em outra investigação criminal.

Mac viu os olhos da neta brilharem de raiva.

— Nell — disse, em tom suplicante. — É meu dever adverti-la contra isso. Não pense que é fácil para mim. Só não quero ver você magoada.

Nell pensou na tarde daquele mesmo dia, quando Bonnie Wilson estava se comunicando com Adam: *Ele a está olhando com muito amor...* dissera ela; *...ele já perdoou o agressor.*

— Mac, quero saber tudo o que é dito sobre meu marido. Vou descobrir a verdade, ainda que isso me mate. Alguém pôs uma bomba naquele barco e tirou a vida de Adam. E lhe juro: seja como for, vou descobrir o culpado. E quando eu o encontrar, pode estar certo de que essa pessoa vai lamentar já não estar queimando no inferno. No que se refere à Walters & Arsdale, se continuarem a fazer de Adam o bode expiatório de todos os crimes e erros que eles cometeram, vou processá-los e arrancarei deles até o último centavo. Pode dizer isso a seus velhos camaradas quando estiver com eles.

No silêncio que se seguiu, Liz Hanley limpou a garganta e disse suavemente:

— A carne está chegando. Não poderíamos falar de outra coisa, como por exemplo os jogadores do time dos Yankees?

Terça-feira, 20 de junho

51

Enquanto seu motorista conduzia o carro em meio ao terrível trânsito matinal, pela Madison Avenue, Peter Lang, meio nervoso, revia mentalmente a abordagem que adotaria ao apresentar a Nell MacDermott sua oferta para comprar a propriedade de seu falecido marido. Pressentia que teria de agir com cuidado, porque, ao telefonar para marcar o encontro, sentira um traço de hostilidade em sua voz.

Engraçado, ela parecia bastante amigável quando a encontrei na semana passada, pensou. Nell lhe dissera que Adam estava ansioso para trabalhar com ele e muito orgulhoso de seu projeto.

Se Cauliff nunca disse a ela que eu o demiti, não sou eu que vou lhe dizer isso agora, pensou Lang. Vou lhe propor um bom preço. Assim, ela não terá razão nenhuma para não aceitar. No entanto, ao pensar sobre as alternativas que tinha, não se sentiu totalmente tranquilo. Sua intuição lhe dizia que aquele encontro não ia correr bem.

O carro continuou a andar a passo de cágado. Peter consultou o relógio: eram dez para as dez. Ele se inclinou para frente e tocou o ombro do motorista.

— Há alguma razão especial para que você insista em ficar nesta fila? — disse de maneira cortante.

Ao abrir a porta para Peter Lang, Nell não pôde deixar de se interrogar sobre a real gravidade do acidente de trânsito que o impedira de estar presente à reunião no iate de Adam. Isso acontecera havia menos de uma semana e não se podia discernir qualquer vestígio de contusão em seu rosto. Mesmo o lábio, que estivera muito inchado, parecia inteiramente curado.

Cortês. Bonito. Refinado. Um agente imobiliário de visão. Tais eram as palavras usadas para descrever Lang nas colunas sociais e de fofocas.

Há sangue em volta dele... Adam está tentando preveni-la... As palavras da médium de repente invadiram sua mente.

Ele a beijou no rosto.

— Tenho pensado muito em você ultimamente, Nell. Como vai?

— Como se poderia esperar nessas circunstâncias — respondeu ela com frieza.

— Você me parece em forma — disse ele, tomando as mãos dela com um sorriso que pretendia desarmá-la. — Talvez eu não devesse lhe dizer isso... mas é a mais *pura* verdade.

— Nada como manter as aparências, não é mesmo, Peter? — replicou Nell, soltando suas mãos e conduzindo-o à sala de estar.

— Ah, sei que você é uma mulher extremamente forte, que se orgulha de manter as aparências. — Ele olhou em torno de si. — Este seu apartamento é lindo, Nell. Tem ele há quanto tempo?

— Onze anos.

A resposta foi automática, de tanto que as datas tinham estado em sua cabeça nos últimos dias. Eu tinha 21 anos quando o comprei, pensou Nell. Tinha a renda do fundo que mamãe me deixara e o dinheiro do seguro de meus pais. Eu morara na casa de Mac durante todo o período da faculdade, mas, quando me formei, queria um pouco mais de liberdade. Mac me convencera a dirigir seu escritório de Nova York, e eu ia começar a estudar direito à noite, na Fordham Law. Mac não queria que eu comprasse um apartamento neste prédio, mas acabou admitindo que era um bom negócio.

— Onze anos, hein?! — disse Lang. — O mercado imobiliário de Nova York estava em baixa nessa época. Tenho certeza de que vale três vezes mais hoje.

— Não está à venda.

Lang sentiu a frieza em sua voz e percebeu que ela não tinha a menor intenção de ficar jogando conversa fora.

— Nell, Adam e eu éramos sócios num projeto — começou.

— Sei disso.

O quanto ela sabe realmente?, perguntou-se Lang, fazendo uma pausa e decidindo correr o risco.

— Como você sabe, sem dúvida, Adam fez o projeto para o complexo que estávamos planejando construir.

— Claro, e ele estava bastante entusiasmado com esse projeto — disse Nell calmamente.

— Ficamos encantados com o trabalho inicial de Adam. Ele era um arquiteto original e criativo. Vamos sentir muita falta dele. Infelizmente, agora que não está mais conosco, teremos de começar tudo de novo. Sem dúvida, um outro arquiteto vai impor seu próprio conceito.

— Compreendo.

Então Adam não lhe disse nada, pensou Lang, triunfante. Ele a observou, sentada diante dele, a cabeça inclinada. Talvez tivesse se enganado ao achar que havia hostilidade de sua parte. Podia ser que ela estivesse apenas esgotada emocionalmente.

— Como estou certo de que você sabe, em agosto último Adam comprou da Sra. Kaplan sua propriedade no centro da cidade, tendo pago por ela pouco menos de 1 milhão de dólares. Fica ao lado de um lote que eu comprei posteriormente e constituía o aporte de capital dele ao nosso acordo. Essa propriedade foi avaliada na semana passada em 800 mil dólares, mas estou preparado para lhe oferecer por ela a quantia de 3 milhões de dólares. Acho que você concorda comigo de que é uma excelente margem de lucro por um período de apenas dez meses.

Nell observou o rosto do homem sentado à sua frente por alguns minutos.

— Por que você está querendo pagar tanto por essa propriedade? — perguntou.

— Porque, com ela, teremos mais espaço para que nosso complexo residencial-comercial seja mais imponente. Ela nos permitirá incluir um certo número de elementos estéticos, como uma rampa curva e aspectos paisagísticos mais elaborados, que aumentarão o valor de nosso projeto. Devo acrescentar que, quando a torre for construída, sua presença será tão dominante que, na suposição de que você conserve a propriedade dos Kaplan, esta poderá, na verdade, perder um pouco de seu valor atual.

Está mentindo, pensou Nell. Ela lembrou que Adam lhe dissera que o terreno dos Kaplan era indispensável para que Lang construísse a estrutura que planejara.

— Vou pensar no assunto — disse ela com um leve sorriso. Lang sorriu de volta.

— Claro. Compreendo. Obviamente você quer discutir essa proposta com seu avô. — Ele fez uma pausa e acrescentou: — Nell, talvez isso não seja conveniente, mas gosto de pensar que somos amigos e que você pode ser franca comigo. Como deve saber, muitos boatos têm corrido a seu respeito nesta cidade.

— É mesmo? Que tipo de boatos?

— Os que escutei, e espero que sejam verdade, falam que você está pensando em anunciar sua candidatura à cadeira de seu avô no Congresso.

Nell se levantou, indicando que o encontro estava terminado.

— Nunca discuto boatos, Peter — disse, com o rosto impassível.

— O que quer dizer que, se decidir concorrer a essa cadeira, você mesma escolherá o melhor momento para anunciá-lo. — Lang acatou a sugestão dela e também se pôs de pé. Antes que Nell pudesse impedi-lo, ele segurou sua mão. — Nell, quero apenas que você saiba que pode contar com meu apoio integral, de todas as maneiras possíveis.

— Obrigada — disse ela, puxando a mão. E você é sutil como um elefante, pensou.

Mal a porta se fechara atrás de Lang, o telefone tocou. Era o detetive Jack Sclafani, pedindo que Nell lhes facilitasse o acesso ao escritório de Adam, para que ele e seu parceiro pudessem examinar o conteúdo da escrivaninha e dos arquivos de Winifred.

— Provavelmente poderíamos conseguir um mandado de busca — explicou Sclafani —, mas as coisas serão muito mais fáceis desse jeito.

— Tudo bem. Encontro vocês lá — disse Nell, acrescentando cuidadosamente: — Devo lhes dizer que fui ao apartamento de Winifred, a pedido expresso de sua mãe, e revistei sua escrivaninha. Ela havia me pedido para procurar apólices de seguro ou qualquer outra informação financeira que pudesse indicar que medidas Winifred tomara para assegurar seu futuro. Mas, como não encontrei nada, estava mesmo querendo ir até o escritório para ver se ela deixou lá algum documento pessoal.

Os detetives chegaram à 27th Street alguns minutos antes de Nell. Juntos, eles a esperaram na frente do prédio comercial, observando a maquete exposta na vitrine.

— Bem sofisticado — observou Sclafani. — Devem pagar muito para que bolem algo assim.

— Se Walters disse a verdade ontem — contrapôs George Brennan —, parece mais bonito para nós, leigos, do que para quem entende de arquitetura. Segundo ele, o projeto tinha sido recusado.

Nell descera de um táxi, chegando por trás dos dois detetives a tempo de ouvir a última observação de Brennan.

— O quê? — perguntou ela. — Você disse que eles tinham recusado o projeto de Adam?

Sclafani e Brennan se viraram. Vendo a expressão chocada de Nell, Sclafani se deu conta de que ela não tinha ideia de que seu marido não estava mais participando do projeto. E desde quando o próprio Cauliff fora notificado?, perguntou-se ele.

— O Sr. Walters esteve ontem no escritório do promotor, Sra. MacDermott — disse ele. — Foi ele quem nos contou isso.

A expressão de Nell endureceu.

— Não confiaria em nada do que diz o Sr. Walters.

Com essas palavras, ela lhes deu as costas, foi até a porta e tocou a campainha para chamar o síndico do prédio.

— Não tenho a chave — disse, de maneira tensa —, e Adam provavelmente estava com a dele no iate.

Ela esperou, de costas para os dois homens, tentando se acalmar. Se o que eles tinham dito sobre o projeto de Adam era verdade, por que Peter Lang mentiu há menos de uma hora?, indagou-se. E, se aquilo era verdade, por que Adam não me disse nada a respeito? Talvez fosse por isso que ele andava tão preocupado nas últimas semanas... Ele deveria ter me contado. Talvez eu tivesse podido ajudá-lo, pensou. Teria entendido sua decepção.

O síndico, um homem robusto de quase 60 anos, apareceu e abriu-lhes a porta. Ele manifestou sua solidariedade a Nell, aproveitando para lhe dizer que várias pessoas já tinham perguntado sobre o local e se ela pretendia conservá-lo.

Jack Sclafani percebeu, pela expressão do parceiro, que George Brennan tivera a mesma reação que ele ao ver o escritório de Adam Cauliff: bem mobiliado, mas surpreendentemente pequeno. Consistia basicamente em uma recepção e dois escritórios particulares: um grande; e o outro um cubículo. O espaço lhe pareceu frio, impessoal. Não era certamente convidativo e despertava desconfiança quanto à criatividade das pessoas que trabalhavam ali. O único quadro na parede da recepção era um desenho artístico do próprio edifício, e, naquele contexto, até mesmo ele parecia malconservado.

— Quantas pessoas seu marido empregava? — perguntou Sclafani.

— Apenas Winifred. Hoje em dia, a maior parte do trabalho de um arquiteto é feito por computador, de forma que, quando você está começando a montar sua empresa, não precisa ter grandes despesas iniciais. Adam podia subcontratar outras pessoas para realizar partes de seu trabalho, como engenheiros civis, por exemplo.

— Então, o escritório está fechado desde o... — Brennan hesitou. — Desde o acidente?

— Sim.

Nell percebeu que tinha passado a maior parte dos últimos dez dias tentando parecer calma e controlada. *Bem, agora as coisas estão se complicando*, pensava ela a cada noite em que ficava acordada até de madrugada. Era cada vez mais difícil assumir uma aparência de tranquilidade.

O que esses detetives pensariam se soubessem do desafio que Lisa Ryan lhe lançara?, perguntou-se. Porque, na verdade, aquilo fora mesmo um desafio: *Descobrir onde e por que alguém fez com que meu marido aceitasse 50 mil dólares para ficar calado, e me ajudar a dar um jeito de consertar isso*. Por onde vou começar?, perguntava-se ela incessantemente.

O que esses detetives de espírito prático, racionais e eficientes pensariam de Bonnie Wilson?, indagou-se ela. Uma hora depois de voltar à normalidade de minha própria casa, eu já tinha começado a duvidar de tudo o que ela me dissera, inclusive do próprio fato de que estivesse falando com Adam. Por um lado, eu realmente acredito que ela possa ler minha mente, decidiu Nell. Por outro, é verdade que eu não estava pensando "Eu vim do Missouri" quando Bonnie falou nisso. E nunca tinha dito a ninguém que Adam e eu tínhamos brigado.

E o que pensar dessa fachada que desabou na Lexington Avenue? Será que eles podem mesmo jogar a culpa em Adam? Havia tantas perguntas, tantas forças diferentes a solicitavam. Precisava de tempo para pensar, para armar todas as peças daquele quebra-cabeça. Por enquanto, não tinha a menor ideia de como ia se virar.

Ela percebeu de repente que os dois detetives a estavam olhando com um misto de interesse especulativo e preocupação.

— Me desculpem — disse ela. — Acho que estava devaneando... Estar aqui é mais difícil do que eu pensava.

Ela não entendera que a expressão de simpatia e compreensão que lia nos rostos de Brennan e Sclafani mascarava uma súbita certeza: tal como Lisa Ryan, Nell MacDermott também sabia alguma coisa que temia discutir com eles.

A escrivaninha de Winifred estava trancada, mas uma das chaves do molho que George Brennan trouxera serviu perfeitamente na fechadura central.

— Recuperamos a bolsa de Winifred — disse ele a Nell —, com estas chaves dentro. Estranho: a bolsa mal estava chamuscada. Coisas estranhas podem acontecer numa explosão.

— Muitas coisas estranhas têm acontecido nestes últimos dez dias — disse Nell. — Inclusive a tentativa de Walters e Arsdale de acusar meu marido de todas as irregularidades encontradas em sua empresa. Falei esta manhã com o contador de Adam, que me garantiu que não há nada em seus negócios que não possa resistir a um exame rigoroso.

Espero sinceramente que isso seja verdade, pensou George Brennan. Porque alguém da Walters & Arsdale deve ter sido cúmplice da construtora Sam Krause, dado o material de qualidade inferior usado na fachada que desabou ontem. Quando acontecem coisas assim, não se trata apenas de erros — alguém está por dentro e levando o seu.

— Não quero mantê-la esperando — disse Brennan a Nell. — Por que não vamos dar uma olhada na escrivaninha da Sra. Johnson? Assim todos nós poderemos ir embora.

Nell levou apenas alguns minutos para se certificar de que não havia nada de seu interesse ali.

— Contém basicamente o que havia em sua casa — disse-lhes Nell. — Coisas rotineiras, contas, recibos, memorandos... exceto pelo fato de que aqui pelo menos encontramos o envelope com as apólices de seguro e o título de posse do jazigo de seu pai.

As duas gavetas superiores do móvel de arquivos ao lado da escrivaninha continham apenas documentos. Na gaveta inferior havia maços de papéis para a copiadora e impressora, folhas de papel pardo e rolos de barbante.

Jack Sclafani deu uma olhada nos arquivos.

— Correspondência do dia a dia — disse, percorrendo o caderno de endereços de Winifred. — A senhora se incomoda se levarmos isto conosco?

— De modo algum. Provavelmente, iria parar nas mãos da mãe dela de qualquer jeito.

Há uma única diferença com relação à escrivaninha de sua casa, pensou Nell. Aqui não há sinal de Harry Reynolds. Quem teria sido esse sujeito? Ele estava ajudando Winifred a manter sua mãe naquela casa de repouso tão cara?

— Sra. MacDermott, encontramos esta chave de cofre na carteira da Sra. Johnson. — Enquanto falava, George Brennan tirou uma pequena chave de um envelope pardo e a colocou sobre a escrivaninha de Winifred. — Ela tem o número 332 gravado nela. A senhora sabe dizer se é deste escritório ou se é uma chave pessoal da Sra. Johnson?

Nell a examinou.

— Não tenho a menor ideia. Se é deste escritório, não sei nada sobre isso. Há anos que tenho meu próprio cofre, e, até onde sei, Adam não tinha nenhum, fosse ele pessoal ou de negócios. Vocês não podem levá-la ao banco, para obter maiores informações?

Brennan balançou cabeça.

— Infelizmente, todas as chaves de cofre são muito parecidas e não trazem qualquer identificação do banco a que pertencem. As mais recentes não têm nem mesmo números gravados. Só seremos capazes de rastrear esta aqui indo ao banco que a mandou fazer, e isso pode levar muito tempo.

— Isso está me parecendo pior do que achar uma agulha num palheiro...

— Efetivamente, Sra. MacDermott. Mas é bem possível que o banco que a mandou fazer se situe num perímetro de dez quarteirões do apartamento de Winifred Johnson, ou deste prédio.

— Sei — disse Nell. Fez uma pausa, como se não tivesse certeza do que ia dizer. — Olhem, não sei se isso tem alguma relação com os fatos, mas Winifred estava aparentemente envolvida com um homem chamado Harry Reynolds.

— Como a senhora sabe disso? — perguntou Brennan.

— Quando revistei a escrivaninha em seu apartamento, havia uma gaveta inteira cheia de papéis de todos os formatos, desde projetos de arquitetura até velhos envelopes ou lenços de papel, todos com a frase "Winifred ama Harry Reynolds". Quando vi aquilo, tive a impressão de que tinham sido escritos por uma garota de 15 anos, terrivelmente apaixonada por alguém.

— Isso me soa mais como uma obsessão do que uma paixão — observou Brennan. — Se compreendo bem, Winifred Johnson era uma mulher discreta, que morou a vida inteira com a mãe até que esta foi para uma casa de repouso.

— É isso mesmo.

— Invariavelmente, esse tipo de mulher é vítima de paixonite aguda pelo homem errado. — Ele arqueou a sobrancelha.

— Vamos seguir a pista desse Harry Reynolds — disse ele, fechando a gaveta com decisão. — Sra. MacDermott, já terminamos praticamente tudo o que tínhamos para fazer aqui e vamos tomar um café. Aceita vir conosco?

Nell hesitou por um instante, mas decidiu aceitar o convite. Por algum motivo, não queria ficar sozinha naquele escritório. Enquanto estava no táxi, a caminho, pensara em passar algum tempo revendo os papéis da escrivaninha de Adam, mas sentiu instintivamente que era cedo para fazer isso. Ela ainda tinha uma sensação de irrealidade no que se referia à morte de Adam — sensação que, por alguma razão, a visita a Bonnie Wilson fizera aumentar.

Há quanto tempo Adam sabia que seu projeto para a Torre Vandermeer não tinha sido aceito?, perguntou-se, lembrando-se de como ele parecia confiante quando lhe falara disso pela primeira vez. Ele dissera que Peter Lang fora vê-lo porque comprara a propriedade dos Vandermeer e queria comprar o terreno dos Kaplan. Adam lhe dissera que o venderia, mas apenas com a condição de que ele fosse o arquiteto do projeto. "Os investidores de Lang me encarregaram de preparar as plantas e uma maquete", dissera.

Perguntei-lhe na época o que aconteceria se eles não aceitassem seu projeto, e ainda me lembro exatamente de suas palavras: *O terreno dos Kaplan é indispensável para o tipo de complexo que Lang quer construir. Claro que vão aceitá-lo.*

— Obrigada, aceito o convite. Adoraria tomar um café — disse ela. — Tive esta manhã um encontro com Peter Lang, sobre o qual gostaria de discutir com vocês. Quando eu acabar, talvez vocês comecem a entender, e até mesmo a partilhar, meu sentimento de que ele é um mentiroso e um manipulador, e que era a pessoa que mais tinha a ganhar com a morte de meu marido.

52

Como sua neta, Cornelius MacDermott tinha passado uma noite de insônia. Na terça-feira, ele só chegara ao escritório perto de meio-dia, e Liz Hanley ficara espantada ao ver que sua pele, normalmente avermelhada, assumira um doentio tom cinzento.

Ele logo lhe deixou claro por que estava mostrando esses sinais de estresse. Mais que seus argumentos sobre o fato de que sua neta estava pondo irremediavelmente em perigo suas chances de ganhar as eleições, porém foi a preocupação que Liz sentia por sua saúde que a convenceu a aceitar o plano dele de mostrar a Nell que a célebre médium Bonnie Wilson não passava de uma charlatã.

— Telefone e marque uma consulta — disse-lhe ele. — Use o nome de sua irmã para o caso de Gert já ter mencionado o seu para a tal de Wilson. Não confio nela e quero sua opinião sobre ela. — Sua voz estava tensa, diferente da entonação costumeira.

— Se eu telefonar para ela daqui e ela tiver um identificador de chamadas, vai saber perfeitamente quem sou — argumentou Liz.

— Bem pensado! Sua irmã mora em Beekman Place, não é?
— Isso mesmo.
— Vá visitá-la agora e telefone de lá. Isso é muito importante.

Liz voltou para o escritório às 15 horas.

— Em minha nova identidade de Moira Callahan, tenho uma consulta marcada com Bonnie Wilson para amanhã, às 3 da tarde — anunciou.

— Ótimo. Agora, se você por acaso falar com Nell ou com Gert...

— Mac, não vai me dizer para guardar segredo, vai?

— Claro que não — disse ele, meio sem jeito. — Obrigado, Liz. Tinha certeza de que podia contar com você.

53

Lisa Ryan voltou a trabalhar no salão na terça-feira. Ela aturou a reação que esperara de suas colegas de trabalho e das clientes — um misto de genuína solidariedade e ávida curiosidade a respeito dos mais ínfimos detalhes sobre a explosão que tirara a vida de Jimmy.

Ao chegar em casa às 18 horas, encontrou sua melhor amiga, Brenda Curren, na cozinha. Um cheiro tentador de frango assado enchia o ambiente. A mesa tinha sido posta para seis pessoas, e o marido de Brenda, Ed, ajudava Charley, que estava no segundo ano, a fazer o dever de casa.

— Vocês são demais! — disse Lisa calmamente.

— Esquece! — respondeu Brenda rapidamente. — Achamos que um pouco de companhia seria bem-vinda na volta de seu primeiro dia de trabalho.

— E é mesmo.

— Lisa foi ao banheiro e jogou água no rosto. Você não chorou o dia inteiro, disse a si mesma, zangada. Não vai começar agora...

Durante o jantar, Ed Curren levantou o assunto do equipamento, que ficara no ateliê de Jimmy.

— Lisa, tenho uma vaga ideia do que Jimmy fazia no ateliê e sei que tinha algumas ferramentas bastante sofisticadas. Acho que você deve vendê-las imediatamente, senão podem perder o valor com muita rapidez.

Ele começou a destrinchar o frango.

— Se você quiser, posso descer até o ateliê de Jimmy e separar tudo o que ele tem lá.

— Não! — gritou Lisa.

Mas ao ver a expressão espantada dos rostos de seus amigos e filhos, que ficaram olhando para ela, percebeu com que veemência recusara o que não passara de oferecimento gentil de seu vizinho.

— Desculpem-me — disse ela. — É que a ideia de vender as coisas de Jimmy faz com que eu me dê conta de que ele não vai mais voltar. Acho que ainda não estou preparada para lidar com isso.

Ela viu o olhar de tristeza invadir o rosto de seus filhos e tentou transformar aquilo numa brincadeira.

— Vocês já pensaram se papai voltasse para casa e visse seu ateliê vazio?

Mais tarde, no entanto, depois que os Curren tinham ido e os meninos já estavam dormindo, ela desceu furtivamente a escada, abriu a gaveta dos arquivos e ficou olhando para o pacote de dinheiro. É como uma bomba-relógio, pensou. *Preciso* me livrar disso de qualquer jeito!

54

Dan Minor reprogramou sua tarde de terça-feira de forma a ter tempo para ir até a Delegacia de Pessoas Desaparecidas, que ficava em Police Plaza, n° 1, no centro da cidade, sede do Departamento de Polícia de Nova York.

No entanto, não levou muito tempo para perceber como era inútil tentar recolher ali qualquer informação sobre Quinny.

O detetive com quem falou foi compreensivo mas expôs os fatos de maneira bastante realista.

— Sinto muito, Dr. Minor, mas o senhor sequer sabia se sua mãe estava em Nova York quando começou a procurá-la. Nem tem certeza de que ela esteja de fato "desaparecida". O senhor só sabe que não conseguiu encontrá-la. Tem *ideia* de quantas pessoas são dadas como desaparecidas nesta cidade a cada ano?

Ele deixou o prédio e pegou um táxi para casa com um sentimento de total impotência. O melhor a fazer, pensou, era andar pelas proximidades da East 4th Street.

Dan não sabia como contatar os grupos de pessoas sem abrigo que ocupavam os imóveis abandonados. Não posso aparecer assim, sem mais nem menos, onde eles moram, raciocinou. Acho melhor tentar me aproximar de alguém que eu encontre do lado de fora, mencionar o nome de Quinny e ver o que acontece. Com Lilly, bastou mostrar a velha fotografia, lembrou-se ele, ficando mais tranquilo. E agora, pelo menos, sei como seus amigos a chamavam.

Ele mudou de roupa, vestiu um conjunto de moletom leve e calçou os tênis. Ao sair do prédio, deu de cara com Penny Maynard, que estava entrando.

— Que tal um drinque lá em casa, hoje, às 19? — sugeriu ela, com um sorriso sedutor.

Penny era extremamente atraente, e ele tinha se divertido quando fora a seu apartamento, algumas noites antes, com outros vizinhos, para beber alguma coisa e comer uma massa. No entanto Dan recusou o convite sem hesitar, dizendo que já tinha outros projetos para essa noite. Não quero criar o hábito do tal "passe lá em casa" com alguém que mora tão perto, disse a si mesmo enquanto atravessava rapidamente a cidade.

Ao acelerar o passo, o rosto de Nell MacDermott cruzou sua mente — ocorrência cada vez mais frequente, desde que a encontrara por acaso no parque. Seu número de telefone não constava do catálogo; sabia disso, tinha procurado. Mas a firma de consultoria de seu avô constava, e ele achou que alguém ali poderia lhe dar o telefone dela.

Podia simplesmente ligar e pedir a MacDermott o número dela, pensou Dan. Ou talvez seja mais inteligente dar um pulinho até lá para vê-lo. Afinal de contas, nós *já* nos encontramos uma vez antes, naquela recepção na Casa Branca. Ele deve pelo menos saber que não sou um tipo qualquer de assediador ou de romântico fajuto.

A simples ideia de tornar a ver Nell McDermott levantou seu ânimo durante as duas horas seguintes, enquanto andava pelos quarteirões, nas proximidades da East 4th Street, leste, tentando obter informações sobre Quinny.

Ele tinha levado vários cartões de visita com seu número de telefone, que entregou a praticamente todos com quem falava.

— Cinquenta pratas a quem me der uma pista sobre ela — prometia.

Finalmente, às 19 horas, ele desistiu e pegou um táxi de volta ao Central Park, onde começou a correr. Na altura da 72nd Street, voltou a se encontrar com Nell.

55

Depois de deixar Nell MacDermott, Jack Sclafani e George Brennan se dirigiram diretamente à sede. Por um consenso mudo, esperaram até estar dentro do escritório para discutir o que ela lhes revelara.

Sentado à sua mesa, Jack tamborilava com os dedos no braço da cadeira.

— MacDermott praticamente disse que acha que esse tal de Lang tem algo a ver com a explosão do iate. No entanto, quando o visitamos, aquela história do acidente de trânsito pareceu se sustentar.

— Se bem me lembro, ele alegou que estava falando ao celular e que o sol o cegou. Bateu contra o para-choque do caminhão-reboque. Quando o vimos, seu rosto parecia mesmo bem machucado.

— Pode ser, mas foi ele quem bateu na jamanta — disse Brennan. — O acidente pode ter sido intencional. Seja como for, Nell MacDermott levantou uma porção de perguntas interessantes. — Ele pegou um bloco e começou a tomar notas. — Eis uma que me ocorreu e que acho que vale a pena investigar: que tipo de prédio Lang estava *realmente* querendo construir no local da mansão Vandermeer, e até que ponto o lote dos Kaplan era essencial a seu projeto? Essa pergunta tem a ver com o motivo.

— Pode acrescentar mais esta — disse Sclafani. — Quando foi que Lang informou a Cauliff que seu projeto fora rejeitado?

— Isso leva à *minha* próxima pergunta, Jack. Por que Cauliff não contou à mulher que Lang o deixara na mão? Seria a atitude normal se eles fossem um casal unido.

— Falando em casal... O que você acha que aconteceu com o tal namorado da Winifred, Harry Reynolds? — perguntou Sclafani.

— Vou dar outra sugestão: vamos fuçar mais um pouco e ver se achamos uma relação qualquer entre Lang e nosso velho amigo Jed Kaplan.

Sclafani balançou a cabeça, empurrou a cadeira, levantou-se e andou até a janela.

— Lindo dia — observou. — Minha mulher acharia formidável se pudéssemos passar um longo fim de semana na casa dos pais dela, em Cape May. Mas tenho a impressão de que tão cedo não vamos poder fazer isso...

— Não vão mesmo — garantiu Brennan.

— E, já que estamos arranjando mais trabalho para nós, que tal acrescentar um outro nome nessa lista?

— Adam Cauliff.

— Isso mesmo. Jed o odiava. Seu ex-patrão, Bob Walters, o detestava. Lang rejeitou seu projeto. Parece que não era mesmo muito popular. Fico me perguntando quem mais acharia uma boa ideia o barco não conseguir voltar para a marina.

— Então, mãos à obra — disse Brennan. — Vou começar dando uns telefonemas para coletar dados sobre o passado de Cauliff.

Algumas horas mais tarde, Brennan entreabriu a porta da sala de Sclafani.

— Um cara de Dakota do Norte, para quem acabei de telefonar, me deu algumas informações preliminares. Parece que o homem para quem Cauliff trabalhava lá o apreciava tanto quanto a formigas num piquenique. Isso já é um bom começo.

56

Enquanto corriam juntos pelas aleias do Central Park, Nell se sentiu reconfortada pela companhia de Dan Minor. Ele parecia exalar uma força interior, uma energia, que se manifestava na linha firme do queixo, na maneira disciplinada pela qual se movia, no firme apoio da mão em seu braço quando ela tropeçou e ele a ajudou a recuperar o equilíbrio.

Correram até o reservatório, depois deram a volta ao parque, retornando à 72nd Street, no East Side. Nell parou, ofegante.

— Vou ficar por aqui — anunciou.

Tendo tido de novo a sorte de encontrá-la, Dan não tinha intenção de deixá-la ir embora assim, sem saber onde ela morava e sem conseguir seu número de telefone.

— Acompanho você até sua casa — disse com presteza.

No caminho, disse casualmente:

— Não sei quanto a você, Nell, mas eu estou começando a ficar com fome. Sei também que ficarei muito mais apresentável depois de tomar um banho e trocar de roupa. Você toparia me encontrar para jantar dentro de mais ou menos uma hora?

— Ah, não sei se...

Ele a interrompeu.

— Já tinha programa para hoje?
— Não.
— Não se esqueça de que sou médico. Mesmo sem fome, você deve comer alguma coisa.

Depois de alguns minutos de persuasão, eles se separaram para se encontrar mais tarde no Il Tinello, na West 56th Street.

— Melhor dentro de hora e meia — sugeriu Nell. — A menos, claro, que todos os sinais se abram ao verem você chegar.

Mais cedo, nesse mesmo dia, de volta do escritório de Adam, Nell passara algumas horas selecionando e dobrando as roupas dele. A cama e as cadeiras do quarto de hóspedes ficaram cobertas de pilhas de meias, gravatas, shorts e camisetas. Ela também passou para o armário desse aposento todos os ternos, paletós e calças.

Trabalho desnecessário, murmurou para si mesma, enquanto ia e vinha carregando cabides, mas, como tinha começado a tirar as coisas de Adam do quarto deles, queria acabar a tarefa.

Quando o armário ficou totalmente vazio, ela pediu aos empregados do prédio que levassem as caixas para o depósito. Depois, arrumou a mobília do quarto de hóspedes do jeito que estava antes de seu casamento.

Agora, quando voltou do parque e correu para o quarto, começando a tirar seu conjunto de jogging, Nell se deu conta de que o quarto parecia ter adquirido uma familiaridade renovada — que lhe dava de novo a sensação de refúgio.

Acho que só o fato de olhar as roupas de Adam no armário me fazia pensar no modo como morreu — tão de repente, sem poder nem dizer adeus. Isso também me fazia lembrar daqueles momentos em que ficamos zangados um com o outro antes que ele saísse arrogantemente porta afora — e também da minha vida, para sempre.

Agora, livre de todas essas lembranças, ela sabia que, quando voltasse para casa, depois do jantar, poderia pelo menos dormir em paz.

Depois de tomar uma chuveirada rápida, ela verificou o conteúdo de seu guarda-roupa, agora mais espaçoso, e decidiu vestir um terninho de seda azul-lavanda que tinha comprado no fim da estação passada e não usara. Ela o redescobrira ao arrumar o armário, lembrando-se de como gostara dele ao experimentá-lo.

O melhor de tudo, pensou, era que ele não tinha nenhuma relação com Adam, que prestava muita atenção a tudo que ela vestia.

Dan Minor já estava sentado à mesa, esperando, quando Nell chegou ao Il Tinello. Estava tão perdido em seus pensamentos que só a viu quando ela chegou bem perto. Parece preocupado com alguma coisa, pensou ela. Mas quando o maître puxou a cadeira para Nell, ele ficou de pé num pulo, sorrindo.

— Com certeza todos os sinais se abriram para você — disse Nell.

— Quase todos. Você está linda, Nell. Obrigado por aceitar meu convite. Tenho medo de ter forçado você a dizer sim. É esse o problema dos médicos: a gente espera que todo mundo faça exatamente o que lhes dizemos.

— Você não me forçou a fazer nada. Fiquei contente por ter me persuadido a sair de casa e, sinceramente, agora estou com fome.

E era verdade. O cheiro tentador da esplêndida comida italiana enchia o ar, e, ao olhar em volta, Nell percebeu que vinha do prato de massas que o garçom estava levando para a mesa do lado. Ela se virou para Dan e riu.

— Me deu vontade de apontar para lá e dizer ao garçom: "É isso o que eu quero."

Tomando um copo de vinho, eles descobriram que tinham amigos comuns em Washington. Na hora do melão com presunto, conversaram sobre as próximas eleições presidenciais e perceberam que o voto de um anulava o do outro. Quando a massa chegou, Dan lhe falou sobre sua decisão de se mudar para Nova York, explicando-lhe suas razões.

— O hospital está se tornando um centro importante de tratamento de queimaduras em crianças, minha especialidade. Para mim, é uma grande oportunidade poder dar minha contribuição.

Ele também lhe falou da busca por sua mãe.

— Você quer dizer que ela simplesmente desapareceu de sua vida?! — exclamou Nell.

— Ela sofria de depressão clínica grave. Tinha se tornado alcoólatra e achou que eu ficaria melhor com meus avós. — Ele hesitou. — É uma longa história. Se você estiver interessada, talvez eu conte tudo para você algum dia. A questão é que minha mãe está ficando velha. Só Deus sabe como ela usou e abusou do corpo durante todos esses anos. Mudar para Nova York me permitiu tentar encontrá-la por minha própria conta. Pensei que tinha uma pista sobre seu paradeiro quando cheguei aqui, mas não consigo encontrá-la, e ninguém a viu desde o último outono.

— Acha que ela quer que você a encontre, Dan?

— Ela foi embora porque se considerava culpada de um acidente no qual eu quase perdi a vida. Quero mostrar a ela que, afinal de contas, esse acidente acabou não sendo tão ruim assim; na verdade, passou a ser de enorme valor para mim.

Ele lhe contou que fora à Delegacia de Pessoas Desaparecidas, acrescentando:

— Não acredito que vá conseguir alguma coisa lá.

— Mac talvez possa lhe dar uma mãozinha — disse-lhe Nell. — Ele tem muita influência, e sei que bastarão alguns telefonemas dele para que comecem a procurar seriamente nos arquivos. Vou falar com ele, mas acho que você também deve passar pessoalmente em seu escritório. Vou lhe dar o cartão dele.

Quando o café chegou, Dan disse:

— Nell, enchi seus ouvidos falando sobre mim. Caso você não queira falar sobre isso, podemos mudar de assunto, mas tenho de perguntar: como você está indo, *de verdade*?

— Como estou indo *de verdade*? — Nell deixou cair a casquinha de limão em sua xícara de café espresso. — Não sei como responder a isso. Veja só, quando alguém morre, e não existe corpo, caixão ou cortejo até a sepultura, a morte parece ficar em aberto. É como se a pessoa ainda estivesse por aí, mesmo que você saiba que não. É assim que me sinto, quase assombrada por um sentimento de irrealidade. Fico dizendo para mim mesma, "Adam está morto, Adam está morto", mas parece que as palavras não fazem sentido.

— Você se sentiu assim também quando perdeu seus pais?

— Não, eu sabia que eles tinham partido. A diferença é que eles morreram num acidente. Adam não: tenho certeza. Pense sobre isso. Quatro pessoas morreram naquele barco. Alguém queria se livrar de um deles, ou talvez até mesmo, sabe-se lá, de todos eles? Essa pessoa ainda está por aí andando, gozando a vida, talvez até jantando tarde da noite em algum restaurante, como nós. — Ela fez uma pausa, olhando primeiro para as mãos, depois para o rosto dele. — Dan, vou encontrar quem fez isso e não só por mim. Lisa Ryan, uma mulher com três crianças pequenas, também precisa de respostas. O marido dela é uma das quatro pessoas que estavam no barco.

— Você percebe, Nell, que alguém que acaba com a vida de quatro pessoas de maneira tão premeditada é um ser humano muito perigoso?

À sua frente, o rosto de Nell MacDermott se contorceu numa careta, e seus olhos se arregalaram e se encheram de uma expressão quase de pânico. Dan ficou imediatamente alarmado.

— Nell, o que está acontecendo?

Ela sacudiu a cabeça.

— Não, tudo bem — disse, buscando convencê-lo e, sobretudo, se convencer.

— Não está tudo bem *não*, Nell. O que houve?

Por um instante, ela se sentira exatamente como naqueles momentos terríveis, quando fora apanhada pela correnteza. Ela se sentira como se tivesse caído numa armadilha, como se tivesse de lutar para respirar, mas, dessa vez, em vez de tentar nadar, ela estava lutando para abrir uma porta. E, em vez do frio da água, sentira calor. Um calor de fogo — e a consciência de que ia morrer.

Quarta-feira, 21 de junho

57

— A propriedade Vandermeer é apenas *uma* das muitas construções realizadas pelas empresas Lang — disse friamente Peter Lang.

Era óbvio que ele não estava gostando nem um pouco daquela visita, numa quarta-feira pela manhã, dos detetives Jack Sclafani e George Brennan a seu escritório no último andar da Avenue of the Americas, 1.200.

— Por exemplo — continuou ele em tom condescendente —, nós somos donos *deste* prédio. Poderia levá-los de carro por toda Manhattan e lhes mostrar a extensão de todas as nossas propriedades, assim como aquelas que administramos como corretores de imóveis. Mas antes que vocês desperdicem mais do meu tempo, preciso lhes perguntar, senhores, qual é o problema?

O problema, companheiro, pensou Sclafani, é que você está começando a parecer o principal suspeito em quatro assassinatos, portanto, não nos esnobe.

— Sr. Lang, podemos avaliar o quanto o senhor é ocupado — disse George Brennan calmamente. — Mas estou certo de que o senhor compreende nossa necessidade de lhe fazer algumas perguntas. O senhor se encontrou com Nell MacDermott ontem, não foi?

Lang ergueu uma das sobrancelhas.

— Sim, e daí?

Ele não gostou de que esse assunto tivesse vindo à baila, pensou Sclafani. Até agora, tinha estado em território conhecido, sentindo-se seguro de si. Mas todo seu dinheiro, posição e berço não valeriam um níquel se pudéssemos lhe imputar um quádruplo assassinato, e ele sabe disso.

— Qual foi o propósito de sua visita à Sra. MacDermott?

— Apenas negócios — disse Lang, olhando para o relógio. — Senhores, acho que vão ter que me desculpar, mas preciso ir a uma reunião.

— *Estamos* numa reunião, Sr. Lang. — A voz de Brennan soou dura como aço. — Quando nos falamos, há uns dez dias, o senhor nos disse que estava discutindo com Adam Cauliff uma espécie de joint venture, da qual talvez ele fosse o arquiteto.

— O que era verdade.

— Pode explicar essa empreitada em comum para nós?

— Acho que já expliquei isso em nosso encontro anterior. Adam Cauliff e eu éramos proprietários de lotes vizinhos na 28th Street. Estávamos pensando em juntá-los para construir um prédio que abrigasse simultaneamente apartamentos para moradia e escritórios.

— O Sr. Cauliff teria sido o arquiteto nesse projeto?

— Adam Cauliff foi convidado a apresentar um projeto para apreciação.

— Quando foi que o senhor rejeitou o projeto dele, Sr. Lang?

— Não diria que foi rejeitado, mas que precisaria ser bastante repensado.

— Não foi o que o senhor disse à mulher dele, foi?

Peter Lang se levantou.

— Tentei colaborar com os senhores. Vejo que meus esforços foram inúteis e que não é possível conversarmos em base estritamente amigável. Seu tom e sua atitude me desagradam. Se isso vai continuar, devo insistir em chamar meu advogado.

— Sr. Lang, apenas mais uma pergunta — disse o detetive Sclafani. — O senhor fez uma oferta peremptória pela propriedade Vandermeer depois que ela perdeu o caráter de imóvel preservado, não fez?

— A cidade precisava muito de uma outra propriedade minha. Troquei. A cidade saiu ganhando.

— Só mais um momento, por favor. Se *não* tivesse designado Adam Cauliff como o arquiteto do projeto, será que ele lhe teria vendido o lote dele?

— Teria sido muito bobo se não o tivesse vendido para nós. Mas, é claro, ele morreu antes que qualquer transação fosse concluída.

— E presumo que tenha sido essa a razão de sua visita à viúva dele. Suponhamos que Nell MacDermott se recuse a vender a propriedade para o senhor?

— Isso, é claro, é uma decisão que compete a ela. — Peter Lang se levantou. — Senhores, queiram me desculpar. Se têm outras perguntas, entrem em contato com meu advogado. — Lang ligou o interfone. — O Sr. Brennan e o Sr. Sclafani estão de saída — disse à secretária. — Por favor, acompanhe-os até o elevador.

58

Gert MacDermott telefonou para Nell na quarta-feira de manhã.

— Vai ficar em casa? — perguntou ela. — Fiz um pudim de pão hoje de manhã e sei que é um de seus doces favoritos.

Nell estava em sua mesa de trabalho.

— Era e ainda é, tia Gert. Claro, venha até aqui.

— Mas, se você estiver muito ocupada...

— Estou escrevendo minha coluna mas já estou quase terminando.

— Estarei aí por volta das 11 horas.

— Estarei com a chaleira preparada.

Às 10h45, Nell desligou o computador. A coluna estava quase pronta, mas ela queria dar um tempo antes de revê-la e dar os retoques finais.

Gostei de fazer a coluna durante estes dois anos, pensou enquanto colocava água na chaleira. Mas com certeza está na hora de mudar.

Melhor dizendo, de voltar, admitiu a si mesma enquanto pegava a chaleira. De voltar ao mundo que era como uma segunda natureza para ela, fazendo campanha e trabalhando na apuração, e chegar até o Capitólio, se ganhasse, é claro. De voltar também às longas horas de trabalho e deslocamento entre Manhattan e Washington.

Pelo menos, sei no que estou me metendo se ganhar, pensou. Gente como Bob Gorman não aguenta o tranco. Ou talvez

Mac tivesse razão, e Gorman estivesse apenas usando a posição como um trampolim para outras coisas...

Às 11 horas o porteiro interfonou dizendo que a Sra. MacDermott estava subindo. Mac ensinou tanto a mim quanto a Gert a sermos pontuais, pensou Nell. Adam, no entanto, estava sempre atrasado. Era uma de suas características que deixavam Mac louco.

Ela se sentiu desleal evocando isso.

— Você parece melhor — foram as primeiras palavras de Gert, ao beijá-la. Gert segurava uma fôrma de bolo.

— Tive minha primeira noite de sono em quase duas semanas — disse Nell. — Isso ajuda.

— É, ajuda — concordou Gert. — Liguei para você ontem à noite, mas você tinha saído. Bonnie Wilson telefonou para ter notícias suas.

— Quanta gentileza dela. — Nell pegou o bolo das mãos de sua tia-avó. — Vamos tratar de tomar esse chá.

Enquanto bebericavam, Nell notou que as mãos de Gert tremiam ligeiramente, o que não era incomum em alguém daquela idade, pensou, mas, Deus meu, não quero que nada aconteça a ela ou a Mac por um bom tempo.

Lembrou-se do que Dan Minor dissera durante o jantar:

— Gostaria de ter tido irmãos. Acho que nunca vou encontrar minha mãe. Assim que meus avós morrerem, perderei minha família. — Depois acrescentara: — Não estou contando com meu pai. Infelizmente, sua presença é incidental em minha vida. Não temos tido contato há um bom tempo. — E então sorrira. — Tenho, é bem verdade, duas ex-madrastas, além da atual, que é muito bonita.

Anotou mentalmente que deveria ligar para Mac e lhe avisar que esperasse um telefonema de Dan.

Exatamente às 11h30, Gert se levantou.

— Tenho que ir. Nell, apenas um lembrete: a qualquer hora que se sinta realmente para baixo e queira companhia, sabe a quem chamar.

Nell a abraçou.

— Você.

— Isso mesmo. E, olhe, espero que tenha conseguido se desvencilhar das roupas de Adam. Bonnie acha que isso é importante.

— Comecei a empacotá-las.

— Precisa de ajuda?

— Na verdade, não. O zelador me arranjou umas caixas. Vou colocá-las no carro e entregá-las no sábado pela manhã. Ainda é nesse dia que aceitam doações, não é?

— Sim. E no sábado eu estarei lá. É o meu dia de controlar o que recebemos.

Uma pequena igreja na First Avenue com a 85th Street gerenciava o bazar em que Gert trabalhava como voluntária e onde Nell deixou todas as roupas descartadas. A loja só aceitava peças consideradas em bom estado, vendendo-as a preço baixo.

Com uma ponta de emoção, Nell se lembrou de como, no sábado anterior ao Dia de Ação de Graças, tinha vasculhado os armários, separando tudo que já não usava e depois induzindo Adam a fazer o mesmo. Em seguida, empacotaram tudo e levaram para o bazar.

Depois, sentindo-se virtuosos por terem feito uma boa ação, almoçaram num novo restaurante tailandês na Second Avenue com a 81st Street. Durante a refeição, Adam admitira como fora difícil para ele abrir mão de roupas ainda usáveis. Disse que herdara isso de sua mãe, que nunca se desfazia de coisa alguma, dizendo que guardaria tudo para dias difíceis. "Sou um pouco parecido com ela nesse aspecto, creio eu", admitira ele. "Se você não tivesse me induzido, tudo aquilo estaria em meu armário até que os cabides despencassem."

Esta não era uma das melhores lembranças que Nell tinha dele.

59

LIZ HANLEY ABRIU A PORTA DO ESCRITÓRIO PARTICULAR de Cornelius MacDermott.

— Estou saindo — disse ela.

— Já ia lembrá-la de que está na hora. São 14h30.

— E preciso estar lá às 15h.

— Sabe, Liz, eu me sinto um pouco culpado por pedir a você que faça isso, mas é importante.

— Mac, se aquela mulher me jogar um feitiço, a culpa é sua.

— Venha direto para cá quando tiver acabado com ela.

— Ou quando ela tiver acabado comigo.

Liz deu ao motorista o endereço do apartamento de Bonnie Wilson no West Side e depois se recostou, tentando acalmar os nervos.

O problema, admitiu a si mesma, é que acreditava *de fato* que algumas pessoas possuíam uma genuína habilidade psíquica — ou uma PES, ou que outro nome isso tenha.

Partilhara essa suspeita com Mac, que, como sempre, tinha uma resposta pronta. "Minha mãe não acreditava que ela possuísse alguma habilidade psíquica, mas estava absolutamente certa de que conseguia ler sinais psíquicos" dissera ele. "Três batidas na porta no meio da noite, um quadro que caísse da parede ou um pombo que entrasse pela janela, e ela logo começava a rezar o terço. Jurava que qualquer desses acontecimentos era um sinal de morte iminente." Fizera uma pausa, claramente satisfeito com seu monólogo. "Aí, se seis meses depois ela recebesse uma carta de seu país de origem dizendo que a velha tia de 98 anos tinha morrido, ela diria a meu pai: 'E então, Patrick? Não lhe disse, ao ouvir as três batidas na porta naquela noite, que iríamos receber más notícias?'"

Mac *é* convincente e faz com que isso soe ridículo, pensou Liz, mas existem centenas de casos documentados sobre pessoas que morrem e voltam para se despedir de seus entes queridos. Há alguns anos, saiu uma história na revista *Seleções* sobre Arthur Godfrey, o velho astro de televisão. Quando ele era garoto, num navio da marinha, sonhou que seu pai estava de pé junto a seu beliche. No dia seguinte, soube que o pai tinha morrido naquele exato momento. Vou procurar esse artigo e mostrá-lo a Mac, pensou Liz. Talvez ele acredite pelo menos em Arthur Godfrey.

Não que isso adiante alguma coisa, admitiu a si mesma enquanto o táxi se aproximava do meio-fio. Mac vai encontrar algum jeito de desqualificar qualquer coisa que eu diga.

Sua primeira reação a Bonnie Wilson fora semelhante à que Nell descrevera durante o jantar no Neary's. Bonnie era uma mulher estarrecedoramente atraente e mais jovem do que Liz esperava. Contudo, o clima do apartamento era mais condizente com suas expectativas. O lúgubre saguão fazia um contraste espantoso com a claridade daquela tarde de junho que acabara de deixar para trás.

— O ar-condicionado está sendo consertado — desculpou-se Bonnie —, e o único modo de evitar que o apartamento fique insuportavelmente quente é impedindo a entrada do sol. Estes prédios têm aposentos grandes maravilhosos mas estão ficando velhos, como se pode notar.

Liz estava prestes a dizer que vivia em um edifício parecido com esse na York Avenue, quando se lembrou, bem a tempo, que tinha marcado a consulta com o nome de Moira Callahan, de Beekman Place. Nunca soube mentir direito, pensou nervosamente, e, com quase 61 anos, era tarde demais para começar a aprender.

Timidamente, seguiu Bonnie Wilson pela curta distância entre o saguão e um escritório do lado direito do longo corredor.

— Por que não se senta no sofá? — perguntou Bonnie. — Assim, posso puxar minha cadeira. Gostaria de segurar suas mãos por um momento.

Sentindo-se cada vez mais nervosa, Liz se sentou e obedeceu. Bonnie Wilson fechou os olhos.

— Você está usando sua aliança de casamento, mas sinto que é viúva há bastante tempo, não é verdade?

— Sim, sou.

Meu Deus, será que ela pôde perceber isso tão rapidamente?, perguntou-se Liz.

— Você acabou de passar por uma data especial. Vejo o número 40. Você andou bem nostálgica nas últimas semanas porque estaria celebrando seu quadragésimo aniversário de casamento. Você se casou em junho.

Perplexa, Liz mal pôde assentir com a cabeça.

— Ouço o nome "Sean". Havia um Sean em sua família? Não creio que seja seu marido. Parece mais um irmão, um irmão mais novo. — Bonnie Wilson pôs a mão na lateral da cabeça. — Sinto uma intensa dor aqui — murmurou. — Creio que isso significa que Sean morreu num acidente. Ele estava num carro, não estava?

— Ele só tinha 17 anos — disse Liz, a voz rouca de emoção. — Estava correndo, e o carro fugiu ao controle. Fraturou o crânio.

— Ele está do outro lado, junto com seu marido e os outros membros de sua família já falecidos. Quer que você saiba que todos lhe mandam lembranças. Você não está destinada a encontrá-los por um longo tempo, mas isso não significa que não estejamos constantemente cercadas por nossos entes queridos, ou que eles não se transformem em nossos guias espirituais enquanto estivermos aqui. Que esta verdade lhe sirva de conforto.

Mais tarde, meio entorpecida, Liz Hanley seguiu Bonnie de volta pelo sombrio corredor. Uma mesa, sobre a qual havia um espelho, ficava contra a parede mais afastada, antes da curva que levava ao saguão. Uma salva de prata sobre a mesa continha os cartões de visita de Bonnie. Liz deu uma parada e estendeu a mão para pegar um deles. Subitamente seu sangue enregelou, e ela ficou paralisada. Estava olhando para o espelho, mas este refletia um outro rosto, uma fisionomia por trás de sua própria imagem a olhava fixamente. Foi apenas uma impressão, é claro, que se esvaiu e desapareceu antes mesmo que ela pudesse apreendê-la.

Ao voltar para o escritório, de táxi, uma Liz trêmula e perturbada admitiu a si mesma que era, com certeza, o rosto de Adam Cauliff que tinha se materializado naquele espelho.

Também estava igualmente certa de que nunca, mas nunca mesmo, daria a entender a alguém que vira aquela aparição.

60

BEN TUCKER VOLTOU A TER PESADELOS NAS NOITES DE segunda e terça-feira, mas não foram tão amedrontadores para o menino como os que ele havia tido anteriormente. Começara a se sentir um pouco melhor a partir do momento em que fizera o desenho de um barco explodindo, e ele e a Dra. Megan falaram sobre o fato de que *qualquer* criança se sentiria perturbada e assustada depois de presenciar uma coisa tão triste.

Nem se importou com o fato de que vir aqui hoje significaria chegar atrasado para o jogo da Little League — e eles eram o segundo melhor time a liga. Quando chegou ao consultório da Dra. Megan, disse isso a ela.

— Ei, você me deixa muito feliz, Benjy. Você está com vontade de fazer mais desenhos para mim hoje?

Dessa vez, Ben achou mais fácil porque a cobra não parecia tão assustadora. Na verdade, Ben percebeu que a "cobra" nem mesmo parecia uma cobra. Nos sonhos da noite passada e da noite anterior, ele não sentiu tanto medo, e pôde vê-la mais claramente.

Enquanto desenhava, sua concentração era tão intensa que mordeu a língua. Falando de modo confuso, por causa daquela sensação esquisita e desagradável, disse à Dra. Megan.

— Mamãe ri quando faço isso.

— Ela ri quando você faz o quê, Ben?

— Quando mordo a língua. Ela disse que o pai dela sempre fazia isso quando estava muito concentrado.

— É bom se parecer com seu avô. Continue se concentrando.

A mão de Ben se movimentava de modo rápido e seguro. Ele gostava de desenhar e era bom nisso, coisa da qual se orgulhava. Não era como os outros garotos de sua classe que faziam piada de tudo e desenhavam bobagens em vez de tentar fazer alguma coisa que parecesse verdadeira. Eram uns tolos.

Achava bom que a Dra. Megan estivesse um pouco distante, escrevendo, sem prestar atenção nele. Era mais fácil dessa forma.

Terminou o desenho e pôs a caneta de lado. Recostou-se e ficou contemplando atentamente sua criação.

Achou que estava muito boa, mas o que havia desenhado o surpreendeu. Podia ver agora que a "cobra" não era de forma alguma uma cobra. Era apenas o que lhe pareceu ser na hora da explosão. Ficara confuso naquele momento porque tudo tinha sido muito assustador.

Não era uma cobra que ele vira deslizando para fora do barco. Parecia mais com alguém usando uma roupa preta brilhante e apertada e uma máscara, e que segurava uma coisa parecida com uma bolsa de mulher.

61

Na quarta-feira pela manhã, enquanto estava no trabalho, Lisa Ryan recebeu um telefonema da Sra. Evans, orientadora educacional de Kelly.

— Ela está sofrendo muito por causa do pai — disse Evans.
— Começou a chorar na classe hoje.

Instantaneamente sentindo um aperto no coração, Lisa disse:

— Dos três, achei que ela era a que estava reagindo melhor. Em casa, parece estar indo bem.

— Tentei conversar com ela, mas não disse muita coisa. É muito madura para uma menina de 10 anos. Tenho a sensação de que ela está tentando poupá-la, Sra. Ryan.

Não é tarefa sua me poupar, pensou Lisa, em desespero. *Eu é que devo poupá-la.* Tenho estado completamente envolvida comigo mesma e muito preocupada com o diabo daquele dinheiro. Bem, vou tentar fazer alguma coisa antes que mais um dia se vá.

Vasculhou a bolsa, achou o número que queria e se dirigiu a um telefone público. Em seguida, enquanto sua cliente olhava atentamente para o relógio, entrou rápido no escritório e disse ao gerente que teria de cancelar seus últimos dois compromissos.

No momento em que o gerente expressava sua indignação, ela disse categoricamente:

— Tenho negócios a tratar hoje à noite, e são extremamente necessários. Mas, antes disso, preciso dar o jantar a meus filhos.

— Lisa, nós lhe demos uma semana de folga para tratar de suas coisas. Não faça disso um hábito.

Ela voltou correndo para seu posto e, desculpando-se com um sorriso, disse à cliente:

— Sinto muito. Recebi um telefonema da escola de meus filhos. Um deles não se sentiu bem.

— Que pena, Lisa, mas será que você poderia, por favor, concluir o que estávamos fazendo? Eu também tenho milhões de coisas para fazer.

Às 17 horas, Morgan Curren chegou para tomar conta das crianças. Às 17h30 Lisa serviu o jantar. Seguira o conselho do agente funerário e trocara as cadeiras de lugar. Como agora eles só eram quatro, ela tirara a folha extra do centro e, dessa forma, a mesa voltara a ser um círculo. Tinha ficado assim desde que Charley não precisava mais usar a cadeirinha alta de bebês. Com uma ponta de angústia, lembrou-se de que haviam feito uma comemoração quando o mudaram para uma cadeira de "menino grande".

Com os sentidos recém-sintonizados com a dor que seus filhos estavam sentindo, ela observou a expressão de perturbação no rosto de Kyle, assim como o profundo pesar nos olhos de Kelly, e pôde compreender o silêncio pouco natural do pequeno Charley.

— Como foi a escola hoje? — perguntou, tentando parecer animada, não se dirigindo a ninguém em particular.

— Foi tudo bem — disse Kyle de forma lacônica. — Sabe aquela viagem de um dia que os garotos vão fazer no próximo fim de semana?

O coração de Lisa sucumbiu. A viagem a que ele se referia era um passeio que as crianças fariam com os pais para Lake Greenwood, para a casa de um dos amigos de Kyle.

— E aí? — perguntou ela.

— Sei que o pai de Bobby vai telefonar e dizer que quer muito que eu vá para me encontrar com ele e com Bobby, mas eu simplesmente não quero ir. Por favor, mamãe, não me obrigue.

Lisa sentiu vontade de chorar. Kyle seria o único menino sem pai no passeio.

— Não seria muito divertido para você — concordou ela. — Vou dizer ao pai de Bobby que dessa vez você não irá.

Ela se lembrou de outro conselho do agente funerário: "As crianças precisam ter algum tipo de expectativa", dissera ele. Bem, graças a Brenda Curren, ela poderia fazer aquilo.

— Boas notícias — disse ela com brilho nos olhos. — Os Curren alugaram uma casa maior em Breezy Point este ano porque eles querem que a gente vá para lá todos os fins de semana. E, agora, a melhor parte. Essa casa fica *bem à beira do mar.*

— É mesmo, mamãe? Isso é muito legal — disse Charley, soltando um grande suspiro.

Charley, seu rato de praia, pensou Lisa, alegrando-se ao ver um sorriso de encantamento iluminar seu rosto.

— Vai ser muito legal, mamãe. — Kyle, agora visivelmente relaxado, estava feliz.

Lisa olhou para Kelly. Ela parecia indiferente àquelas novidades; parecia até não ter ouvido. O prato de massa diante dela estava praticamente intocado.

Mas aquele não era o momento de pressioná-la. Lisa sabia disso. Ela precisa de tempo para administrar aquela perda. Não havia tempo para tratar disso agora, pois ela sabia que ainda tinha de tirar a mesa, começar o trabalho de casa e estar em Manhattan às 19h30.

— Kyle — disse ela —, assim que terminarmos o jantar, eu queria que você me ajudasse a levar para baixo uns pacotes do escritório do papai. Eles pertencem a uma pessoa para a qual ele trabalhou, e vou deixá-los com uma senhora que saberá a quem devem ser entregues.

62

Depois de deixar o hospital na quarta-feira à tarde, Dan Minor foi direto ao escritório de Cornelius MacDermott. Quando ligou para marcar o encontro, soube que Nell já havia falado sobre ele com o avô, por isso seu telefonema já era esperado.

MacDermott o cumprimentou cordialmente.

— Soube que você e Nell são pós-graduados por Georgetown.

— Somos, mas eu terminei uns seis ou sete anos antes dela.

— Gosta de morar em Nova York?

— Minhas duas avós nasceram aqui, e minha mãe foi criada em Manhattan e morou aqui até os doze anos. Depois mudaram-se para os arredores de Washington, D.C. Sempre senti que, geneticamente, tinha um pé aqui e outro em Washington.

— Eu também — concordou MacDermott. — Nasci nesta casa, e naquele tempo esta área não era muito cara. Na verdade, a piada que corria era que você podia ficar de pileque só em respirar a fumaça que vinha da cervejaria de Jacob Rupert.

Dan sorriu.

— Mais barato que comprar seis garrafas de cerveja.

— Mas não daria tanto prazer.

Enquanto conversavam, Cornelius MacDermott se deu conta de que gostava muito do Dr. Dan Minor. Felizmente, pensou, ele não era como o pai. No decorrer dos anos, encontrara o pai de Dan em várias ocasiões em Washington e o achara pretensioso e chato. Dan era, com certeza, feito de um material bem mais consistente. Outro cara teria riscado de sua vida uma mãe que o tivesse abandonado, principalmente se ela fosse uma bêbada de rua. Esse filho, no entanto, queria encontrá-la e ajudá-la. O tipo de sujeito que admiro, pensou MacDermott.

— Vou ver se consigo fazer com que esses burocratas tirem a bunda da cadeira e comecem a procurar Quinny, que é como você a chama — disse ele. — Você disse que ela foi vista pela última vez num canto da praça Tompkins, há nove meses?

— Sim, mas lá os amigos dela achavam que talvez ela pudesse ter saído da cidade — explicou Dan. — Do pouco que consigo imaginar, quando foi vista pela última vez ela estava num daqueles seus estados de espírito terrivelmente depressivos, e todas as vezes que isso acontecia não queria ver ninguém. Aparentemente, ela apenas encontraria seu espaço e se arrastaria para dentro dele.

A cada palavra Dan sentia, com uma certeza cada vez maior, que sua mãe já não estava viva.

— Se ela ainda estiver viva, quero cuidar dela, mas acho que é quase certo que esteja morta. Se estiver morta e enterrada como indigente, quero encontrá-la e trazê-la para o túmulo da família em Maryland. Seja lá o que for, traria muita paz para meus avós saber que ela não está mais perambulando pelas ruas, doente e, talvez, tendo alucinações. — Fez uma pausa. — E também traria uma enorme paz para mim — admitiu.

— Tem alguma foto dela? — perguntou Cornelius.

Dan abriu a carteira e tirou a fotografia que sempre carregava. Entregou-a ao avô de Nell.

Enquanto Cornelius MacDermott analisava a foto, sentiu um nó se formar em sua garganta. A expressão de amor entre a bela jovem e o menino em seus braços parecia saltar da velha fotografia em preto e branco. Ambos estavam despenteados. Seus rostos se comprimiam um contra o outro, e os bracinhos do menino envolviam o pescoço da mãe.

— Tenho também uma foto dela tirada do documentário sobre os sem-teto que foi ao ar pela PBS, sete anos atrás. A foto foi envelhecida digitalmente no computador, e o técnico a ajustou para ficar igual à descrição que a amiga dera de sua aparência no verão passado.

MacDermott sabia que a mãe de Dan estaria com cerca de 60 anos. Nessa foto, a mulher esquelética com os cabelos grisalhos na altura dos ombros parecia ter 80 anos.

— Vamos fazer umas cópias e espalhar uns pôsteres pela cidade — prometeu ele. — E vou pegar esses caras que não têm nada para fazer e colocá-los para examinar os arquivos e ver se, a partir de setembro, alguma mulher não identificada, enterrada como indigente, corresponde a esta descrição.

Dan se levantou.

— Preciso ir. Já tomei muito de seu tempo, deputado. Sou muito grato ao senhor.

MacDermott indicou-lhe uma cadeira.

— Meus amigos me chamam de Mac. Olhe, são 17h30, o que significa que é hora para um drinque. O que quer tomar?

Liz Hanley entrou no escritório sem ser anunciada quando os dois homens bebiam martíni seco num clima amigável. Os dois perceberam claramente que ela estava chateada.

— Parei em casa depois que saí do apartamento de Bonnie Wilson — disse ela calmamente. — Eu estava bastante mexida.

MacDermott se levantou de repente.

— O que aconteceu, Liz? Está tão pálida!

Dan já estava de pé.

— Sou médico... — começou ele.

Liz balançou a cabeça e afundou em uma cadeira.

— Vou ficar bem, Mac. Me dê uma taça de vinho. Isso vai ajudar. É que... Mac, você sabe que eu fui até lá meio cética, mas tenho que lhe confessar que ela mudou minha opinião. Bonnie Wilson está sendo sincera. Estou convencida de que é uma verdadeira paranormal, o que quer dizer que, se alertou Nell sobre Peter Lang, ela deve ser levada a sério.

63

Depois que Gert deixara seu apartamento, Nell voltara para sua mesa de trabalho e relera a coluna que havia rascunhado mais cedo para a edição de sábado do *Journal*, um texto sobre as longas e frenéticas campanhas que caracterizavam as eleições presidenciais nos Estados Unidos.

Sua coluna seguinte — e, se tudo corresse de acordo com o planejado, última — seria tanto uma despedida como um anúncio de sua intenção de observar aquele frenesi diretamente, tornando-se uma candidata à antiga cadeira de seu avô no Congresso.

Tomei a decisão duas semanas atrás, pensou Nell enquanto editava o trabalho que fizera mais cedo, mas só agora parece ter realmente acabado toda a confusão, dúvida e autoquestionamento. Inspirada por Mac, ela sempre soubera que queria obter um cargo público, mas por bastante tempo nutrira muitos medos e apreensões.

Toda essa negatividade veio de Adam?, perguntava-se. Sentada em seu escritório, lembrou-se das conversas que tiveram sobre a possibilidade de sua candidatura. Só não consigo entender o que o fez mudar, pensou. Logo que nos casamos, três anos atrás, ele estava muito entusiasmado com a possibilidade de eu ocupar a cadeira de Mac, mas em seguida ele não só esfriou diante dessa ideia como se tornou totalmente contra ela. Por que a mudança radical?

Era uma pergunta que a inquietava e que ela admitia ter ganho uma importância maior desde a morte dele. Estaria acontecendo alguma coisa na vida de Adam que o deixou nervoso diante da possibilidade de termos de enfrentar escrutínio público? Levantou-se da mesa de trabalho e começou a andar desassossegadamente pelo apartamento, parando perto das estantes ao lado da lareira na sala de estar. Adam tinha o hábito de pegar um livro que não tinha lido, dar uma olhada breve e recolocá-lo na estante aleatoriamente. Com olhos e mãos movendo-se de forma sincronizada, Nell rearrumou as estantes de modo que os livros que adorava reler estivessem mais uma vez sob fácil alcance quando estivesse sentada em sua confortável poltrona.

Estava sentada nessa poltrona lendo um romance na primeira vez em que ele me telefonou, recordou ela. Ficara um pouco deprimida depois, quando ele não ligou mais. Tínhamos nos conhecido numa festa e nos sentido atraídos um pelo outro. Jantamos, e ele disse que ligaria. Mas duas semanas se passaram, e eu ainda estava esperando. Fiquei decepcionada.

Lembro-me de ter acabado de voltar do casamento de Sue Leone em Georgetown. Quase todas as outras mulheres de nossa turma estavam casadas e trocavam fotos de bebês. Eu estava prontíssima para encontrar alguém. Gert e eu até brincávamos sobre isso. Ela dizia que eu já demonstrava forte propensão a criar uma família.

Gert me aconselhou a não esperar por muito tempo. "*Eu esperei*", ela disse. "Olho para trás e penso em alguns homens com os quais poderia ter me casado e fico me perguntando o que, pelo amor de Deus, eu estava esperando."

E então Adam telefonou. Eram mais ou menos 10 da noite. Disse que o trabalho que precisara fazer fora da cidade levara mais tempo do que esperava. Disse que sentira minha falta mas que não pudera ligar porque havia deixado meu número de telefone em seu apartamento em Nova York.

Eu estava tão pronta para me apaixonar, e Adam era tão atraente! Eu estava trabalhando para Mac. Adam estava começando seu primeiro trabalho em Nova York, numa pequena empresa de arquitetura. Havia tanta coisa pela frente. A vida para nós estava apenas começando. Foi um namoro relâmpago, lembrou ela. Casamo-nos três meses depois, numa cerimônia simples, com a presença apenas da minha família. Mas não importava, pensou Nell. Nunca quis mesmo muita ostentação.

Sentada em sua cadeira favorita, rememorou aquele tempo inebriante e especial. Tudo acontecera tão depressa, mas tinha sido emocionante. O que a havia feito se sentir tão fortemente atraída por Adam?, Nell se perguntava enquanto recordava o passado, e se entristecia ao pensar no homem que tinha amado e perdido tão repentinamente. Sei o que foi, concluiu: ele era extremamente charmoso e fazia com que eu me sentisse especial.

E é claro que havia mais alguma coisa, disse Nell a si mesma. Adam era, em alguns aspectos, a antítese de Mac. Sei o que Mac sente por mim, pensou, mas ele engasgaria com a palavra "amor". Estava louca para que alguém me dissesse urgente, apaixonadamente que eu era amada.

Em outros pontos, no entanto, Adam e Mac eram muito parecidos, e eu gostava disso também. Ele não era implacável como Mac, mas tinha o mesmo vigor moral. Adam, como Mac, era muito independente, tendo pago ele mesmo seu curso de graduação e de pós-graduação.

"Minha mãe quis pagar, mas não pude aceitar", dissera Adam. "Foi ela mesma quem me ensinou a não pedir emprestado nem emprestar."

Admirava isso, pensou Nell. Acreditava que Adam, assim como Mac, seria capaz de dar a alguém a roupa do corpo, mas, ao mesmo tempo, teria horror a pedir dinheiro emprestado. "Contente-se com o que tem ou fique sem, Nell", era a lição que Mac pregava para mim.

Mais tarde, porém, tudo isso mudou. Adam não hesitou em me pedir para lançar mão de meu fundo de reserva para lhe emprestar mais de 1 milhão de dólares. O que aconteceu com sua firme oposição a pedir emprestado?, perguntou-se. Mas é claro que ela não o questionou naquela ocasião.

Tão logo se casaram, Adam pedira a Mac para ajudá-lo a encontrar um emprego melhor. Foi assim que passou a trabalhar para a Walters & Arsdale.

Em seguida, saiu de lá para abrir a própria empresa, usando o resto do dinheiro que pegara emprestado comigo.

As últimas duas semanas tinham sido terríveis. Primeiro ela perdera o marido, e depois apareceram todas as suspeitas de que ele não era o homem que ela pensava. Não quero acreditar que estivesse metido no tal esquema de licitação fraudulenta e propinas, disse Nell a si mesma. Por que *iria* se envolver? Não estava exatamente precisando de dinheiro. O barco era sua única extravagância. Ele não precisaria me pedir dinheiro emprestado se também estivesse sendo pago por baixo do pano, raciocinou.

Mas por que ele não me disse que seu projeto tinha sido recusado por Peter Lang? Essa era uma pergunta para a qual ela teria de achar uma resposta.

E por que a completa reviravolta quando comecei a falar seriamente sobre minha vontade de me candidatar à cadeira de Mac? Culpava Mac por isso. Adam dizia que Mac nunca me deixaria ser independente, pelo menos enquanto exercesse qualquer influência sobre mim, e que eu ia terminar sendo só um fantoche para meu avô. Bem, caí nessa, mas agora devo me perguntar se não estava mesmo sendo manipulada por Adam.

Que motivo — senão seu desprezo por Mac, e talvez pela política em geral — teria Adam para me manter longe dos holofotes da mídia?, perguntou-se.

Ao analisar o que tinha chegado a seu conhecimento nos últimos dias, uma resposta às perguntas que a vinham incomodando começou a se formar na cabeça de Nell: uma que fazia todo o sentido e a gelava até os ossos. Adam sabia que, se eu me candidatasse àquele cargo, a mídia e meus oponentes iriam esmiuçar a fundo e duramente nossas histórias pessoais para descobrir nossos podres. Sei que estou limpa. Então, do que ele tinha medo?

Poderia haver alguma verdade na insinuação de que estava recebendo propinas? Teria sido, de algum modo, responsável pela reforma malfeita na Lexington Avenue, onde, no outro dia, uma fachada desabara?

Ansiosa para tirar essas perguntas da cabeça, Nell decidiu liquidar um daqueles trabalhos domésticos que vinha adiando. Os homens da manutenção tinham trazido uma pilha de caixas para ela empacotar as roupas de Adam. Dirigiu-se ao quarto de hóspedes e pôs a primeira caixa sobre a cama. As pilhas bem organizadas de cuecas e meias desapareceram dentro dela.

Perguntas geram perguntas, pensou Nell. Enquanto continuava a empacotar as roupas de Adam, permitiu-se enfrentar a pergunta que vinha deliberadamente evitando naqueles últimos dias: *Eu estava de fato apaixonada por Adam ou simplesmente queria estar?*

Se não tivesse me apressado em casar com Adam, a atração inicial teria acabado? Eu via nele aquilo que queria ver? Não estava sempre escondendo a verdade de mim mesma? A verdade é que não era um grande casamento — pelo menos não para mim. Ressentia-me de ter abandonado minha carreira por ele. Também não achava ruim quando ele saía de barco nos fins de semana para pescar ou passear. Gostava de ficar sozinha, e assim também tinha tempo para ficar com Mac.

Ou será que todas as minhas dúvidas significavam outra coisa?, Nell se perguntou enquanto fechava uma caixa, colocava-a no chão e pegava outra. Será que porque já sofri muito na vida, agora estou tentando encontrar uma razão para não sofrer tanto de novo?

Li que muitas vezes as pessoas ficam com raiva da pessoa amada que morreu. Será que é isso que está acontecendo comigo?, perguntou-se.

Nell dobrou as roupas esporte com cuidado — calças de brim, jeans e camisas de manga curta —, colocando-as nas caixas; gravatas, lenços e luvas foram os últimos itens a serem empacotados. A cama agora estava vazia. Não tinha disposição para começar a mexer no armário. Essa parte pode esperar um pouco, pensou ela.

Lisa Ryan telefonara mais cedo durante a tarde e insistira em se encontrar com Nell à noite. O telefonema tinha sido muito rápido, quase rude, e Nell ficara tentada a se livrar daquela mulher. Mas, ainda assim, sabia que Lisa Ryan estava passando por uma grande dor e precisava de um tempo para se recuperar da perda.

Nell olhou para o relógio. Já passava das 18 horas. Lisa Ryan dissera que estaria lá por volta das 19h30; isso dava a Nell tempo bastante para se recompor e relaxar por alguns minutos. Um belo copo de chardonnay também ajudaria, decidiu ela.

O ascensorista ajudou Lisa a carregar os dois pesados pacotes para dentro do apartamento de Nell.

— Onde devo colocar estes pacotes, Sra. MacDermott? — perguntou ele.

Foi Lisa quem respondeu:

— Coloque-os bem ali. — Ela apontava para a mesa redonda abaixo da janela que dava para a Park Avenue.

O ascensorista olhou para Nell, que aquiesceu.

Quando ele saiu e fechou a porta, Lisa disse em tom de desafio.

— Nell, tenho pesadelos de que os policiais podem chegar com um mandado de busca, encontrar esse maldito dinheiro e me prender, bem na frente de meus filhos. Eles nunca fariam isso com *você*. É por isso que *você* tem que guardá-lo aqui até que possa devolvê-lo a alguém.

— Lisa, isso é totalmente impossível — disse Nell. — Respeitei sua confidência, mas não vou guardar ou devolver dinheiro dado a seu marido por conta de envolvimento em negócios escusos.

— Como vou saber se o seu marido não estava metido nisso? — perguntou Lisa. — Para início de conversa, foi muito estranha a maneira como Jimmy conseguiu o emprego. Ele mandou o currículo para todo mundo do ramo da construção, mas o seu marido foi o único que respondeu. Adam Cauliff costumava se condoer de sujeitos que tinham sido postos na lista negra por serem honestos? Ou conseguiu um trabalho para ele com Sam Krause exatamente porque pensou que o pobre Jimmy talvez estivesse desesperado o bastante para se tornar útil? É isso que *eu* gostaria de saber.

— Não sei a resposta — disse Nell sem pressa. — O que sei é que, doa a quem doer, é importante descobrir exatamente como e por que Jimmy era útil para alguém.

O rosto de Lisa Ryan perdeu a cor.

— O nome de Jimmy só será envolvido nisso tudo sobre o meu cadáver — gritou ela. — Prefiro levar esse maldito dinheiro e jogá-lo no rio. Era isso que eu devia ter feito, logo que o encontrei.

— Lisa, ouça — suplicou Nell. — Você leu sobre a fachada do prédio na Lexington Avenue que ruiu. Três pessoas ficaram feridas, e uma delas morreu.

— Meu Jimmy nunca trabalhou na Lexington Avenue!

— Eu não disse que ele trabalhou, mas ele era funcionário de Sam Krause, e foi a firma dele que fez aquela reforma. Se Krause fez um trabalho de quinta categoria naquele prédio, há grandes possibilidades de ele ter feito o mesmo em outros. Talvez Jimmy estivesse envolvido em outra obra na qual tenham feito cortes de custos e empregado materiais de qualidade inferior. Talvez haja outro prédio com estrutura deficiente, prestes a sofrer um acidente. Jimmy Ryan escondeu o dinheiro e nunca o gastou, e, pelo que você me diz, ele estava tremendamente deprimido. Sinto que ele era o tipo de homem que iria querer que você fizesse o que estivesse a seu alcance para ajudar a evitar outra tragédia.

A raiva desafiadora no rosto de Lisa desapareceu, e ela caiu num choro convulsivo. Nell a envolveu num abraço. Ela é tão magrinha, pensou. É apenas alguns anos mais velha que eu, e no entanto aqui está, diante da responsabilidade de criar três filhos basicamente sem dinheiro. E, mesmo assim, ela jogaria 50 mil dólares no rio em vez de alimentar e vestir os filhos com esse dinheiro sujo.

— Lisa — disse ela. — Sei pelo que você está passando. Também tenho que encarar o fato de que meu marido pode ter se envolvido em licitações fraudulentas ou, na melhor das hipóteses, ter sido culpado por fechar os olhos para o uso de materiais de padrão inferior. É verdade que não tenho filhos para proteger, mas, se a cumplicidade de Adam com alguma coisa ilegal vier à tona, isso poderia custar minha carreira política. E, tendo lhe dito isso, peço sua permissão para falar com os detetives que estão investigando a explosão. Vou pedir a eles para fazerem o possível para deixar o nome de Jimmy fora da investigação. Mas, Lisa, dá para você entender que, se Jimmy sabia demais, *ele* poderia perfeitamente ter sido o alvo da explosão que destruiu o barco?

Nell fez uma pausa e, em seguida, foi em frente e disse o que estava em sua cabeça desde segunda-feira, quando Lisa lhe falou pela primeira vez sobre o dinheiro:

— Lisa, se alguém está preocupado com o fato de que Jimmy lhe contou o que fez para conseguir o dinheiro, você também pode ser considerada uma ameaça. Já pensou nisso?

— Mas ele *não* me disse!

— Só nós duas sabemos disso. — Nell tocou gentilmente o braço da outra mulher. — Agora você entende por que os detetives precisam ficar sabendo do dinheiro?

Quinta-feira, 22 de junho

64

Na quinta-feira pela manhã, Jack Sclafani e George Brennan estavam de volta à 14th Street com a First Avenue, visitando o apartamento de Ada Kaplan.

— Jed está em casa? — perguntou Sclafani.

— Não acordou ainda. — Ada Kaplan ficou de novo à beira das lágrimas. — Vocês não vão fazer uma nova busca na minha casa, vão? Não aguento mais. Vocês têm que entender. — As olheiras acentuavam a intensa brancura de seu rosto.

— Não, não vamos fazer uma nova busca em sua casa, Sra. Kaplan — tranquilizou-a Brennan. — Sentimos muito incomodá-la. Diga apenas a Jed que se vista e venha para cá. Queremos falar com ele. É só isso.

— Talvez ele fale com *você*. Ele mal fala *comigo*. — Ela olhou para eles como que suplicando. — O que ele teria a ganhar matando Adam Cauliff? — perguntou. — É claro que Jed ficou furioso porque Cauliff me convenceu a vender o imóvel, e Jed acha que por um valor muito baixo, mas, se eu não tivesse vendido para ele, teria vendido para aquele figurão do mercado imobiliário, o Sr. Lang. Eu já *disse* isso a Jed.

— Peter Lang? — perguntou Brennan. — A senhora falou com ele sobre o imóvel?

— Claro que falei. Ele veio me ver logo após aquele incêndio na mansão. Tinha um cheque na mão. — A voz dela se transformou num sussurro. — Ofereceu-me *2 milhões de dólares,* e no mês anterior eu tinha vendido para o Sr. Cauliff por menos de 1 milhão. Fiquei arrasada quando tive que dizer a ele que o imóvel já não me pertencia, e não deixei Jed saber por quanto mais eu poderia ter vendido.

— Lang ficou chateado quando soube que a senhora tinha vendido a propriedade?

— Ah! Como ficou. Acho que, se o Sr. Cauliff estivesse ali naquela hora, ele o estrangularia com as próprias mãos.

— Você está falando de mim, mãe?

Todos os três se viraram para ver Jed Kaplan, barba por fazer, de pé à porta.

— Não, não — disse Ada, nervosa. — Estava apenas dizendo a esses senhores que Peter Lang também ficou interessado em comprar meu imóvel.

Jed Kaplan fez cara feia.

— *Nosso* imóvel, mamãe. E não se esqueça disso. — Ele se virou para Brennan e Sclafani. — O que vocês querem?

Eles se levantaram.

— Queremos apenas nos certificar de que você continua tão encantador como sempre — comentou Sclafani. — Queremos também que não se esqueça de que não deve planejar férias ou coisa parecida até que o liberemos. Enquanto esta investigação estiver em curso, precisamos saber por onde você anda. Portanto, não se surpreenda se aparecermos de novo para uma visitinha.

— Sra. Kaplan, foi um prazer falar com a senhora — disse Brennan.

No elevador, enquanto desciam, Sclafani falou primeiro:

— Está pensando a mesma coisa que eu?

— Sim. Acho que Jed não passa de um bandido insignificante, e que estamos perdendo nosso tempo com ele. Por outro lado, Lang merece uma investigação mais cuidadosa. Tinha motivos para querer Adam Cauliff fora do caminho e, muito convenientemente, salvou a própria vida ao faltar àquela reunião no barco.

Chegaram de volta à sede às 11 horas e encontraram um visitante inesperado. A recepcionista explicou:

— O nome dele é Kenneth Tucker. É da Filadélfia e quer falar com quem estiver a cargo da investigação sobre a explosão do barco ocorrida há algumas semanas.

Sclafani deu de ombros. Nunca há um caso de grande repercussão que não tenha sua cota de malucos oferecendo dicas quentes ou teorias loucas, pensou ele.

— Precisamos de dez minutos para um café.

Sclafani tentou não erguer as sobrancelhas quando Tucker entrou no escritório. Ele parecia o típico jovem executivo, e suas primeiras palavras, "Talvez eu esteja desperdiçando o tempo dos senhores", convenceram os dois homens de que era exatamente isso que ele ia fazer.

— Vou direto ao ponto — disse Tucker. — Meu filho e eu estávamos numa barca no porto de Nova York quando aquele iate explodiu, duas semanas atrás. Ele tem tido pesadelos desde então.

— Que idade tem seu filho, Sr. Tucker?

— Benjy tem 8 anos.

— Então o senhor acha que esses pesadelos estão relacionados àquela explosão?

— Acho. Nós dois a testemunhamos. Estávamos voltando de uma visita à Estátua da Liberdade. Para dizer a verdade, tudo que aconteceu pareceu meio confuso para mim, mas Ben viu alguma coisa que acredito que possa ser significativa.

Sclafani e Brennan trocaram olhares.

— Sr. Tucker, falamos com várias pessoas que estavam na barca naquela hora. Algumas delas testemunharam a explosão, mas todas concordaram que a barca estava longe demais para que pudessem distinguir alguma coisa. Entendo por que um menino possa estar tendo pesadelos, caso estivesse olhando para o iate no momento da explosão, mas posso lhe garantir que, daquela distância, ele não viu nada significativo.

Kenneth Tucker enrubesceu.

— Meu filho tem uma hipermetropia fora do comum — disse ele com plácida dignidade. — Ele usa óculos para ler, mas os tinha tirado um pouco antes da explosão. E, como eu disse a vocês, foi logo depois disso que ele começou a ter pesadelos. Ficava dizendo que, nesses pesadelos, quando o iate explodiu, uma cobra pulou de dentro dele e começou a vir na sua direção. Nós o levamos a uma psicóloga infantil, que, depois de várias sessões, fez com que ele desenhasse o que tinha visto.

Entregou a eles os últimos desenhos de Ben.

— Agora ele acredita ter visto alguém com roupa de mergulho, carregando uma bolsa de mulher, pular para fora do barco no momento da explosão. Pode, com certeza, ser uma fantasia de criança, mas achei que vocês deveriam pelo menos ver os desenhos. Sei que devem receber muitos telefonemas estranhos após um incidente como este, e achei que, se mandasse pelo correio, seria ignorado, e não queria que isso acontecesse. O desenho pode não ajudar em nada, mas achei que deveria trazê-lo para que pudessem examiná-lo.

Ele se levantou.

— É claro que a máscara impediu Ben de ter a mais leve ideia de como era a pessoa em roupa de mergulho. Se derem algum crédito a este desenho, espero que concluam que não há sentido em interrogá-lo. Ele dormiu a noite toda ontem pela primeira vez em duas semanas. E, é claro, não desejamos nenhuma atenção da mídia.

Brennan e Sclafani se entreolharam de novo.

— Sr. Tucker, somos muito gratos — disse George Brennan. — Preciso de mais investigação para ter alguma certeza, mas os desenhos de seu filho podem ser importantes. O nome de Ben não será mencionado, prometo ao senhor, e vou lhe pedir para não revelar a ninguém o que acabou de nos contar. Mesmo que uma pessoa tenha de fato saído daquele barco, pelo menos duas, e provavelmente uma terceira, morreram na explosão. Trata-se de um homicídio múltiplo. E quem quer que seja o responsável deve ser considerado extremamente perigoso.

— Então estamos entendidos.

Quando Kenneth Tucker saiu e a porta fechou, Sclafani assoviou e disse:

— Nunca vazou para a imprensa que nossos homens acharam a bolsa de Winifred Johnson — disse ele. — Portanto, não tinha como esse cara saber sobre isso.

— Sem dúvida.

— Isso explicaria por que a bolsa estava só um pouco chamuscada. Quem quer que tenha saído do iate a carregava.

— E provavelmente a perdeu dentro d'água quando o iate explodiu. Se o menino estiver certo, quem quer que tenha pulado do iate escapou por um triz.

— E quem você acha que foi? — perguntou Sclafani.

Sem bater, Cal Thompson, o assistente do promotor, que tinha entrevistado Robert Walters, abriu a porta e enfiou a cabeça.

— Achei que vocês podiam estar interessados nos últimos acontecimentos. Conseguimos uma outra Celebridade do Dia. O principal assistente de Sam Krause apareceu com seu advogado. Ele admite terem usado materiais de qualidade inferior em muitas de suas obras, superfaturando sistematicamente os empreendimentos da Walters & Arsdale.

— Disse quem, na Walters & Arsdale, fechava negócio com eles?

— Não. Ele disse que supunha fossem os próprios Walters e Arsdale, mas não pode jurar. O contato para essas transações era Winifred Johnson. Disse que até a chamavam por um epíteto: "Winnie, a mulher da mala".

— Ela também parece ser uma nadadora e tanto — disse Brennan.

Thompson ergueu as sobrancelhas.

— A menos que eu esteja enganado, seus dias de nadadora terminaram.

— Talvez sim, talvez não — retrucou Sclafani.

65

NA QUINTA-FEIRA, NELL SE LEVANTARA AO AMANHECER. O pouco sono que tivera durante a noite fora perturbado por sonhos ruins, e ela havia acordado diversas vezes, assustada por barulhos noturnos imaginários. Mais de uma vez, também acordara com o rosto molhado de lágrimas.

Lágrimas por Adam?, perguntou-se. Na verdade, não podia ter certeza disso. Não tenho certeza de coisa alguma, admitiu a si mesma naquela manhã, aconchegando-se mais nas cobertas. No momento em que fora se deitar, a noite estava fresca, razão pela qual desligara o ar-condicionado e escancarara as janelas.

Em decorrência disso, os barulhos de Nova York lhe fizeram companhia durante toda a noite — o tráfego, o uivo ocasional de uma sirene de polícia ou de uma ambulância, os fracos sons de uma melodia vinda do apartamento de baixo, cujo dono ouvia música quase ininterruptamente.

Mas o quarto a abraçava, transmitindo-lhe a sensação de ter chegado em casa. Sem a cômoda alta de Adam, o aposento parecia espaçoso novamente, e sua própria cômoda voltara ao lugar original, posicionada de forma a permitir que, à luz de uma pequena luminária, ela pudesse ver a foto de seus pais sempre que acordasse.

A foto evocava lembranças, felizmente boas. Antes que ela tivesse idade suficiente para entrar na escola, os pais a tinham levado em algumas de suas pesquisas de campo na América do Sul. Tinha vagas lembranças de seus pais conversando com nativos em aldeias remotas, e de brincar com outras crianças pequenas. O jogo costumava ser o de ensinar uns aos outros os nomes de partes do corpo, como nariz, orelhas, olhos e dentes.

Nell se deu conta de que se lembrara dessa época porque sentia coisa semelhante agora, a sensação de estar numa terra estranha, tendo de aprender a língua. A diferença desta vez, pensou, é que não tenho pai e mãe em volta de mim, garantindo que não vou me meter em confusão.

Por diversas vezes, ao acordar, o rosto de Dan Minor cruzou sua mente. Achava a visão reconfortante, pois ele era um companheiro de viagem, outro sobrevivente de uma infância partida, outra pessoa em busca de respostas.

Naquela manhã, enquanto tomava uma xícara de café, decidira abrir os pacotes e contar o dinheiro que Lisa Ryan lhe confiara na noite anterior. Ela dissera que eram 50 mil dólares. Talvez fosse sensato conferir esses números, pensou Nell.

Os pacotes eram pesados, e foi uma luta carregá-los para a mesa de jantar. Com cuidado meticuloso ela desatou os nós do barbante, registrando mentalmente o vestígio de verde no trançado. O papel pardo também lhe trouxe de volta lembranças de infância, de seus pais enviando pacotes para os amigos que tinham feito pelo mundo afora.

Barbante e papel de embrulho. Nell ignorou o vago mal-estar que se alojou em seu inconsciente à medida que foi em frente, abriu o primeiro pacote e olhou para os maços de notas presos com elásticos.

Antes de começar a contar, examinou a caixa cuidadosamente. Tinha aproximadamente dois terços do tamanho de uma caixa que uma loja de departamentos teria usado para embalar um terninho feminino. Não havia qualquer identificação de empresa ou produto nas laterais. Tinha certeza de que a caixa tinha sido escolhida com cuidado. Era claro que alguém não queria que se descobrisse sua procedência.

Serviu-se de um pouco mais de café e pegou a calculadora. À medida que contava e recontava cada maço, registrava o número. A primeira caixa continha 28 mil dólares, a maioria em notas de 50.

Abriu a segunda e começou a contar, notando que esta continha notas menores, bastante gastas, incluindo as de 5, 10, 20, bem como as de 50. Poucas de 100, pensou. Quem quer que tenha preparado isso foi esperto o suficiente para perceber que as chamativas notas de 100 de Jimmy Ryan poderiam atrair atenção.

O total da segunda caixa era exatamente de 22 mil dólares. Nem um centavo a menos do que deve ter sido prometido a Jimmy por seja lá o que for que ele tenha tido de fazer para merecê-lo, pensou ela. Mas por que não gastou nada dessa quantia?, perguntou-se. Sentia-se tão culpado que nem conseguia tocar no dinheiro?

Refletindo sobre o que Jimmy Ryan deve ter sentido, Nell se lembrou de que, segundo a Bíblia, após a crucificação, Judas, dominado pelo remorso, tentara devolver as trinta moedas de prata recebidas em pagamento para trair Jesus.

E então ele se enforcou, pensou Nell enquanto repunha o dinheiro na segunda caixa. Seria possível que Jimmy Ryan tivesse cometido suicídio?, perguntou-se.

À medida que começou a reembrulhar com o papel pardo o primeiro pacote, subitamente se deu conta do que a vinha incomodando durante toda a manhã com relação a esse pacote. Já tinha visto esse mesmo tipo de papel grosso antes, assim como o barbante entrelaçado de verde.

Na gaveta do arquivo de Winifred.

66

Lisa Ryan passou a noite toda se revirando na cama, ouvindo os barulhos externos familiares que pontuavam a noite. Alguns deles eram tranquilizadores, quase reconfortantes, como a brisa que roçava os bordos do jardim. Mas também o barulho do vizinho, um bartender estacionando o carro na rua nas primeiras horas da manhã, e depois, só um pouco mais tarde, o ruído do trem de carga ao passar pelos trilhos próximos.

Por volta das 5 horas ela desistira de dormir. Saiu da cama e vestiu o robe de algodão felpudo. Ao amarrar o cinto, lembrou-se de que tinha perdido alguns bons quilos no curto período desde a morte de Jimmy.

Não deixa de ser uma forma de perder peso, pensou sombriamente.

Lisa não tinha a menor dúvida de que, assim que Nell MacDermott falasse com os detetives encarregados da investigação, eles voltariam correndo para tornar a falar com ela. Nos meses em que trabalhara para Sam Krause, Jimmy estivera envolvido numa série de projetos de construção. Procurou ter uma ideia dos lugares em que ele tinha trabalhado e quando. Talvez assim pudesse lhes dizer onde ele estivera trabalhando quando começou sua imensa depressão.

Estava certa de que o local era a chave para seja lá o que tivesse feito para merecer o suborno.

Dirigindo-se para o andar de baixo, Lisa deu uma olhada nas crianças. Kyle e Charley dormiam profundamente em seus beliches.

À luz fraca das primeiras horas da manhã, examinou seus rostos. O queixo de Kyle mostrava os primeiros sinais de entrada na adolescência. Ele será sempre magro, como minha família, pensou.

Charley tinha uma estrutura mais robusta. Seria um homenzarrão, como Jimmy. Ambos tinham herdado o cabelo ruivo e os olhos cor de mel do pai.

Kelly estava no quarto menor — um closet glorioso, dizia Jimmy. Seu corpo esbelto curvava-se em posição fetal. Fios do longo cabelo louro cobriam-lhe as bochechas, descendo sobre os ombros.

Seu diário estava meio escondido sob o travesseiro. Escrevia nele todas as noites, coisa que começou como um projeto de escola mas que acabou tocando sozinha. "É extremamente pessoal", dissera solenemente, "e a professora disse que nossas famílias deveriam respeitar nossa privacidade."

Todos prometeram jamais lê-lo, mas Jimmy, suspeitando dos olhares maliciosos trocados entre Kyle e Charley, fez um cofre para Kelly que ficava em cima de sua cômoda. O cofre tinha duas chaves: uma delas Kelly usava numa correntinha em volta do pescoço; a outra Lisa guardava em sua própria cômoda, para o caso de a original se perder.

Kelly exigiu que Lisa jurasse "por tudo que é mais sagrado" que nunca usaria a chave, e ela nunca o fez. Mas agora, olhando para a filha adormecida, Lisa sabia que quebraria a promessa.

Não apenas porque precisava saber o que Kelly — a "filhinha do papai" — estava pensando e sentindo, mas também para ver o que Kelly — sempre observadora e sensível a humores — pudesse ter escrito sobre Jimmy na ocasião em que entrara em depressão.

67

Dan Minor chegara cedo ao hospital na manhã de quinta-feira. Tinha três operações em sequência, e a primeira seria às 7 horas. Tivera o prazer de dar alta a um paciente de 5 anos que passara um mês hospitalizado.

Com muito bom humor cortou os agradecimentos efusivos dos pais:

— É melhor tirá-lo daqui rapidamente. As enfermeiras estão assinando uma petição para adotá-lo.

— Eu tinha certeza de que ele ia ficar desfigurado — disse a mãe.

— Ah! Vai ficar com algumas marquinhas, mas nada que o atrapalhe com as meninas daqui a 10 ou 12 anos.

Só às 13 horas, Dan teve oportunidade de comer um sanduíche e tomar um café, na sala dos médicos. Também usou esse intervalo para ligar para o escritório de Cornelius MacDermott para verificar se tinham alguma notícia sobre sua mãe. Sabia que era pouco provável, pois tinha passado menos de um dia, mas ainda assim não resistiu e fez a ligação. É provável que esteja no almoço, pensou Dan enquanto discava.

Liz Hanley atendeu ao primeiro toque.

— Ele está no escritório, doutor — disse ela. — Mas preciso preveni-lo. Nem o papa rodando de triciclo pela Quinta Avenida lhe arrancaria um sorriso hoje; portanto, se soltar os cachorros em cima do senhor, não leve para o lado pessoal.

— Talvez deva desistir de falar com ele agora.

— Não, de forma alguma. Mas espero que não se importe em aguardar um pouco. Ele está em outra linha, mas deve demorar só mais um minuto. Transferirei a ligação assim que ele termine.

— Antes que você saia, Liz, me diga como está se sentindo hoje. Não sei se teve consciência disso, mas esteve num certo estado de choque ontem.

— Ah, estou bem agora, mas o que passei ontem foi um verdadeiro choque para meu organismo. Doutor, o senhor *precisa* acreditar em mim quando lhe digo que Bonnie Wilson é uma vidente poderosa. É por isso que estou completamente *convencida* de que eu vi... Bem, não estou a fim de falar sobre isso.

Pela brusca mudança de tom na voz de Liz Hanley, Dan percebeu que alguma coisa na experiência que tivera a perturbava, e ela não ia lhe dizer do que se tratava.

— Certo, desde que agora você esteja se sentindo bem — disse ele.

— Estou bem mesmo. Ah, espere um pouco, doutor. A Divindade acaba de agraciar minha sala com Sua presença.

Dan a ouviu dizer:

— É o Dr. Dan, deputado.

Houve uma pausa momentânea enquanto o fone trocava de mãos, e então ele ouviu a voz tonitruante de Cornelius Mac-Dermott:

— Liz é como Nell. Quando me chama de deputado é porque está danada comigo. Como vai você, Dan?

— Estou bem, Mac. Estou telefonando para agradecer sua gentileza de ontem.

— Bem, dei alguns telefonemas bem cedo pela manhã, e tenho meu pessoal trabalhando nos arquivos. Se houver alguma coisa a ser descoberta sobre sua mãe, eles a encontrarão. Não sei se Liz lhe contou, mas estou com um problema.

— Ela comentou que você estava aborrecido com alguma coisa — disse Dan cautelosamente.

— Aborrecido é pouco. Você jantou com Nell outro dia. Ela lhe disse que está concorrendo a meu antigo lugar no Congresso?

— Sim. Parece muito animada com a ideia.

— Bem, ela me telefonou há cerca de meia hora para me pedir que informasse os dirigentes do partido que não pretende mais se candidatar.

Dan ficou perplexo.

— O que a fez mudar de ideia? Não está doente, está?

— Não, mas está começando a acreditar que o que venho lhe dizendo sobre os negócios de seu falecido marido é possível. Adam Cauliff, ou pelo menos sua assistente, pode ter estado envolvido no escândalo de suborno sobre o qual você tem lido.

— Mas isso não tem nada a ver com Nell.

— Em política, tudo tem a ver com tudo. Eu disse a ela, no entanto, que não se decidisse imediatamente e que aguardasse pelo menos mais uma semana.

Dan decidiu se arriscar:

— Como era Adam Cauliff, Mac? — perguntou com cautela.

— Era ou um empresário esperto, talvez até sem escrúpulos, ou um caipira tentando jogar no primeiro time que deu um passo maior que as pernas. Provavelmente, nunca saberemos ao certo. Mas uma coisa eu sei. Não era o homem indicado para a minha neta.

68

Depois de telefonar para Mac, Nell imediatamente ligou para o detetive Sclafani, mas interrompeu a ligação abruptamente. Antes de telefonar para ele, decidira passar pelo escritório de Adam e pegar o barbante e o papel pardo que vira na sala de Winifred.

Tomou um banho e se vestiu com uma calça de brim branca, uma blusa de manga curta, uma jaqueta leve de jeans e sandálias.

Já está na hora de cortar o cabelo, decidiu ela enquanto o prendia em um coque. Em seguida, parou de repente quando alguma coisa estranha surgiu no espelho e a estarreceu. Era o rosto de uma desconhecida, com uma expressão tensa e ansiosa. Definitivamente, toda essa apreensão já me custou muito caro, constatou ela. É melhor tomar logo uma providência ou, do contrário, vou ficar um trapo.

Não quero, de forma alguma, deixar passar essa oportunidade de me candidatar ao Congresso, admitiu para si mesma, e fiquei feliz por Mac ter me feito esperar até a próxima semana a tomar uma decisão final. Até lá, é possível que eu tenha algumas respostas. Talvez Adam tenha sido simplesmente ingênuo e não tenha percebido que a corrupção estava acontecendo bem embaixo de seu nariz.

O papel pardo e o barbante estavam no arquivo de Winifred — ela se lembrava disso claramente. Também sabia que Winifred estava envolvida com alguém chamado Harry Reynolds, apesar de ainda não ter nenhuma pista de quem ele era. Winifred trabalhara na Walters & Arsdale por mais de vinte anos, muito antes de Adam ter ido para lá. Será que, ao começar a trabalhar diretamente com Adam, ela se aproveitou da confiança dele?, perguntava-se. Ele era o novato, o inexperiente, enquanto ela já conhecia o ramo da construção de trás para frente, incluindo seu lado negro.

Quando saía do apartamento, Nell pensou sobre o dinheiro que Lisa Ryan a forçara a guardar. Simplesmente não posso deixá-lo sobre a mesa, pensou. Sabia que provavelmente estava sendo paranoica, mas lhe parecia que qualquer pessoa que entrasse naquela sala e olhasse para os pacotes iria saber que continham dinheiro em espécie.

Agora estou começando a entender como Lisa se sentiu tendo esse troço dentro de sua casa, pensou ela enquanto carregava as caixas para o quarto de hóspedes e as colocava no chão do closet.

Os ternos, jaquetas, calças e casacos de Adam ainda estavam pendurados ali. Ficou em pé no vão da porta do armário e olhou para as roupas, muitas das quais ela o ajudara a escolher. Agora pareciam lembranças acusadoras de que estaria questionando a integridade do homem que as usara. Pareciam repreendê-la por duvidar do homem que fora seu marido.

Nell se prometeu que, antes de terminar o dia, todas as roupas estariam empacotadas e prontas para serem levadas para o bazar no sábado de manhã bem cedo.

O táxi virou à direita na Central Park South e, em seguida, pegou a esquerda, descendo a Seventh Avenue em direção ao escritório de Adam. Um quarteirão antes de chegar, passaram pela cerca de proteção das ruínas da mansão Vandermeer. O prédio estreito e em destroços ao lado pertencia a ela, e era aquele que Peter Lang tanto queria.

Aquele que *Adam* tanto queria, pensou Nell de repente.

— Quero saltar aqui — disse ao taxista.

Ao sair do carro na esquina, andou para trás e ficou em pé diante de sua propriedade. Os prédios naquela área eram velhos, mas podia perceber o começo de uma mudança na vizinhança. Um complexo de apartamentos estava sendo erguido no outro lado da rua, e um cartaz anunciava a futura construção de outro, mais abaixo, naquele mesmo quarteirão. Quando pegara emprestado o dinheiro com ela para comprar aquela propriedade, Adam dissera que, do ponto de vista imobiliário, a área se tornaria a mais valorizada da cidade.

A mansão Vandermeer estivera situada num terreno relativamente grande, enquanto a área que lhe pertencia era uma faixa estreita de terreno. Todos os inquilinos tinham deixado os apartamentos, e o prédio estava abandonado e maltratado. Algum grafites contribuíam mais ainda para o efeito lúgubre das pedras escuras do exterior.

O que Adam achava que ia fazer com esta propriedade?, perguntava-se. Quanto seria necessário para botá-la abaixo e construir alguma coisa em seu lugar? Enquanto analisava o local, ela teve a plena consciência de que seu único valor era a possibilidade de ser usada como um acréscimo à propriedade dos Vandermeer.

Então, por que Adam estava tão ansioso para comprar aquela parte do terreno? Era ainda mais estranho porque, na época da compra, a mansão Vandermeer ainda não tinha sido demolida e mantinha seu status de prédio tombado.

Será que Adam tivera acesso a informações confidenciais de que a mansão Vandermeer estaria em via de perder seu caráter de prédio tombado?

Era outra possibilidade preocupante.

Ela se virou e caminhou um quarteirão e meio até o escritório de Adam. Ao sair de lá com os detetives na terça-feira, o administrador do prédio lhe dera uma chave extra da porta da frente. Ela entrou e, mais uma vez, teve uma sensação de profunda inquietação quando a porta se fechou.

Entrou no cubículo de Winifred e pôde visualizá-la sentada à mesa, com um sorriso dócil para cada visitante que chegava.

Ficou olhando fixamente para a mesa. O que mais se lembrava de Winnifred era da expressão em seus olhos. Sempre ansiosa, sempre na defensiva, como se tivesse medo de ser criticada.

Teria sido aquilo tudo um teatro?

Abriu a última gaveta do arquivo e tirou o papel pardo e o barbante. Tinha trazido com ela uma sacola de compras para carregá-los. Mesmo sem comparar um com o outro, sabia que o padrão do barbante era idêntico ao das caixas de dinheiro.

Estava ali havia apenas poucos minutos, mas nesse meio-tempo se dera conta de que a temperatura estava ficando cada vez mais alta. Está acontecendo de novo, pensou, ao se sentir tomada por uma sensação de desorientação.

Preciso sair, disse a si mesma.

Nell fechou com força a gaveta do arquivo, pegou a sacola de compras e saiu correndo do cubículo de Winifred, passando pela sala de espera até a porta de saída.

Agarrou a maçaneta e puxou-a, mas nada aconteceu. A porta estava emperrada. A maçaneta estava quente, e ela começou a tossir. Freneticamente, chutou a porta, ao sentir que se formavam bolhas em suas mãos.

— Algum problema, Sra. Cauliff? A porta tornou a emperrar?

De repente, lá estava o administrador, calmamente abrindo a porta, forçando-a com o ombro. Nell passou cambaleando por ele até os degraus do lado de fora. Suas pernas cederam quando se sentou no último degrau e cobriu o rosto com as mãos.

Está acontecendo de novo, pensou. É um aviso. A tosse começou a ceder, mas ainda respirava com dificuldade. Olhou para as mãos. As bolhas que percebera em sua pele não existiam.

— Acho que entrar no escritório de seu marido a deixa emocionada — disse o administrador, em tom compreensivo.

— Quero dizer, saber que tanto ele quanto a Sra. Johnson nunca mais voltarão aqui.

Ao chegar em casa, Nell encontrou um recado de Dan Minor na secretária eletrônica: "Nell, acabei de falar com Mac. Estamos nos tornando grandes amigos. Ele pôs o pessoal dele em busca de informações sobre minha mãe. Ligo mais tarde para saber se você está livre para jantar hoje à noite."

Ainda trêmula pela estranha experiência vivenciada no escritório de Adam, Nell tornou a ouvir o recado, confortada pela preocupação subjacente na voz de Dan. Talvez Mac tenha lhe enchido os ouvidos a meu respeito, pensou.

Ela percebeu o cartão de Jack Sclafani ao lado do telefone. Mais uma vez, discou o número, mas dessa vez não interrompeu a ligação. Ele atendeu ao primeiro toque:

— É muito importante que nos encontremos, e devo lhe pedir que venha até meu apartamento — disse-lhe. — Prefiro não falar pelo telefone.

— Estaremos aí em uma hora — prometeu ele.

Tentando apagar da mente a assustadora lembrança daqueles momentos no escritório de Adam, Nell entrou no quarto de hóspedes e começou a esvaziar o closet. Ao retirar os casacos, ternos e calças dos cabides, pensou em como Adam, embora bem jovem, se vestia de forma tão tradicional. Azul-marinho, cinza-escuro e marrom-claro eram suas eternas escolhas de cores. Lembrou-se de que, havia cerca de um ano, insistira com ele para que comprasse um blazer verde-escuro que vira na vitrine da Saks, mas ele, em vez disso, mais uma vez comprara um azul-marinho.

Eu disse a ele que este parecia exatamente igual ao outro, pensou Nell ao tirar um blazer azul-marinho do armário. Na verdade, parecia igual a este outro.

Ao segurá-lo, percebeu que estava enganada. Este outro era o mais novo dos dois — podia dizer pelo peso. Intrigada, Nell segurou-o entre as mãos. Foi este que eu quis dar a Winifred para que entregasse a ele naquele dia. Foi este que ele tinha separado, pois o outro era quente demais.

Ah, é claro, pensou ela, ao se lembrar subitamente da sequência dos acontecimentos. Naquela última noite, Adam trocou de roupa aqui e dispôs, em cima da cama, as que pretendia usar na manhã seguinte. Então ele saiu apressadamente após nossa discussão, pela manhã, e eu pus sua pasta no escritório e pendurei o blazer no closet, trazendo-o mais tarde para cá. O que entreguei a Winifred foi o errado, o mais pesado.

Se tivesse sobrevivido, ele provavelmente teria gostado da troca, pensou. A temperatura caiu muito durante o dia, e choveu bastante naquela noite.

Nell começou a dobrar o blazer para colocá-lo na caixa, mas hesitou. Lembrou-se de como, alguns dias após a morte dele, sentindo-se desamparada, vestira o blazer, na tentativa de sentir sua presença. Agora estou me comportando como se estivesse louca para me *livrar* do blazer, pensou.

Ouviu o zumbido do interfone no saguão de entrada. Sabia que era sinal de que os detetives Jack Sclafani e George Brennan estavam subindo.

Pendurou o blazer azul-marinho no encosto de uma cadeira. Posso deixar para decidir mais tarde se quero ou não ficar com ele, disse a si mesma enquanto, com agitação crescente, se apressava a fazer com que os dois entrassem.

69

Ao falar com o Dr. Dan Minor, Cornelius Mac-Dermott não lhe disse que um dos telefonemas que pedira a Liz que desse na tentativa de rastrear as andanças de sua mãe fora para o instituto médico-legal.

Liz ficara sabendo pelo telefonema que, no último ano, cinquenta corpos não identificados tinham sido enterrados como indigentes — 32 homens e 18 mulheres.

A pedido do funcionário desse médico-legista, Liz enviara por fax a fotografia digitalizada de Quinny que Dan lhes dera, assim como as características físicas que lhes tinha fornecido.

Lá pelo meio da tarde, recebeu um telefonema do necrotério.

— Acho que encontramos dados compatíveis — disse a voz lacônica de um funcionário.

70

Jack Sclafani e George Brennan se sentaram com Nell na sala de jantar. Tinham levado as caixas de dinheiro para a mesa, abrindo-as e confirmando a quantia.

— Ninguém consegue ganhar 50 mil dólares só para fingir que não percebeu que estavam usando o concreto errado — disse Sclafani. — Por essa soma, Jimmy Ryan estava sendo subornado por alguma coisa mais grave que isso.

— Pensei o mesmo — disse Nell calmamente. — E acho que talvez eu saiba quem lhe pagou.

Ela tinha deixado a sacola de compras na cozinha; foi buscá-la. Ao voltar, virou o conteúdo da sacola em cima da mesa, ao lado do dinheiro.

— Isto veio da gaveta do arquivo de Winifred Johnson — explicou. — Vi-os na terça-feira quando estive lá com vocês.

Brennan segurou o barbante que prendia os pacotes de dinheiro, comparando-o com um fio tirado do rolo de barbante.

— O laboratório pode confirmar isso, mas sou capaz de jurar que o que estava nos pacotes foi cortado daqui — disse ele.

Sclafani estava comparando o papel pardo do embrulho.

— Eu diria que esses dois também combinam, mas compete ao laboratório atestar isso.

— Espero que vocês entendam que, se Winifred Johnson subornou Jimmy Ryan, isso não quer dizer necessariamente que meu marido estivesse de algum modo envolvido — disse Nell, com uma convicção que sabia não ter.

Sclafani observou Nell enquanto estavam sentados um diante do outro. Ela não sabe em que acreditar, pensou. Está jogando limpo conosco e convenceu Lisa Ryan de que devolver o dinheiro era o caminho a seguir. Devemos ser corretos com ela também.

— Sra. MacDermott, pode parecer pouco plausível, mas temos uma testemunha, uma criança de 8 anos, que pode ter visto alguém em roupa de mergulho saltar do iate de seu marido pouco antes da explosão.

Nell o encarou.

— Será possível?

— Sra. MacDermott, *tudo* é possível. É provável? Não. As correntes nessa parte do porto são muito traiçoeiras. Poderia um bom nadador chegar a Staten Island ou Jersey City? Talvez.

— Então vocês acreditam *mesmo* que esse menino possa ter visto alguém?

— O detalhe mais convincente é que, no desenho feito pelo menino, o mergulhador está carregando uma bolsa de mulher. A verdade é que efetivamente encontramos a bolsa de Winifred, mas nunca revelamos esse detalhe à imprensa; portanto, esse menino não teria como saber disso, a menos que *realmente* tivesse visto alguma coisa. Ou então é um grande adivinho. Há alguns outros fatos que chegaram a nosso conhecimento dos quais a senhora pode estar a par ou não. — Sclafani fez uma pausa, sabendo que o que diria a seguir ia ser difícil. — Sabemos, pelos testes de DNA a que submetemos os restos mortais que vieram à tona, que tanto Sam Krause quanto Jimmy Ryan estão mortos. Há duas pessoas, no entanto, cuja morte não conseguimos atestar. — Tornou a fazer uma pausa. — Winifred Johnson e Adam Cauliff.

Nell ficou em absoluto silêncio, como que paralisada, com um olhar perplexo.

— Há ainda outra possibilidade, Sra. MacDermott — disse Brennan. — Alguém, uma quinta pessoa, pode ter estado no iate, talvez escondida na casa de máquinas. Sabemos, pelos testes feitos, que foi ali que a bomba foi colocada.

— Mas mesmo que esse menino esteja certo quanto ao que viu — disse Nell —, continuo sem entender por que alguém haveria de querer a bolsa de Winifred.

— Tampouco temos absoluta certeza — respondeu George Brennan —, embora achemos que temos a resposta. O único objeto com algum valor potencial que encontramos naquela bolsa é uma chave de cofre de banco com o número 332.

— Vocês não podem simplesmente levá-la ao banco que a emitiu e descobrir o que existe dentro da caixa trancada? — perguntou Nell.

— Talvez, mas não sabemos qual foi o banco que a emitiu. A chave não traz outras indicações, e a tarefa de ir a todos os bancos das imediações vai levar tempo. No entanto, é o que estamos fazendo, e pretendemos continuar a procurar até acharmos.

— Tenho um cofre num banco — disse Nell. — Se eu perdesse a chave, não poderia simplesmente telefonar para o banco e pedir que me mandassem uma cópia?

— *Poderia* — disse prontamente Sclafani. — Mas precisaria se identificar de forma adequada. Sua assinatura precisaria constar dos arquivos do banco, é claro. E você teria que pagar para levar um chaveiro até lá para abrir a caixa e lhe fazer uma outra chave.

— Então a chave na bolsa de Winifred só serve para o dono?

— Isso mesmo.

Ela olhou para eles

— Era a bolsa de Winifred. E ela era campeã de natação, ou pelo menos tinha sido. As paredes do apartamento dela estão cobertas de medalhas de ouro e fotos tiradas por ocasião de suas vitórias em competições de natação. Sei que isso foi há muito tempo, mas talvez ela tenha continuado a treinar.

— Já estamos investigando essa hipótese. Sabemos que ela era sócia de uma academia e que costumava nadar na piscina dessa academia diariamente, antes ou depois do trabalho. — Ele hesitou. — Lamento, mas preciso lhe fazer outra pergunta, e estou certo de que compreenderá minhas razões: seu marido era um bom nadador?

Nell refletiu por um momento e, perplexa, percebeu que não sabia a resposta. Não era uma coisa com que tivesse se preocupado, mas o fato de não saber a resposta a incomodou. Esta é mais uma coisa que ignoro a respeito de Adam, pensou.

Após uma longa pausa, disse:

— Quase me afoguei quando tinha 15 anos. Desde então nunca superei completamente meu medo de água. Saí de barco com Adam poucas vezes e me senti péssima. Posso encarar um navio grande, mas não um barco pequeno, onde tenho consciência da proximidade da água. Tudo isso é uma longa digressão para lhes dizer que efetivamente não sei como responder sua pergunta. *Sei* que Adam sabia nadar, mas quão bem eu não posso afirmar.

Os dois detetives fizeram um aceno de cabeça e se levantaram.

— Vamos fazer uma visita à Sra. Ryan; estamos certos de que entende a necessidade de descobrimos a origem desse dinheiro. Se falar com ela, no entanto, garanta-lhe, por favor, que faremos o possível para manter o nome do marido dela de fora dessa parte da investigação. Pelo menos no que diz respeito à imprensa.

— Pode apenas me dizer uma coisa? — Nell se levantou e encarou os homens. — Vocês têm alguma prova concreta de que meu marido estivesse envolvido no suborno ou nessas negociatas escandalosas?

— Não, não temos — respondeu Brennan prontamente. — Sabemos, *com certeza*, que Winifred Johnson era o canal de transferência de um bocado de dinheiro, talvez milhões de dólares. Baseados nas provas que a senhora acaba de nos apresentar, tudo indica agora que foi ela que providenciou o dinheiro do suborno de Jimmy Ryan. As pessoas que pagaram a Winifred se apresentaram e, aparentemente, tinham a impressão de que tudo ia para os próprios Walter e Arsdale, mas até agora não há provas disso.

— Estou certa ao achar que até o presente momento não há qualquer prova de que Adam estivesse recebendo algum suborno? — perguntou Nell.

Sclafani fez uma pausa e então respondeu:

— Sim, está certa. Ignoramos que papel seu marido desempenhou, se é que desempenhou algum, nos negócios de Walter e Arsdale. Winifred poderia estar trabalhando por conta própria e pode ter bolado um plano para fazer seu pé de meia. Ou poderia estar trabalhando com o misterioso Harry Reynolds.

— E Peter Lang? — perguntou Nell.

Sclafani deu de ombros.

— Sra. MacDermott, esta investigação permanece inteiramente em aberto.

De certo modo, o que ficara sabendo hoje era um consolo, pensou Nell ao fechar a porta após a saída dos detetives. Por outro lado, era perturbador. Basicamente, o que Sclafani tinha dito era que ninguém estava livre de suspeita, nem mesmo Adam.

Mais cedo naquela manhã, Nell percebera que suas plantas andavam precisando de cuidados. Retirou-as do saguão das salas de estar e de jantar, levando-as para a cozinha. Com movimentos rápidos e precisos, arrancou as folhas secas, revirou a terra e borrifou as folhas e os brotos.

Após esses cuidados, pôde quase ver as plantas recobrarem a vida. Estavam secas, pensou. Uma lembrança atravessou-lhe a mente. Foi um pouco antes de conhecer Adam, quando cuidava das plantas, que me dei conta de que me sentia como elas. Seca por dentro. Mac e Gert tinham acabado de se recuperar de gripes fortíssimas. Percebi então que, se acontecesse alguma coisa a eles, eu estaria completamente só.

Eu sabia, naquele momento, que precisava de amor tanto quanto aquelas plantas precisavam de água.

E assim me apaixonei. Mas pelo quê?, perguntou-se. Talvez eu tenha apenas me apaixonado pelo amor... Não havia uma música que dizia isso?

Sempre me senti condescendente em relação a Winifred, pensou Nell. Era gentil com ela, mas sempre a vi como um burro de carga. Estou começando a achar que por baixo daquela capa de submissão e subserviência se ocultava uma pessoa inteiramente diferente. Se estivesse carente de afeto e tivesse encontrado alguém que a fizesse se sentir amada, quem sabe até onde ela seria capaz de ir para agradá-lo — e mantê-lo?

Abri mão de minha carreira política para satisfazer Adam, pensou. Este foi o sacrifício que fiz por amor.

Nell acabou de cuidar das plantas e começou a recolocá-las no lugar. Abruptamente, pegou uma delas e a levou de volta para a bancada da cozinha. Era uma coisa que ela nunca admitira, nem mesmo para si própria, mas a verdade é que jamais gostara da amarílis que Adam lhe dera de aniversário dois anos antes. Por impulso, pegou-a e a colocou junto à lixeira. Um dos faxineiros vai querer ficar com ela, disse a si mesma.

Pôs de volta as outras plantas no peitoril da janela, na mesinha de centro e na arca indiana do saguão. Quando terminou, parou e deu uma olhada na sala de estar. Em seu aniversário, Adam lhe dera, de surpresa, uma cópia, feita por um pintor, de sua foto de casamento. O retrato, grande demais para seu gosto, estava pendurado sobre a lareira.

Nell foi até ele e, segurando na moldura, tirou-o da parede. O artista fora, na melhor das hipóteses, prosaico. Havia algo de inanimado em seu sorriso, e o de Adam parecia igualmente insípido. Ou será que o artista era, na verdade, muito bom e soubera captar o que a câmera não conseguira? Nell ponderou essas possibilidades enquanto carregava o retrato para o armário de guardados, trocando-o pela aquarela da cidadezinha de Adelboden que tinha comprado quando fora esquiar na Suíça.

Após pendurar o quadro, mais uma vez olhou-o a partir do saguão. Percebeu, subitamente, que todos os vestígios de Adam tinham sido eliminados da sala de estar e da de jantar.

Lembrou-se das roupas e decidiu terminar aquela tarefa. Voltou ao quarto de hóspedes. Levou apenas 15 minutos para acabar de empacotar os ternos e blazers nas caixas. Fechou-as e etiquetou-as.

Notou, então, o blazer azul-marinho que ainda estava pendurado no encosto da cadeira e foi atingida por uma lembrança repentina. No verão anterior, ela e Adam tinham saído para jantar. O ar-condicionado do restaurante gelava até os ossos, e ela estava com um vestido sem manga.

Adam se levantara, tirara o blazer e a envolvera nele.

— Vamos, enfie os braços — insistira.

Como ele estava com uma camisa de mangas curtas, eu lhe disse que agora *ele* é que ficaria com frio. E Adam então respondeu que, desde que eu estivesse aquecida, ele ficaria bem.

Era o mestre das pequenas gentilezas, das frases carinhosas, pensou Nell enquanto vestia o blazer, procurando evocar, mais uma vez, a sensação de conforto e aconchego daquele dia.

Era este blazer que ele usava ao voltar para casa naquela última noite, lembrou. Levou a gola até o rosto, tentando captar o aroma de Polo, a água-de-colônia usada por ele. Talvez houvesse algum vestígio, embora ela não tivesse certeza.

Bonnie Wilson lhe dissera que Adam queria que desse as roupas dele para quem quisesse. Perguntou-se se ele não sentiria remorsos por sua falta de generosidade, sua reticência em se desfazer das roupas que não usava até conhecê-la.

Decidiu definitivamente dar o blazer junto com as outras roupas. Enfiou a mão nos bolsos laterais para se certificar de que ele não tinha deixado nada neles. Adam costumava esvaziar os bolsos ao trocar de roupa, mas como tencionava usar aquele blazer novamente no dia seguinte, Nell achou melhor examiná-los.

Encontrou um lenço impecavelmente passado no bolso esquerdo. O direito estava vazio. Pôs o dedo no bolso superior. Também vazio.

Nell dobrou o blazer, reabriu a última caixa que tinha enchido e o meteu lá. Começara a colocar a tampa quando se lembrou de que aquele blazer tinha vários bolsos internos. Apenas como medida de segurança, resolveu verificá-los.

Dentro do bolso interno direito havia uma pequena cavidade com um botão de segurança. Parecia vazia, mas Nell achou que percebera alguma coisa sob os dedos. Abriu o botão, enfiou a mão e tirou um pequeno envelope de papel pardo.

Dele, tirou uma chave de cofre de banco. Nela estava gravado o número 332.

71

Às 15 horas, Lisa Ryan recebeu um telefonema no trabalho que vinha tanto esperando quanto temendo.

O detetive Sclafani disse que ele e o detetive Brennan precisavam se encontrar com ela assim que chegasse em casa.

— Acabamos de nos encontrar com a Sra. MacDermott — disse Sclafani.

Lisa teve de atender a ligação na sala do gerente.

— Entendi — retrucou.

Virou-se de costas para não ver a curiosidade estampada nos olhos do chefe.

— Precisamos ter uma conversa franca — avisou Sclafani. — Sei que não foi possível na semana passada por causa da chegada das crianças.

— Uma amiga vai levar as crianças para jantar. Às 18h30 estaria bem?

— Está ótimo.

Aparentando uma leveza de espírito que na verdade não sentia, Lisa, de algum modo, conseguiu chegar ao fim do dia.

À chegada dos dois detetives, ela lhes abriu a porta e, gesticulando com uma xícara de café na mão, disse:

— Acabo de fazer café. Gostariam de tomar uma xícara?

Era um oferecimento meramente formal, mas Jack Sclafani aceitou embora não costumasse tomar café fora das refeições. Sentia que Lisa Ryan, apesar de tê-los acolhido cordialmente, estava inquieta e na defensiva. Era preciso fazer com que ela relaxasse, pois queria que ela os visse como amigos.

— Eu não ia aceitar, mas o seu café está cheirando muito bem — disse Brennan, sorrindo.

— Jimmy gostava do meu café — comentou Lisa enquanto pegava canecas na prateleira. — Dizia que tinha um toque mágico. Bobagem, é claro. Todo mundo faz café do mesmo jeito. Acho que era cisma dele.

Levaram as xícaras para a sala. Sclafani notou de imediato que a maquete da casa não estava mais sobre a mesa.

Lisa surpreendeu seu olhar.

— Eu a guardei. Era muito difícil ter que olhar aquilo toda vez que eu e as crianças estávamos nesta sala.

— Entendo.

Foi o que Kelly escreveu em seu diário que me levou a tirá-la, pensou.

Toda vez que olho para a casa dos sonhos da mamãe, me lembro do papai, que mostrava a maquete pra mim enquanto fazia. Ele dizia que era o nosso segredo, que era o presente que daria à mamãe no Natal. Nunca contei pra ninguém. Sinto tanta saudade do papai. Sinto falta de pensar em como seria bom morar nessa casa, principalmente no quarto que ele ia construir pra mim.

Havia outro segredo registrado no diário de Kelly que Lisa sabia que deveria contar aos dois detetives. Ela preferiu não esperar as perguntas que fariam.

— Acredito que os dois disseram que têm filhos — começou ela. — Se algo de ruim acontecesse aos senhores, acho que não gostariam que eles... aliás, que qualquer outra pessoa... os julgassem por um erro que foram forçados a cometer.

Ela encarou os detetives. Os olhos deles irradiavam compreensão. Lisa esperava que não estivessem fingindo e que não fosse apenas uma artimanha profissional para fazer com que ela acreditasse que compreendiam o que acontecera a Jimmy.

— Vou lhes contar tudo que sei — continuou ela —, mas imploro aos senhores que deixem o nome de Jimmy fora dessa investigação. As caixas com o dinheiro estavam lacradas. Até onde sei, alguém pediu a ele que as guardasse, e ele nunca sequer soube o que continham.

— Você não acredita nisso, Lisa — disse Jack Sclafani.

— Não sei *em que* acreditar. Tenho *certeza* de que se Jimmy soubesse alguma coisa sobre o uso de material de construção duvidoso em uma obra, capaz de provocar um trágico acidente, ele acabaria contando. E, como ele já não está aqui para se defender, é preciso que tudo fique esclarecido.

— Você disse à Sra. MacDermott que achou as caixas no arquivo de seu marido — disse Brennan.

— Sim. O arquivo fica no ateliê. Eu estava examinando seu conteúdo, à procura de documentos que talvez precisasse guardar, coisas como declarações de imposto de renda. — Esboçou um sorriso. — Cresci ouvindo a história de minha tia-avó que encontrou na escrivaninha do marido uma apólice de seguro de cuja existência nunca suspeitara. Valia 25 mil dólares, o que representava uma quantia e tanto na época.

Fez uma pausa e olhou para as próprias mãos, que se contorciam e retorciam em seu colo. Não achei uma apólice de seguro no subsolo. Em vez disso, encontrei essas caixas.

— E você não tem ideia da origem delas?

— Não. Mas acho que posso indicar quando foi que ele fez alguma coisa para obtê-las. Foi no último 9 de setembro.

— Como pode ter tanta certeza disso?

— Por causa do diário da minha filha. — A voz de Lisa falhou. Ela torcia as mãos. — Ah, meu Deus, o que foi que eu fiz? Tinha *jurado* a Kelly que jamais leria seu diário!

Ela vai se fechar como uma ostra outra vez, pensou Jack Sclafani.

— Lisa — disse ele —, tanto George quanto eu temos filhos. Assim como você, tampouco gostaríamos de magoá-los. Mas, por favor, diga-nos o que Kelly escreveu a propósito de 9 de setembro, e por que isso lhe parece importante. Prometo-lhe que, depois, a deixaremos em paz.

Pelo menos por algum tempo... George Brennan lançou um olhar de admiração para o colega. Jack fora perfeito. Ele se comportava quase como um irmão mais velho. Ainda por cima, era sincero.

Lisa manteve a cabeça baixa enquanto falava:

— Após ler o diário, me lembrei de que Jimmy chegara em casa tarde naquela quinta-feira, 9 de setembro. Ele estava trabalhando numa obra no West Side, perto da 100th Street. Acho que se tratava da reforma de um imóvel residencial. Durante sua ausência, recebi um telefonema de uma pessoa que queria falar com ele pessoalmente. Disse que era urgente. Chegou mesmo a perguntar se ele teria um celular. Jimmy não gostava dessas coisas. Pedi-lhe que deixasse um recado.

— Foi um homem ou uma mulher que telefonou?

— Um homem. Com voz baixa, nervosa.

Lisa se levantou e foi até a janela.

— O recado que ele deixou para Jimmy foi: "O trabalho foi cancelado." Tive tanto medo que isso significasse que Jimmy voltaria a ficar desempregado! Finalmente Jimmy chegou, por volta das 21h30, e eu lhe passei a informação. Ele pareceu transtornado.

— O que a senhora quer dizer com "transtornado"?

— Ele ficou mortalmente pálido e começou a transpirar. Em seguida, pressionou o peito. Por um momento, pensei que estivesse tendo um ataque cardíaco. Então ele recuperou o controle e disse que o proprietário pedira modificações que ele já tinha feito, e que era tarde demais para cancelá-las.

— Por que a senhora tem uma lembrança tão precisa desse episódio?

— Por causa do que Kelly anotou no diário dela. Naquele instante, acreditei que Jimmy estivesse apenas apavorado diante da ideia de perder o trabalho. Depois, não pensei mais nisso. Lembro que fui dormir uma hora depois que Jimmy chegou. Ele me disse que ia tomar uma cerveja e relaxar um pouco, e que iria para o quarto mais tarde. Kelly escreveu no diário que ela havia acordado e ouvido a televisão ligada. Desceu, porque estava dormindo quando o pai chegou em casa e queria lhe dizer boa-noite.

Lisa se dirigiu à escrivaninha e tirou uma folha de papel de uma gaveta.

— Está aqui o que copiei do diário dela, na data de 9 de setembro: "Sentei no colo do papai. Ele não falava nada. Via as notícias na televisão. E de repente começou a chorar. Eu quis ir chamar a mamãe, mas ele me impediu. Disse que já estava bem, que tinha ficado triste, e que isso ia ser um segredo entre nós. Disse que estava cansado e que o dia tinha sido difícil. Depois, me levou para a cama e foi para o banheiro. Ouvi quando vomitou, e pensei que ele estava com gripe ou coisa parecida."

Lisa dobrou e depois rasgou a folha que acabara de ler.

— Não tenho grande conhecimento de leis, mas sei que num tribunal isso não teria valor de prova. Se os senhores têm algum sentido de decência, não mencionarão isso publicamente. Mas suponho que os trabalhos aos quais Jimmy se referira como "tarde demais para serem cancelados" são o nó de toda essa questão de dinheiro e suborno. Acho que a reforma em que Jimmy trabalhava por ocasião do dia 9 de setembro merece uma fiscalização.

Os detetives foram embora alguns minutos depois. Já dentro do carro, Sclafani perguntou:

— Você está pensando o mesmo que eu?

— Pode apostar. Precisamos do registro de todas as notícias transmitidas pela televisão no fim da noite do dia 9 de setembro e verificar se alguma coisa relatada em uma delas pode estar ligada ao grande suborno recebido por Jimmy Ryan.

72

— A Sra. Nell MacDermott ao telefone, senhor.
— A voz da secretária tinha um tom de desculpa. — Eu disse a ela que no momento o senhor não podia atender, mas ela está insistindo. O que devo dizer?

Peter Lang arqueou uma sobrancelha e refletiu por um momento, olhando para Louis Graymore, seu consultor empresarial, sentado do outro lado da mesa, com quem vinha se encontrando.

— Vou atender.

A conversa com Nell foi rápida. Quando desligou, disse:

— Fiquei surpreso. Ela quer se encontrar comigo imediatamente. Como você interpreta isso, Lou?

— Na última vez que se encontraram, você não disse que ela praticamente o expulsou de lá? O que disse a ela?

— Disse-lhe para vir até aqui. Vai chegar dentro de uns vinte minutos.

— Quer que eu espere?

— Não acho que seja necessário.

— Eu poderia lembrar a ela, de uma forma gentil, que a sua família vem financiando as campanhas do avô dela desde a época em que nem você nem ela eram nascidos — sugeriu o advogado.

— Acho que não seria recomendável. Tentei usar uma tática gentil de dizer que me sentiria feliz em apoiar sua campanha caso ela se candidatasse ao lugar do avô. Nunca levei um fora tão rápido em minha vida.

Graymore se levantou. Grisalho e educado, tinha sido o principal consultor para assuntos imobiliários do pai de Lang, assim como do próprio Peter.

— Se é que posso lhe dar um conselho, Peter, você cometeu um erro tático quando foi pouco honesto quanto ao uso que pretendia dar ao imóvel Kaplan. — Fez uma pausa. — Há pessoas com quem uma fala mais direta funciona.

Lou pode ter razão, pensava Peter quando, pouco depois, a secretária conduziu Nell a seu escritório. Embora vestida informalmente, com uma jaqueta jeans e uma calça de brim, ela tinha um porte que denotava classe. Também a achou muito atraente, ao notar como fios soltos de cabelo emolduravam seu rosto.

Até as visitas mais sofisticadas costumavam comentar a vista espetacular e a decoração elegantíssima de seu escritório. Tinha a impressão, no entanto, de que Nell não percebera nada disso — a vista, a decoração, os caros objetos de arte nas paredes.

Com um aceno, indicou à secretária que deveria conduzir Nell até as cadeiras junto à janela que dava para o rio Hudson.

— Preciso falar com você — disse Nell abruptamente ao se sentar.

— É para isso que está aqui, não é? — disse ele sorrindo.

Nell balançou a cabeça com impaciência.

— Peter, não nos conhecemos direito, mas já nos encontramos várias vezes ao longo dos anos. No entanto, nada disso me interessa agora. O que *me* interessa é saber quão bem você conhecia meu marido e por que você mentiu para mim, no outro dia, sobre o uso real que pretendia dar à propriedade que Adam comprou dos Kaplan.

Lou acertara no alvo, pensou Peter Lang. Dissimulação não era a melhor maneira de lidar com essa mulher.

— Nell, deixe-me explicar. Encontrei Adam várias vezes quando ele trabalhava com Walters e Arsdale. Minha empresa esteve envolvida em projetos de construção com a deles por muitos anos.

— Você se consideraria amigo de Adam?

— Não. Francamente, não. Eu o conhecia. Ponto.

Nell aquiesceu.

— O que achava dele como arquiteto? O modo como você falou no outro dia dava a entender que o mundo tinha perdido um gênio.

Lang sorriu.

— Acho que não cheguei a *tanto*, cheguei? O que eu queria dizer era que não poderíamos usar o projeto dele no empreendimento Vandermeer. Para falar francamente, foi mera cortesia de minha parte lhe dizer que teríamos usado esse projeto se ele não tivesse morrido. Visto ele, obviamente, não lhe ter dito que estava fora do negócio, não vi razão em lhe dar essa notícia tão negativa após sua morte.

— Você também mentiu ao dizer que só queria a propriedade que agora me pertence como acréscimo paisagístico — disse Nell sem rodeios.

Sem responder, Lang se encaminhou para a parede e apertou um botão. Uma tela iluminada desceu do teto com uma vista panorâmica de Manhattan. Nela, prédios e projetos numerados e assinalados em azul marcavam a paisagem de norte a sul, de leste a oeste. Uma legenda em letras douradas, à direita, listava os nomes e os locais das várias propriedades.

— As marcadas em azul são as propriedades dos Lang em Manhattan, Nell. Como disse aos detetives, que só faltaram me acusar de ter colocado a bomba que explodiu o iate de Adam, eu tinha a intenção de adquirir a propriedade dos Kaplan porque agora temos um fantástico projeto que gostaríamos de implantar, mas que precisa de uma área de terreno complementar.

Nell se dirigiu para a ilustração indicada por ele, estudando-a minuciosamente. Então balançou a cabeça.

Peter Lang pressionou o botão que recolheu a tela.

— Você tinha toda a razão — disse ele calmamente. — Não fui sincero com você, e peço-lhe que me desculpe por isso. Gostaria de unir a propriedade dos Kaplan às terras dos Vandermeer porque foi praticamente naquele exato lugar que meu avô se estabeleceu ao chegar aqui como imigrante, aos 18 anos, tão logo deixou o navio vindo da Irlanda. Gostaria de mandar erguer uma torre magnífica para o prédio, que seria como que uma espécie de monumento às realizações de três gerações de Lang: meu avô, meu pai e eu. Para conseguir isso, nesse lugar específico, eu preciso do terreno dos Kaplan.

Olhou diretamente para ela.

— No entanto, se não puder obtê-lo, vou seguir em frente. Outra oportunidade surgirá nessa área, mais cedo ou mais tarde.

— Por que você mesmo não comprou a propriedade dos Kaplan?

— Porque não teria qualquer utilidade para mim, a menos que a propriedade Vandermeer deixasse de ser tombada, e isso aconteceu de forma totalmente inesperada.

— Então, por que acha que Adam a comprou?

— Ou era um homem de grande visão, ou houve uma indiscrição por parte de alguém da comissão do patrimônio histórico. Por falar nisso, não pense que isso não está sendo investigado.

— Percebi que a Torre Lang já estava no seu projeto. — Apontou para a parede onde estivera a tela. — Você devia ter muita certeza de que poderia construí-la naquele lugar.

— Tinha mais *esperança* do que certeza, Nell. Neste ramo de negócios sempre se parte do pressuposto de que se conseguirá aquilo que se busca. O que nem sempre acontece, é claro, mas as imobiliárias tendem a ser otimistas.

Nell tinha mais uma pergunta a fazer antes de ir embora.

— Você conhece alguém chamado Harry Reynolds? — Nell observou cuidadosamente Peter Lang, estudando sua reação.

Lang pareceu intrigado. Então, sua expressão se iluminou.

— Conheci um *Henry* Reynolds em Yale. Era professor de história medieval, mas morreu há dez anos. Ninguém o chamava de Harry. Por que você está perguntando?

Nell deu de ombros.

— Não é importante.

Ele a acompanhou até o elevador.

— Nell, o que você faz com sua propriedade é problema seu. Sou como um jogador de beisebol cujo sangue ferve na hora de rebater, mas que não fica se lamentando se joga para fora. Se pretende manter sua média de pontuação, comece imediatamente a pensar na jogada seguinte.

— Não foi essa a história que você contou no outro dia.

— Algumas coisas mudaram desde então. Não há pedaço de terra que valha ter a polícia no meu pé, como se eu fosse um criminoso. Veja bem, minha proposta de compra está na mesa. Para lhe mostrar minha disposição de negociar, considero-a retirada a partir de segunda-feira à noite.

Peter Lang, você *é* um mentiroso de mão-cheia, pensou Nell enquanto o elevador mergulhava da cobertura até o saguão. O tamanho de seu ego beira a loucura. Quanto à questão da propriedade, não acredito nem por um minuto que você desistiria dela. Para dizer a verdade, acho que você a deseja tanto que até dói. Mas isso não é importante, e nem foi realmente por isso que vim até aqui. Precisava de uma resposta e acho que a encontrei.

No recôndito de seu ser, Nell estava certa de que agora sabia tudo que precisava saber sobre Peter Lang. A sensação se assemelhava à certeza que sentira nas várias vezes que ouvira seus pais, já mortos, falarem com ela.

Ela estava sozinha no elevador. Enquanto descia, disse em voz alta:

— Lang, suas mãos *não* estão sujas de sangue.

73

Dan Minor queria muito e ao mesmo tempo temia ouvir sua secretária eletrônica ao fim do dia. Por alguma razão, o ato de ter procurado intensamente por sua mãe vinha acompanhado pelo sentimento de que, se seu paradeiro fosse descoberto, as notícias não seriam boas.

Ao chegar em casa, na quinta-feira, o recado que encontrara era de Mac: "Ligue para mim, Dan. É importante."

Pelo tom sombrio da voz de Cornelius MacDermott, Dan soube que a busca por Quinny tinha terminado.

Ele era um cirurgião cuja mão segurava os instrumentos mais delicados, alguém que, se cometesse um mínimo erro, poria em risco uma vida. Mas essa mesma mão tremeu ao discar para o escritório de Cornelius MacDermott.

Eram 16h45, exatamente a hora que Dan dissera a Mac que costumava voltar do hospital. Quando o telefone tocou, Mac não esperou que Liz lhe passasse a ligação. Ele mesmo atendeu.

— Ouvi seu recado, Mac.

— Não existe um modo fácil de lhe dizer isso, Dan. Você deve fazer a identificação do corpo amanhã de manhã, mas a foto que você me deu bate com a de uma sem-teto falecida em setembro passado. As características corporais coincidem. Presa por um alfinete no sutiã, trazia a mesma fotografia que você guarda.

Dan sentiu um nó se formar em sua garganta.

— O que houve com ela?

Cornelius MacDermott hesitou ligeiramente. Ele não precisa ficar sabendo de todos os detalhes agora, pensou.

— O lugar em que ela se achava pegou fogo. Ela morreu asfixiada.

— Asfixiada?

Meu Deus, pensou Dan, angustiado, ela não poderia ter sido poupada disso?

— Dan, sei o quanto isso é duro. Por que não nos encontramos para jantar?

Falar requeria esforço.

— Não, Mac — conseguiu dizer. — Acho que esta noite preciso ficar sozinho.

— Compreendo. Dan, ligue para mim amanhã às 9. Encontro você no instituto médico-legal. Tomaremos as providências necessárias.

— Onde é que ela está agora?

— Numa vala comum.

— Eles têm certeza do lugar em que puseram o corpo dela?
— Sim, e podemos providenciar para que seja exumado.
— Obrigado, Mac.

Dan repôs o fone no gancho, tirou a carteira, jogou-a sobre a mesinha de centro e se sentou no sofá. Da carteira, tirou a foto que carregava desde os 6 anos. Colocou-a em pé.

Minutos, uma hora, uma hora e meia se passaram e ele permanecia imóvel, esforçando-se para evocar cada uma das lembranças que tinha da mãe, mesmo as mais vagas.

Ah, Quinny, por que você teve que morrer assim?

E por que, mãe, você se culpou pelo que aconteceu comigo? Não foi sua culpa. Fui *eu* a criança idiota que causou o acidente.

Mas tudo acabou bem. Queria que pelo menos você soubesse disso, pensou.

A campainha tocou. Ele a ignorou. Tornou a tocar, dessa vez insistentemente.

Droga, me deixem em paz, pensou. Não estou a fim de beber com vizinhos.

Relutantemente, levantou-se, atravessou a sala e abriu a porta. Nell MacDermott estava parada ali.

— Mac me contou — disse ela. — Sinto muito, Dan.

Sem ter palavras, ele se afastou para que ela entrasse. Fechou a porta, abraçou-a e começou a chorar.

Sexta-feira, 23 de junho

74

Sexta-feira de manhã, um mensageiro saiu para apanhar as fitas gravadas com todas as notícias veiculadas pelos jornais da noite das seis principais emissoras de televisão da cidade de Nova York. Uma vez recolhidas, deveriam ser entregues na Promotoria pública.

Os detetives Sclafani e Brennan estavam aguardando o mensageiro, e, assim que ele chegou, levaram as fitas para análise técnica, no nono andar. Abrindo caminho por entre o labirinto de equipamentos e fios, separaram um aparelho de vídeo e uma televisão, levando-os para um canto. Brennan pegou cadeiras enquanto Sclafani punha a fita da CBS no aparelho.

— O show vai começar — disse ao parceiro. — Pegue a pipoca.

A notícia principal era a do incêndio que engolira a mansão tombada Vandermeer na 28th Street com a Seventh Avenue.

Dana Adams era a repórter da CBS enviada ao local para a transmissão ao vivo.

"A mansão Vandermeer, construída em uma das mais antigas e originais fazendas holandesas da cidade, e um prédio tombado que vinha resistindo desocupado havia oito anos foi envolvida pelas chamas esta noite. O incêndio, comunicado ao corpo de bombeiros local às 7h34, espalhou-se rapidamente pelo prédio, chegando, num dado momento, a encobrir o telhado. Avisados de que alguns sem-teto às vezes eram vistos dentro e fora das instalações, os bombeiros arriscaram a vida para vasculhar a estrutura. Tragicamente, num banheiro do andar de cima, encontraram o corpo de uma sem-teto que, aparentemente, morreu asfixiada pela fumaça. Acredita-se que ela tenha ateado o fogo que consumiu o prédio. Segundo relato das autoridades, foi feita uma primeira identificação, mas o nome da vítima não será divulgado até posterior confirmação e sem que o parente mais próximo seja localizado e notificado."

Ao fim da notícia, entraram os comerciais.

— A mansão Vendermeer! — exclamou Sclafani. — Ela pertence a Lang, não é?

— É. E Cauliff é dono da propriedade vizinha.

— O que significa que ambos iam faturar com esse incêndio.

— Exatamente.

— Tudo bem. Vamos ver o restante das fitas para verificar se existe alguma coisa que possa estar ligada ao belo suborno recebido por Jimmy Ryan.

Quase três horas depois, não tinham achado nenhuma história, em nenhuma das emissoras, que pudesse de algum modo dizer respeito a Jimmy Ryan. A destruição da velha mansão tinha sido amplamente noticiada por todas as emissoras de televisão.

Entregaram as fitas ao apoio técnico para que fossem copiadas por razões de segurança.

— E ponha em sequência os seis segmentos referentes à mansão Vandermeer — instruiu Sclafani ao técnico.

Voltaram para a sala de Sclafani para repassar o que tinham visto.

— O que temos aí? — perguntou Brennan.

— Coincidências, coisas que nós dois sabemos que é besteira, e a opinião de uma menina de 10 anos de que seu pai ficou aborrecido ao ver aquela transmissão. Talvez, após umas cervejinhas, o pai estivesse simplesmente lamentando sua pouca sorte.

— Lisa Ryan disse que a história contada por ele na ocasião foi a de que o telefonema de "cancelamento do trabalho" tinha a ver com serviços extras já executados.

— Isso é fácil de ser verificado, eu acho. — Brennan se levantou. — Já soubemos de casos de sem-teto que puseram fogo acidentalmente em prédios abandonados — disse pensativamente. — Com outras pessoas perdendo suas vidas por causa disso.

— Encare de um outro ângulo — sugeriu Sclafani. — Quando se tem notícia de que algum sem-teto invadiu um prédio que pega fogo, é fácil supor que o incêndio foi causado por ele.

— Acho que estamos ambos de acordo que já é hora de dar uma boa olhada no que exatamente aconteceu na mansão Vandermeer no dia 9 de setembro. — George Brennan pegou seu bloco de notas. — Vou começar a vascﾋlhar por essa ponta. Deixe-me ver. É a 28th Street, do lado leste da Seventh Avenue. A 13ª Delegacia deve ter o dossiê.

— Vou voltar à questão da chave de Winifred Johnson, a mulher da bolsa — disse Sclafani. — Precisamos encontrar o banco em que ela mantinha o tal cofre.

— A menos que seja tarde.

— A menos que seja tarde — concordou Sclafani. — Se um garoto de Wilmington de 8 anos estiver certo, alguém pulou do iate antes da explosão. Meu palpite, a partir de agora, é que a pessoa que ele viu foi Winifred Johnson. Caso em que, mesmo sem a chave, ela pode ter tido acesso ao cofre.

— Você se dá conta de que, neste exato momento, estamos seguindo pistas fornecidas por um menino de 8 anos com hipermetropia e uma garota de 10 anos que mantinha um diário? — disse Brennan com um suspiro. — Bem que minha mãe me avisou que haveria dias assim.

75

NA SEXTA-FEIRA DE MANHÃ, NELL LIGOU PARA A CASA DE repouso Old Woods Manor e pediu notícias da mãe de Winifred Johnson. Foi transferida para o posto de enfermagem no segundo andar.

— Ela está muito deprimida — disse-lhe a enfermeira. — Winifred era uma filha muito dedicada. Costumava vir visitá-la todos os sábados e, às vezes, também às noites, durante a semana.

Winifred, a filha fiel. Winifred, a nadadora. Winifred, a mulher da bolsa. Winifred, a amante de Harry Reynolds. Qual delas era *realmente* ela?, perguntou-se Nell, ou seria ela todas essas quatro pessoas? E estaria agora na América do Sul, ou em uma dessas ilhas do Caribe que não a extraditariam para os Estados Unidos ainda que as autoridades a localizassem lá?

— Há alguma coisa que eu possa fazer pela Sra. Johnson? — perguntou.

— Acho que o melhor que poderia fazer seria vir visitá-la — disse francamente a enfermeira. — Ela quer falar sobre a filha, e receio que os demais hóspedes daqui a estejam evitando. É do tipo que está sempre reclamando, sabe?

— Eu tinha pensado em fazer-lhe uma visita no próximo sábado — disse Nell. *Ela quer falar sobre a filha*, pensou. Será que a Sra. Johnson poderia me contar alguma coisa que levasse ao paradeiro de Winifred, presumindo-se que ela ainda esteja viva? — Mas vou hoje mesmo — prometeu. — Posso estar aí por volta do meio-dia.

Recolocou o fone no gancho e foi até a janela. Fazia uma manhã cinza e chuvosa, e, ao acordar, ficara na cama por muito tempo, de olhos fechados, repassando tudo que tinha acontecido nas duas últimas semanas.

Visualizara o rosto de Adam, recriando-o nos mínimos detalhes. Naquela última manhã não houvera o menor vestígio do sorriso que a cativara em seu primeiro encontro. Ele tinha estado agitado e nervoso, tão sôfrego para ir embora que saíra sem levar o blazer ou a pasta.

O blazer que continha a chave de depósito número 332.

Deveria entregar a chave aos detetives?, pensou Nell enquanto se dirigia ao banheiro e abria a torneira do chuveiro. Sei que deveria. *Mas não até que...* Não concluiu o pensamento.

Uma possibilidade, ao mesmo tempo grotesca e bizarra, vinha se formando em sua mente — uma possibilidade que, conservando a chave, ela estaria em condições de confirmar ou refutar.

A posse da segunda chave não vai mesmo fazer com que encontrem o banco mais depressa, raciocinou enquanto entrava na água fumegante.

Tinha quase confidenciado a Dan o que estava planejando e por que julgava isso necessário, mas a noite anterior não fora o momento adequado para isso. Foi o momento de permitir que ele desabafasse sua própria dor e tristeza. Em frases claudicantes e quebradas, ele lhe contara sobre o acidente que afastara sua mãe, sobre os longos meses no hospital em que ficara rezando para que a porta do quarto se abrisse e ele a visse ali. Depois, falara de como a dedicação dos avós o tinha ajudado a se curar, tanto física quanto emocionalmente.

Por fim ele dissera:

— Sei que assim que eu puder levar minha mãe para o jazigo da família, em Maryland, começarei a ter um sentimento de paz em relação a ela. Já não vou me levantar no meio da noite me perguntando se ela está perambulando pelas ruas, com frio, fome ou doente.

Eu lhe disse que acreditava sinceramente que as pessoas que amamos nunca nos deixam de verdade, pensou Nell enquanto o jato de água lhe escorria pelo rosto, e como minha mãe e meu pai vieram me dizer adeus.

Ele me perguntou se Adam dissera adeus do mesmo modo. Limitei-me a balançar a cabeça. Não queria falar sobre Adam ontem à noite.

Por volta das 22 horas, ela havia andado pela cozinha dele, procurando ingredientes para o jantar.

— Decididamente, você não é um desses solteiros com vocação de gourmet — dissera a ele com um sorriso.

Ela encontrara ovos, queijo e um tomate, e conseguira produzir uma omelete com torradas e café. Enquanto comiam, ele até brincara um pouco:

— Você consegue ficar invisível, Nell? Andei tentando descobrir como é que você conseguiu passar pelo meu porteiro.

Ele é pior do que um carcereiro. Quase exige uma amostra de sangue para deixar entrar alguém que não seja morador.

— Alguém no prédio estava dando uma festa. Juntei-me a um grupo de seis ou sete pessoas e, quando eles saltaram no quarto andar, disse ao ascensorista que ia visitar você. Ele me deixou aqui e indicou seu apartamento. Tive medo de que, se me fizesse anunciar, você não respondesse ao interfone ou não quisesse me receber.

— Bem, então sua premonição estava errada. Eu teria dito: "Suba, Nell, preciso de você." — Olhara firmemente para ela.

Era quase meia-noite quando Dan descera com ela e a pusera num táxi.

— Não vou poder me encontrar com Mac em Bellevue antes do meio-dia — dissera ele. — Estou escalado para algumas cirurgias na parte da manhã.

Quinze minutos mais tarde, quando Nell chegara em casa, havia um recado dele em sua secretária eletrônica:

"Nell, acho que não lhe agradeci por ter vindo ficar comigo hoje. Fez com que me sentisse como eu teria me sentido quando garoto se a porta do hospital tivesse se aberto e a linda mulher que eu amava estivesse lá. Sei que é muita ousadia de minha parte lhe falar assim, e prometo não voltar a fazer isso pelo menos pelos próximos seis meses. Tenho consciência de que você ficou viúva há apenas duas semanas. É que estou muito agradecido por você ter entrado em minha vida."

Ela tirara a fita da máquina e a guardara numa das gavetas da cômoda.

Nell tornou a pensar na fita ao sair do chuveiro nesta manhã, enxugar-se vigorosamente, secar o cabelo e vestir uma calça de gabardine azul-clara e uma camisa azul e branca de corte masculino.

Ficou tentada a ir até a gaveta, pegar a fita e ouvi-la de novo. Era pelo menos um sinal de um futuro que poderia ser mais feliz. Sabia, no entanto, que a sensação especial, quase mágica, que experimentara na noite anterior ao ouvi-la não se repetiria hoje.

Na verdade, estava um pouco temerosa pelo dia que teria pela frente. Sentia que algo terrível estava para acontecer. Soubera assim que abrira os olhos pela manhã, após um sono intermitente e cheio de sonhos. Havia uma catástrofe pairando no ar em torno dela, assim como a nuvem preta em espiral de um tornado fica suspensa no céu antes de tocar o chão e destruir tudo em seu caminho.

Ela percebia tudo isso, mas se sentia impotente para evitá-lo, fosse lá o que fosse. Ela era *parte* disso, um ator numa cena inevitável que precisava ser desempenhada, que não podia ser evitada. Por sua própria experiência ao longo dos anos, e também por influência de Gert, viera a compreender que o que estava sentindo era premonição.

Premonição: o conhecimento de um acontecimento futuro por meios extrassensoriais.

Gert lhe explicara isso. Tinha acontecido com ela algumas vezes.

Enquanto passava brilho nos lábios, Nell tentou argumentar consigo mesma. Achei que tinha sido premonição no outro dia, quando tive aquela sensação de calor, queimadura e falta de ar. Mas isso é o que a mãe de Dan devia estar sentindo enquanto morria sufocada naquele incêndio. Será que captei vibrações dela?

Só o tempo poderia dizer.

Mais uma vez, as perguntas que tinham assombrado seus sonhos durante a noite ecoaram em sua mente. Será que alguém pulou *efetivamente* do iate? Se alguém *efetivamente* escapou da explosão, teria sido Winifred? Ou talvez um assassino contratado que tivesse ficado escondido na casa de máquinas?

Ou teria sido Adam?

Era uma pergunta de cuja resposta ela precisava. E, se estivesse certa, sabia como encontrá-la.

76

Ao meio-dia, Dan Minor empurrou a porta do instituto médico-legal na 30th Street com a First Avenue. Mac o esperava na recepção.

— Desculpe pelo atraso — disse Dan.

— Você não está atrasado. Eu é que sempre chego cedo. Nell disse que esse é meu modo de ficar em posição vantajosa em relação às pessoas. — Apertou a mão de Dan. — Sinto demais que tenha acabado assim.

Dan fez que sim com a cabeça.

— Eu sei que sente, e agradeço sua ajuda.

— Nell ficou chocada quando contei a ela. Tenho certeza de que você terá notícias dela.

— Já tive. Ela foi lá em casa para me fazer companhia ontem à noite. — Os lábios de Dan esboçaram a sombra de um sorriso. — E após me informar de que eu não tinha praticamente nada no armário da cozinha, fez o jantar para mim.

— Parece mesmo coisa da Nell — disse Cornelius MacDermott. Fez um gesto indicando a porta após a recepção. —

Um funcionário lá dentro está com o dossiê da sua mãe pronto para que você o examine.

Tinham fotografado o rosto de Quinny e seu corpo nu. Tão magra, pensou Dan. Devia estar anêmica. Era nitidamente o mesmo rosto da fotografia envelhecida por computador, mas, na morte, pareceu-lhe ter recuperado certa tranquilidade. As maçãs do rosto salientes, o nariz estreito e os olhos grandes eram os da jovem mulher de que ele se lembrava.

— As únicas marcas características em seu corpo eram algumas cicatrizes na palma das mãos — disse o funcionário. — O legista que as examinou atribuiu-as a queimaduras.

— Faz sentido — confirmou Dan, a voz baixa e triste.

Havia uma cópia da fotografia que sempre carregava com ele.

— Onde foi parar o retrato? — perguntou.

— Está sendo guardado como prova. Está na sala de guardados da 10ª Delegacia.

— Prova! *Prova de quê?*

— Não é nada com que você deva se preocupar — disse Mac apaziguadoramente. — Ela com certeza não teve a intenção de incendiar aquele prédio, mas os peritos parecem achar que o dia 9 de setembro foi particularmente frio para aquela época do ano. Ao que tudo indica, Quinny jogou alguns restos na lareira, acendeu um fogo e subiu para o banheiro. A passagem de ar não estava aberta, e as coisas dela estavam muito próximas do fogo. Em poucos minutos o lugar se transformou num inferno.

— Minha mãe pode ter morrido nesse incêndio, mas ela não o desencadeou — disse Dan com firmeza. — E vou lhes dizer por quê. — Respirou fundo. — Melhor ainda, vou lhes *mostrar* por quê.

77

Nell estava quase na porta quando Gert telefonou.

— Nell, querida, você ainda pretende deixar essas caixas no bazar amanhã?

— Pretendo sim, não esqueci.

— Lembre-se de que, se precisar de ajuda para embalar as coisas, posso dar um pulo até aí.

— Obrigada, tia Gert, mas já estão embaladas e prontas para ir. Providenciei para que a empresa de transporte que costumo usar mande uma van. O motorista vai me ajudar a levar as caixas para o bazar e descarregá-las; portanto, está tudo bem.

Gert se desculpou com um sorriso, dizendo:

— Eu devia ter imaginado que você já estaria com tudo arranjado. Você é tão organizada!

— Não diga uma coisa dessas, pois acho que não é bem assim. Corri com isso apenas porque quero livrar este lugar de tantas lembranças.

— Ah, Nell, eu estava revendo algumas fotografias, selecionando as que iria colocar no meu novo álbum, e...

— Tia Gert, sinto muito, mas acho que está ficando tarde e preciso sair. Tenho que estar em White Plains em menos de uma hora.

— Ah, querida, me desculpe. Por favor, vá logo. Então nos vemos amanhã no bazar?

— Sem dúvida. O motorista vai chegar aqui às 10, portanto devo estar lá por volta das 10h30.

— Está ótimo, Nell. Até amanhã, querida.

Que Deus a abençoe, pensou Nell ao pôr o fone no gancho. As ações da companhia telefônica que tia Gert usa, seja ela qual for, vão cair uns vinte por cento quando ela morrer.

Antes de ir ao quarto da Sra. Johnson, Nell parou no posto de enfermagem no segundo andar.

— Sou Nell MacDermott e vim para ver a Sra. Johnson. Nos falamos esta manhã.

A enfermeira, uma mulher simpática de cabelos grisalhos, se levantou.

— Disse a ela que a senhora viria, Sra. MacDermott. Achei que isso iria animá-la, o que de fato aconteceu, mas por pouco tempo. Depois disso, ela recebeu um telefonema do proprietário de seu apartamento. Parece que ele quer que ela retire toda a mobília de lá, e isso a perturbou muito. Receio que a senhora vá levar o que sobrar.

Ao seguirem pelo corredor, passaram por uma pequena sala de refeições com três mesas ocupadas.

— Temos a sala de jantar principal lá embaixo, mas algumas pessoas acham mais aconchegante tomar o café da manhã e almoçar em seus próprios andares, e tentamos satisfazê-las — disse a enfermeira.

— Pelo que pude ver, não há quase nada que vocês não façam pelos moradores aqui — observou Nell.

— Só falhamos em uma coisa: não conseguimos fazer com que sejam felizes. E, infelizmente, é disso que eles mais precisam. São idosos e sofrem. Sentem falta de seus maridos, mulheres, filhos ou amigos. Alguns se adaptam muito bem à vida aqui. Outros não; e é doloroso vê-los sofrer. Como se costuma dizer: "Com a velhice, tudo se acentua." Constatamos que as pessoas que foram otimistas ao longo da vida têm mais probabilidade de se sentir bem.

Estavam quase chegando no quarto da Sra. Johnson.

— Imagino que a Sra. Johnson não tenha se adaptado muito bem — disse Nell.

— Ela sabe que isto é o melhor que pode ter, mas, como qualquer outra pessoa, preferiria estar em sua própria casa e, no caso dela, dando as cartas. Tenho certeza de que você vai ouvir tudo isso.

Pararam diante da porta entreaberta que dava para o apartamento da Sra. Johnson. A enfermeira bateu.

— Visita, Sra. Johnson.

Sem esperar resposta, abriu a porta, e Nell entrou com ela.

Rhoda Johnson estava na cama, recostada em travesseiros, com um xale sobre os ombros.

Quando entraram, ela abriu os olhos.

— Nell MacDermott? — perguntou.

— Sim.

Nell estava chocada de ver como a mulher se modificara visivelmente desde sua última visita.

— Quero que me faça um favor. Winifred costumava trazer um bolo de café para mim da padaria do shopping que fica a pouco mais de 1 quilômetro daqui. Será que você poderia trazer um para mim hoje? Não aguento a comida daqui. Não tem gosto de nada.

Ah, meu Deus, pensou Nell.

— Com o maior prazer, Sra. Johnson.

— Aproveite a visita — disse a enfermeira alegremente.

Nell pegou uma cadeira e se sentou ao lado da cama.

— A senhora não está se sentindo muito bem hoje, não é, Sra. Johnson?

— Estou bem. As pessoas por aqui não são muito simpáticas. Elas sabem que não tenho dinheiro, por isso me ignoram.

— Não sei não. A enfermeira que estava comigo agora mesmo foi quem sugeriu que viesse visitá-la hoje porque a senhora estava se sentindo um pouco deprimida. E a mulher que me trouxe até aqui na semana passada também me pareceu gostar muito da senhora.

— Elas são boas. Mas lhe garanto que o pessoal do serviço de quarto e da limpeza, esse tipo de gente, definitivamente não me trata do mesmo modo desde que Winifred parou de lhes molhar a mão com notas de 20 dólares.

— Quanta generosidade dela!

— Dinheiro jogado fora, no fim. Você não acha que, agora que ela se foi, eles deveriam demonstrar um mínimo de solidariedade? — Rhoda Johnson começou a chorar. — Sempre foi assim... As pessoas gostam de se aproveitar. Morei 42 *anos* naquele apartamento, e agora o proprietário quer que eu saia em duas *semanas*. Tenho roupas nos armários. Toda a louça fina da minha mãe está lá. Você acredita que em todos esses anos eu nunca quebrei uma xícara sequer?

— Sra. Johnson, deixe-me apenas perguntar uma coisinha à enfermeira — disse Nell. — Volto já.

Voltou em menos de cinco minutos.

— Boas notícias — disse ela. — Exatamente como eu esperava. A senhora tem permissão para trazer sua mobília para cá, se é o que deseja. Por que não combinamos de ir juntas ao seu apartamento na semana que vem, para que a senhora possa selecionar suas coisas prediletas para trazer para cá? Providenciarei para que sejam transportadas.

Rhoda Johnson olhou para ela com suspeita.

— Por que está fazendo isso?

— Porque a senhora perdeu sua filha, e eu lamento muito — disse Nell. — E se ter suas coisas prediletas com a senhora pode lhe trazer algum conforto, eu gostaria de lhe propiciar isso.

— Talvez você ache que está em débito comigo porque Winifred estava no barco de seu marido. Se tivesse ficado na Walters & Arsdale, ela teria ido direto para casa após o trabalho e estaria viva agora! — O rosto de Rhoda Johnson se desfez à medida que lágrimas rolavam de seus olhos. — Sinto tanta falta de Winifred! Ela nunca deixou de vir me ver aos sábados. Nem uma só vez! Nem sempre conseguia vir à noite durante a semana, mas sábado era nosso dia de encontro, sempre. A última vez que a vi foi na noite anterior à sua morte.

— Isso deve ter sido na quinta à noite, duas semanas atrás — disse Nell. — Foi um encontro agradável?

— Ela estava um pouco aborrecida. Disse que queria ter passado no banco, mas que chegara lá muito tarde.

O instinto fez com que Nell perguntasse:

— A senhora se lembra a que horas ela chegou aqui naquela noite?

— Ainda não era noite propriamente. Foi quinta-feira à tardinha, pouco depois das 17h. Eu me lembro porque estava lanchando quando ela chegou, e eu sempre lancho às 17h.

Os bancos fecham às 17 horas, pensou Nell. Winifred teve tempo de sobra para chegar a um banco em Manhattan antes de vir para White Plains. Devia estar usando um banco aqui perto.

Rhoda Johnson enxugou os olhos com as costas das mãos.

— Eu não deveria ficar assim. Sei que não vou viver por muito tempo. Meu coração não podia estar pior, mas não para. Eu sempre perguntava a Winifred o que ela faria se alguma coisa me acontecesse. Sabe o que ela sempre respondia?

Nell esperou.

— Dizia que deixaria o emprego e se enfiaria no primeiro avião sabe Deus para onde. Acho que era uma brincadeira dela — suspirou. — Eu não deveria prendê-la aqui, Nell. Você me fez muito bem vindo aqui. Mas você *prometeu* me trazer um bolo de café hoje, não foi?

A padaria ficava num shopping, a cerca de dez minutos de carro da casa de repouso. Nell comprou o bolo de café e ficou por uns instantes de pé, do lado de fora, na calçada da padaria. A chuva tinha cessado, mas o céu continuava carregado. Podia ver um grande banco que fazia ângulo, à direita, com o shopping. Tinha sua própria entrada circular e um estacionamento privativo. Por que não?, pensou Nell enquanto se dirigia para o carro. É um bom lugar para se começar.

Dirigiu até lá, estacionou e entrou. Um guichê no fundo tinha uma placa de metal no balcão com os dizeres: COFRES.

Nell foi até o balcão e abriu a bolsa a tiracolo. Tirou a carteira e, dela, o pequeno envelope pardo que achara no bolso interno do blazer de Adam.

Abriu-o e deixou que a chave deslizasse sobre o balcão. Antes mesmo que chegasse a perguntar se a chave era de algum cofre daquele banco, o gerente sorriu e lhe deu um cartão de assinaturas para preencher.

— Gostaria de falar com o gerente — disse Nell calmamente.

Arlene Barron, a gerente, era uma linda afro-americana de 40 e poucos anos.

— Esta chave está vinculada a uma investigação criminal em curso — explicou Nell. — Preciso ligar para a Promotoria de Manhattan imediatamente.

Disseram-lhe que tanto Sclafani quanto Brennan não estavam, mas que não deviam demorar. Ela deixou o recado de que encontrara o local do cofre que tinha a chave número 332. E deu o nome de Barron e seu número de telefone.

— Com certeza eles virão aqui com um mandado de busca hoje mesmo, talvez até antes que o banco feche — disse Nell.

— Compreendo.

— Seria uma violação à segurança me dizer em nome de quem o cofre está alugado?

Barron hesitou.

— Não sei se...

Nell a interrompeu:

— Está alugado apenas no nome de uma mulher ou tem como cossignatário Harry Reynolds?

— Eu não deveria divulgar essa informação — disse Arlene Barron enquanto, com um aceno de cabeça quase imperceptível, confirmava.

— Foi o que pensei. — Nell se levantou para ir embora. — Por favor, diga-me mais uma coisa. O cofre foi aberto desde 9 de junho?

— Não mantemos esse tipo de registro.

— Então, se alguém tentar abrir esse cofre antes que a polícia chegue, você precisa impedi-los. Se não limparam o cofre, é possível que contenha provas cruciais de um múltiplo homicídio.

Já estava na porta quando Arlene Barron a chamou.

— Sra. MacDermott, a senhora esqueceu seu pacote.

O pacote com o bolo de café estava no chão, junto à cadeira em que estivera sentada.

— Obrigada. Nem me dei conta de que o tinha trazido para o banco comigo — disse Nell. — Preciso entregá-lo a uma senhora numa casa de repouso. Que Deus a ajude. Ela fez por merecer cada pedacinho dele.

78

Quando Sclafani e Brennan chegaram à 13ª Delegacia, encontraram Mac e Dan Minor lá.

— Olhe só quem está no balcão — sussurrou Brennan para o parceiro. — O deputado MacDermott. Gostaria de saber o que ele quer.

— Há uma ótima maneira de descobrir. — Sclafani caminhou com largas passadas em direção ao balcão. — Olá, Rich — disse, cumprimentando o sargento. Então, com um sorriso expansivo, virou-se para Cornelius MacDermott. — Prazer em vê-lo, senhor. Sou o detetive Sclafani. O detetive Brennan e eu temos mantido contato constante com sua neta desde a tragédia do iate. Ela tem nos ajudado muito.

— Nell não me falou nada sobre vocês, mas isso não me surpreenderia — comentou Mac. — Eu a criei para que fosse independente, e acho que fui um professor excepcional. — Fez uma pausa para apertar a mão de Sclafani. — Estou aqui por um motivo inteiramente distinto. O Dr. Minor aqui precisa de informação com respeito à morte de sua mãe.

Brennan se uniu a eles.

— Lamento muito, doutor — disse a Dan. — Foi recente?

Mac respondeu por Dan:

— Foi há nove meses. A mãe de Dan era uma mulher perturbada a quem ele vinha procurando havia muito tempo. Ela morreu asfixiada no incêndio da mansão Vandermeer, em 9 de setembro último.

Os dois detetives se entreolharam. Dez minutos mais tarde os quatro homens se achavam sentados em torno de uma mesa comprida na sala de reuniões da delegacia. O capitão John Murphy, oficial de plantão, se juntara a eles. O dossiê e a caixa com os objetos pessoais da mãe de Dan Minor estavam sobre a mesa.

O capitão Murphy destacou as informações mais relevantes do dossiê.

— Foi identificada uma fumaça vinda do andar de baixo da mansão Vandermeer às 19h34, e foi dado o alarme. Quando a primeira equipe de bombeiros chegou, cerca de quatro minutos e meio depois, a maior parte do prédio fora engolida pelas chamas. Aparentemente, o fogo se propagou através do poço de um pequeno elevador de carga, o que fez com que se espalhasse rapidamente até o telhado. Apesar do perigo, quatro bombeiros da cidade de Nova York, presos por um cabo, exploraram os primeiros dois andares, que estavam quase inteiramente comprometidos. O carro especial com ganchos e escadas trouxe mais gente para vasculhar o terceiro e o quarto andares. Acharam o corpo de uma caucasiana adulta no banheiro do quarto andar. Ela tinha se refugiado na banheira, cobrindo o rosto com um pano molhado. Foi retirada antes que o fogo atingisse aquele andar. Apesar das intensas tentativas de reanimá-la, ela não reagiu e foi declarada morta às 21h30. Causa da morte: asfixia devido a inalação de fumaça.

O capitão olhou para Dan, que ouvia atentamente, de olhos baixos, as mãos dobradas sobre a mesa.

— Talvez sirva de consolo saber que o fogo não chegou a atingi-la. Morreu por causa do intenso calor e da fumaça.

— Eu lhe fico agradecido — disse Dan —, mas o que preciso saber é por que ela vem sendo considerada responsável por ter ateado o fogo.

— O incêndio começou no que foi um dia a biblioteca, no primeiro andar. A janela daquele aposento explodiu rapidamente, e alguns papéis foram parar na rua, incluindo um cartão de serviços humanitários ou programa de sopa, como o chamamos. Foi essa a razão de sua mãe ter sido, durante algum tempo, identificada erroneamente. Acabou que o cartão pertencia a outra sem-teto, que se queixara de que suas sacolas tinham sido roubadas horas antes.

— O senhor está dizendo que havia *outra* sem-teto no edifício?

— Não temos motivos para pensar assim. Estamos certos de que não havia outra vítima, e vestígios de comida e um travesseiro de rolo foram encontrados na biblioteca. Acreditamos que sua mãe estava vivendo na mansão Vandermeer, tenha começado o fogo acidentalmente, talvez enquanto estivesse tentando preparar alguma coisa para jantar, e então tenha subido para ir ao banheiro. Era o único que ainda estava funcionando. Ficou presa lá. Se é que *tentou* escapar, a fumaça era tão densa que ela provavelmente não conseguiria encontrar a escada.

— Agora deixem-me lhes dizer uma coisa sobre minha mãe — falou Dan. — Ela tinha um medo patológico de fogo, particularmente, talvez, de fogo numa lareira aberta. Não há *chance* de que ela tenha acendido o fogo em uma lareira.

Ele percebeu o olhar de polida descrença na fisionomia do capitão Murphy e dos detetives.

— Meu pai abandonou minha mãe quando eu tinha 3 anos. Ela entrou num estado de depressão clínica que a levou a beber contínua e pesadamente. Ela controlava o vício durante o dia, mas depois que eu ia para a cama, ela costumava beber até entrar em estado de torpor.

A voz de Dan falhou.

— Lembro que, quando criança, eu costumava me preocupar com ela. Eu acordava e descia a escada nas pontas dos pés, agarrado ao meu cobertor. Invariavelmente a encontrava adormecida no sofá, com uma garrafa vazia ao lado. Nessa época ela adorava uma lareira, e costumava ler para mim naquele sofá, ao lado da lareira, antes que eu fosse para a cama. Uma noite, ao descer para ver como ela estava, encontrei-a desmaiada no chão, bem diante do fogo. Sacudi o cobertor para cobri-la, e parte dele bateu nas chamas. Ao tentar puxá-lo, a manga do meu pijama pegou fogo.

Ele se levantou, tirou o paletó e desabotoou a manga da camisa.

— Eu quase perdi este braço — disse ao arregaçar a manga. — Passei quase um ano no hospital, submetendo-me a uma série de enxertos de pele, e depois mais um período para aprender a usar o braço novamente. A dor era terrível. Minha mãe se sentiu tão culpada e apavorada por ter que enfrentar possíveis acusações de negligência que um dia, após uma noite inteira à cabeceira do meu leito no hospital, ela foi embora e nunca mais voltou. Não suportou ver o que me acontecera.

"Não tínhamos ideia de onde ela estava, até sete anos atrás, quando a vimos num documentário na televisão sobre os sem-teto em Nova York. Um detetive particular contratado por nós falou com algumas pessoas em abrigos daqui que a conheciam. Todos contavam histórias diferentes sobre ela, mas havia um ponto em relação ao qual estavam de acordo: ela entrava em pânico ao avistar chamas."

O braço esquerdo de Dan era uma massa sólida de carne marcada por cicatrizes. Ele flexionou a mão e estendeu o braço.

— Levou muito tempo para que recuperasse o movimento e o controle — disse. — Não é uma coisa bonita de se ver, mas a bondade daqueles médicos e enfermeiras quando eu era criança é a razão pela qual, hoje, sou um ótimo cirurgião pediátrico, responsável por uma unidade de queimados.

Estendeu a manga da camisa e abotoou-a.

— Há poucos meses, encontrei uma mulher chamada Lilly, que conhecia bem minha mãe. Falamos muito sobre ela. Lilly também mencionou o medo de fogo que minha mãe sentia.

— O senhor apresenta um caso bem consistente, doutor — disse Jack Sclafani calmamente. — É muito possível que Karen Renfrew, a mulher que se queixou de que seu cartão de sopa tinha sido roubado, tenha sido a pessoa que efetivamente deu início ao incêndio. A mansão era muito grande. Ela pode nem sequer ter percebido que sua mãe também estava lá dentro.

— Acho que é bem possível. Pelo que entendi, quando estava em um de seus humores depressivos, minha mãe procurava achar um lugar onde ficasse completamente sozinha.

Dan vestiu o paletó.

— Não pude salvar minha mãe dela mesma — disse —, mas posso salvar sua reputação. Quero o nome dela retirado da relação de suspeitos de ter provocado aquele incêndio.

O telefone tocou.

— Eu disse a eles que não passassem as chamadas — murmurou o capitão ao atender. Ouviu. — É para você, Jack.

Sclafani pegou o fone.

— Sclafani — disparou.

Ao desligar, olhou para Brennan.

— Nell MacDermott deixou um recado há pouco mais de uma hora. Ela achou o banco. Fica em Westchester, perto da casa de repouso em que a mãe de Winifred Johnson está morando. Ela disse a eles que apareceríamos por lá com um mandado de busca. — Fez uma pausa. — Há uma outra coisa. Telefonei para Dakota do Norte esta manhã para saber o que está retendo nosso cara. Ele acabou de atender a chamada e deixou um recado. Ele compilou um dossiê completo sobre Adam Cauliff e vai enviá-lo agora, por fax.

— Do que vocês estão falando? — perguntou Mac. — O que Nell está planejando, e por que vocês estão investigando Adam Cauliff?

— Como disse anteriormente, sua neta tem sido de grande ajuda em nossa investigação, senhor — respondeu Sclafani. — Quanto ao marido dela, nosso contato em Dakota do Norte tem andado desencavando seus antecedentes. Ao que tudo indica, obteve informações muito perturbadoras. Há coisas sobre Adam Cauliff que ele claramente não queria que o senhor nem sua neta ficassem sabendo.

79

A CHUVA VOLTOU A CAIR ENQUANTO NELL DIRIGIA DE volta para a cidade — uma chuva torrencial que golpeava ferozmente o para-brisa.

As luzes do freio do carro adiante dela piscavam, intercaladas por uma luz vermelha mais brilhante e prolongada, à medida que a velocidade do fluxo de carros diminuía até quase parar completamente.

Nell levou um susto quando um pequeno acidente à sua esquerda fez com que um carro invadisse sua pista, ficando a apenas alguns centímetros de distância, a ponto de ela poder literalmente ter tocado a porta do outro automóvel.

Sua mente vinha procurando acompanhar os acontecimentos da manhã, mas nesse momento forçou-se a se concentrar apenas em dirigir.

Só após entrar na garagem do prédio e estacionar ela se permitiu absorver o pleno impacto do que tinha chegado a seu conhecimento.

Winifred dividira um cofre com Harry Reynolds.

Adam tinha uma chave desse cofre.

Ela não tinha conseguido perceber o sentido disso, mas havia uma boa probabilidade de que Adam *fosse* "Harry Reynolds".

— A senhora está bem, Sra. MacDermott? — Manuel, o ascensorista, olhou-a com solicitude.

— Estou, obrigada; apenas um pouco abalada. O trânsito está um pouco difícil lá fora.

Eram quase 15 horas quando ela abriu a porta de seu apartamento e entrou.

Refúgio! Agora ela estava louca para se livrar das coisas de Adam. Independentemente do que ainda viesse a ficar sabendo, ele e Winifred deviam ter tido algum tipo de relação secreta. Pode ter sido um relacionamento estritamente profissional, envolvendo negócios desonestos. Pode ser que ele a tenha feito pensar que se tratava de uma relação amorosa. Embora Nell ainda não estivesse preparada para acreditar nisso, podia ser que fosse verdade. Não importava qual fosse a resposta, ela não queria deixar nada que lembrasse a presença de Adam no apartamento.

Eu me apaixonei pelo amor...

Nunca mais faço isso!, Nell jurou a si mesma.

Você nunca vai precisar cometer esse erro novamente, pensou ela.

O sinal luminoso em sua secretária eletrônica indicava que havia recados. O primeiro era de seu avô: "Nell, Dan e eu estivemos nos inteirando da investigação da morte da mãe dele. Por acaso, cruzamos com os inspetores Sclafani e Brennan. Você deixou um recado para eles, e agora eles parecem ter alguma informação sobre Adam. Temo que sejam informações desagradáveis. Eles vão estar em meu escritório por volta das 17 horas. Dan também vai. Dê um jeito de se juntar a nós."

Em seguida havia uma mensagem de Dan: "Nell, estou preocupado com você. Estou levando meu celular. Por favor, me ligue assim que puder. O número é 917-555-1285." Ela estava quase desligando o aparelho quando sua voz voltou: "Nell, vou dizer mais uma vez. Preciso de você."

Nell sorriu pensativamente enquanto apagava os recados. Foi até a cozinha e abriu a geladeira. *Que audácia a minha dizer que ele tinha uma cozinha muito mal abastecida*, pensou, ao olhar o parco conteúdo dentro dela.

Não estou com fome, mas *quero* alguma coisa. Contentou-se com uma maçã, e, ao mordê-la, a lembrança de uma antiga aula de história lhe ocorreu. Ana Bolena, a caminho do cadafalso, tinha pedido — ou comido — uma maçã.

Qual das duas coisas? Por alguma razão, subitamente pareceu-lhe importante saber a resposta.

Tomara que tia Gert esteja em casa, rezou Nell ao pegar o telefone.

Felizmente, Gert atendeu ao primeiro toque:

— Nell, querida, estou tendo um daqueles dias que eu adoro. Estou pondo fotos no álbum: aquelas que tirei do meu grupo de parapsicologia nas festas que dei. Você sabe que Raoul Cumberland, hoje tão popular na televisão, esteve em minha casa há quatro anos? Tinha me esquecido disso. E...

— Tia Gert, detesto ter que interrompê-la, mas tive um dia de louco — disse Nell. — Preciso lhe perguntar uma coisa. Estou levando cinco caixas de roupas amanhã. Vai dar muito trabalho desembalar, separar e pendurar. Gostaria de despachar o motorista e ficar com você para ajudá-la.

— É muito gentil de sua parte. — Gert riu nervosamente. — Mas não vai ser necessário, querida. — Tornou a rir. — Uma outra pessoa se ofereceu para ajudar, mas prometi a ela que não contaria a ninguém. Ela simplesmente não quer, de modo algum, se envolver com a vida pessoal de suas clientes, muito embora...

— Tia Gert, Bonnie Wilson já me contou que ia se oferecer para receber doações no bazar.

— *Contou?* — perguntou Gert, um misto de alívio e surpresa na voz. — Não é gentil da parte dela?

— Não diga a Bonnie que vou estar lá também — preveniu Nell. — Até amanhã.

— Vou levar meu álbum — prometeu Gert.

80

Karen Renfrew gostava de se sentar no Central Park, num banco próximo à Tavern on the Green. Com seus trastes a sua volta, ela apreciava o sol, as idas e vindas dos patinadores, as pessoas que faziam jogging, as babás empurrando os carrinhos, os turistas. Gostava especialmente dos turistas, embasbacados diante desse espetáculo.

O espetáculo de *sua* cidade. *Sua* Nova York. A melhor cidade do mundo.

Karen ficara internada num hospital durante algum tempo, após a morte de sua mãe. "Para avaliação", tinham dito. Depois permitiram que se fosse. A proprietária não a quis de volta. "Você só traz encrenca", disse. "Você e todo esse lixo que junta."

Mas não *era* lixo. Eram as coisas dela. Suas coisas faziam com que se sentisse bem. Suas coisas eram amigas. Cada sacola em seus dois carrinhos — o que ela empurrava e o que ela puxava — era importante para ela. Assim como cada uma das coisas dentro daquelas sacolas.

Karen amava suas coisas, seu parque, sua cidade. Hoje, no entanto, não era um de seus dias favoritos. Hoje quase não havia ninguém no parque. Chovia demais. Karen tirou uma coberta de plástico e a colocou sobre si mesma e os carrinhos. Sabia que, quando os policiais passassem por ali, provavelmente a expulsariam. Mas, até que isso acontecesse, ela aproveitaria o parque.

Gostava dele até mesmo na chuva. Na verdade, *gostava*, de fato, da chuva. Era limpa e amiga. Mesmo quando caía com tanta força quanto essa.

— Karen, queremos falar com você.

Ela ouviu uma voz rude, masculina, e olhou por baixo de seu plástico.

Havia um policial de pé, ao lado de seus carrinhos. Provavelmente ia gritar com ela por se recusar a ir para o abrigo. Ou, pior ainda, ia obrigá-la a viver numa daquelas baiucas, com todos aqueles doidos horríveis.

— O que você quer? — perguntou com raiva, mas ela sabia. Ia ter de ir com ele.

O policial não era mau, como alguns deles. Até a ajudou com suas coisas. Ao alcançarem a rua, ele ergueu um dos carrinhos, colocando-o em sua van.

— Pare com isso! — gritou ela. — Essas coisas são minhas. Não toque nelas!

— Sei que são, Karen, mas precisamos lhe fazer umas perguntas lá na delegacia. Assim que tivermos acabado, prometo trazê-la de volta com todas as suas coisas para cá ou deixá-la em qualquer outro lugar que deseje. Confie em mim, Karen.

— E eu tenho escolha? — perguntou Karen amargamente, enquanto vigiava para ter certeza de que o policial não deixaria cair nenhum de seus preciosos pertences.

81

Nell discou o número de Bonnie Wilson. Ao quarto toque, a secretária eletrônica atendeu:

"Se deseja marcar uma hora com a internacionalmente famosa médium Bonnie Wilson, por favor deixe seu nome e número de telefone", disse uma voz de tom metálico.

— Bonnie, é Nell MacDermott. Não quero incomodá-la, mas acho que é muito importante tornar a vê-la. Não sei se é possível, mas acha que pode me pôr em contato com Adam novamente? É urgente que eu fale com ele. Há uma coisa que simplesmente preciso saber. Estarei em casa, aguardando seu telefonema.

O telefone tocou quase uma hora depois. Era Bonnie.

— Nell, desculpe por não ter ligado antes, mas acabo de ouvir seu recado. Estava com uma de minhas novas clientes. Mas é claro que você pode vir imediatamente. Não sei se vou conseguir entrar em contato com Adam, mas vou tentar. Farei o melhor possível.

— Tenho certeza que sim — concordou Nell, a voz cuidadosamente neutra.

82

Jack Sclafani e George Brennan trouxeram sanduíches da delicatéssen e os deixaram no escritório. Antes que pudessem parar para almoçar, precisavam providenciar algumas coisas. Primeiro, telefonaram para o gerente da sucursal do

Westchester Exchange Bank. Depois disso, foram até um juiz pedir um mandado de busca para o cofre 332 naquele banco. Finalmente, solicitaram ao promotor público que atribuísse a missão de abrir o cofre a outros integrantes de sua equipe.

Estavam ansiosos por saber o que poderia estar à espreita naquele cofre, mas também não queriam estar fora da delegacia se Karen Renfrew, a sem-teto cujo cartão que dava direito à sopa fora encontrado na mansão Vandermeer na noite do incêndio, tivesse sido localizada. Se a trouxessem, queriam estar por perto para interrogá-la.

Eram 15 horas quando conseguiram comer os sanduíches. Sentados na sala de Jack, enquanto comiam eles começaram a ler o relatório minucioso sobre Adam Cauliff que viera de Dakota do Norte.

— Precisamos dizer ao promotor para contratar esse cara em Bismarck — observou Sclafani. — Ele desencavou mais sujeira em alguns poucos dias do que a maioria dos colunistas de fofocas desencavam ao longo de uma vida.

— E material bem perturbador — comentou Brennan.

— De um lar desfeito. Uma ficha com infrações cometidas na juventude, mas que foi limpa. Vejamos o que continha. Furtos em lojas, pequenos roubos. Interrogado sobre a morte de um tio quando tinha 17 anos sem que queixas fossem registradas. A mãe de Cauliff herdou um monte de dinheiro do tio. Foi o bilhete de entrada de Cauliff na universidade.

— Como nosso informante obteve todo esse material?

— Bom trabalho investigativo. Entrou em contato com um xerife aposentado dotado de extensa memória. Encontrou um professor na faculdade que não teve medo de se pronunciar. Continue a ler.

— Mentiroso inveterado. Contador de vantagens. Acredita-se que tenha obtido antecipadamente informações sobre os exames finais. Falsificou cartas de referência para seu primeiro emprego em Bismarck. O patrão permitiu que ele pedisse demissão. No segundo emprego, envolveu-se com a mulher do proprietário. Despedido. Em outro emprego, ficou sob suspeita de ter vendido informações de propostas sigilosas a empresas rivais.

— O relatório conclui, e eu cito — leu Sclafani: — "Seu último empregador em Bismarck disse que Adam Cauliff acreditava piamente que tinha direito a qualquer coisa que desejasse, fosse uma mulher ou um simples objeto. Mostrei este dossiê a um amigo, que é psiquiatra. Com base nas informações que lhe dei, ele conclui que Adam Cauliff sofre de um grave distúrbio de personalidade e é provavelmente um sociopata consumado. Como grande número de pessoas assim, pode ser muito inteligente e ter aparência bastante sedutora. De um modo geral, seu comportamento é aceitável, talvez até impecável. Mas se os acontecimentos se voltam contra ele, então fará qualquer coisa para atingir seus objetivos. *Qualquer coisa*. Parece nutrir um total desprezo pelo código social normal, com o qual está em conflito, que rege a vida da maioria das pessoas."

— Uau! — exclamou Brennan após a leitura completa do relatório. — Como é que uma mulher como Nell MacDermott se envolveu com um tipo desses?

— Como é que tantas mulheres inteligentes se envolvem com tipos como esse? Vou lhe dizer o que acho — respondeu Sclafani. — Porque, se você mesmo não é um mentiroso, você precisa se queimar pelo menos uma vez antes de compreender que os Adam Cauliffs deste mundo são diferentes do resto de nós. Perigosamente diferentes, às vezes.

— A pergunta agora é: se alguém *realmente* saltou do iate, terá sido Adam ou Winifred Johnson?

— Ou será que *alguém* realmente saltou? Assim que abrirem o cofre, saberemos se um deles esteve lá e o esvaziou.

O telefone tocou. Sclafani atendeu.

— Certo, estamos a caminho. — Olhou para Brennan. — Encontraram Karen Renfrew; ela está na 13ª Delegacia. Vamos lá.

83

Nem mesmo seu enorme guarda-chuva de golfe pôde manter Nell seca enquanto ia do carro até a porta do prédio de Bonnie Wilson. Uma vez tendo entrado no vestíbulo, fechou o guarda-chuva e enxugou o rosto com um lenço. Então, inspirando profundamente, apertou o botão do apartamento de Bonnie.

Bonnie não esperou que ela se anunciasse.

— Suba, Nell. — E, enquanto dizia isso, ouviu-se o barulho do porteiro eletrônico destrancando a porta.

O elevador subiu até o quinto andar. Ao pisar no saguão, Nell viu Bonnie de pé, na porta do apartamento.

— Entre, Nell.

Atrás dela, o apartamento estava fracamente iluminado. Nell sentiu um aperto na garganta. A pálida luz em torno de Bonnie estava começando a escurecer.

— Nell, você parece tão preocupada. Entre — instou Bonnie.

Como que atordoada, Nell obedeceu. Sabia que o que quer que acontecesse neste lugar nos instantes seguintes era inevitável. Ela não tinha escolha, e estava praticamente sem controle. Os acontecimentos à sua frente precisavam se desenrolar até o fim.

Ela entrou, e Bonnie fechou a porta atrás dela. Nell ouviu o clique da fechadura dupla, seguido do deslizar do ferrolho.

— Estão fazendo uma obra de emergência na saída de incêndio — explicou Bonnie, a voz suave. — O administrador tem uma chave, e não quero que ele ou qualquer outra pessoa entre repentinamente enquanto você estiver aqui.

Nell foi andando atrás de Bonnie à medida que ela avançava pelo corredor. No silêncio mortal, seus passos ecoavam na madeira nua. Ao passar pelo espelho, Nell parou e olhou para ele.

Bonnie parou e se virou.

— O que aconteceu?

Estavam de pé, lado a lado, seus reflexos as fitando de volta. *Você não está vendo?*, Nell queria gritar. *Sua aura está quase inteiramente negra, exatamente como a de Winifred. Você vai morrer.*

Depois, horrorizada, viu a escuridão se espalhar e envolvê-la também.

Bonnie a puxou pelo braço.

— Nell, querida, venha para o escritório. Está na hora de falar com Adam.

84

Dan tinha ido ao hospital para uma visita pós-operatória a dois de seus pacientes, e já tinha passado das 16h30 quando conseguiu sair. Tornou a ligar para a casa de Nell, mas dessa vez tampouco obteve resposta. Talvez Mac tenha tido notícias dela, pensou.

Cornelius MacDermott lhe contou que, embora não tendo falado com sua neta, *havia*, sim, tido notícias de sua irmã.

— Como se já não bastasse ter mandado Nell consultar uma médium lunática, agora Gert quer fazer com que *eu* também engula essa xaropada. Ela está preocupada porque teve uma espécie de premonição de que alguma coisa ruim vai acontecer a Nell.

— O que você acha que ela quer dizer com isso, Mac?

— Quer dizer que ela não tem coisa melhor para fazer do que ficar sentada se atormentando. Veja como chove. A artrite de Gert deve estar dando sinais, e ela interpreta seu próprio desconforto como algum tipo de aviso mediúnico. É como se ela canalizasse a dor para que todos nós usufruíssemos dela. Dan, diga-me que sou o único são aqui. Você precisa ver os olhares que Liz está me lançando. Acho que ela acredita nessa bobagem também.

— Mac, você acha que há algum motivo real para nos preocuparmos com Nell? — perguntou Dan incisivamente. Inquietação atrai inquietação, pensou. O dia todo foi uma sucessão de coisas perturbadoras.

— É claro que não! Eu disse a Gert que viesse ao meu escritório para ouvir o que os dois detetives têm a nos dizer sobre Adam Cauliff. Gert se deixou seduzir porque ele era cheio de mesuras em relação a ela, mas, segundo o que Brennan me disse, eles desencavaram um bocado de sujeira a respeito dele. Não quiseram me adiantar nada do conteúdo do relatório por telefone, mas, pelo jeito, foi uma felicidade termos nos livrado do sujeito.

"Os detetives disseram que estariam aqui em cerca de uma hora. Iam dar uma passada na 13ª Delegacia, onde você e eu estivemos hoje. Disseram que localizaram a mulher cujo cartão que dá direito à sopa foi encontrado no incêndio da mansão, e que ela foi levada para lá para interrogatório."

— Gostaria de saber o que ela tem a dizer.

— Acho que você deve ficar sabendo — disse Mac, agora num tom mais suave. — Venha, para que possa ouvir tudo em primeira mão. Então, quando encontrarmos Nell, podemos sair para jantar.

— Só mais uma coisa. É típico de Nell ignorar os recados? Quer dizer, será que ela está em casa e talvez não esteja atendendo o telefone por não se sentir bem?

— Pelo amor de Deus, Dan, não comece *você* também. — Mas Dan pôde perceber um tom de preocupação na voz de Cornelius MacDermott. — Vou telefonar para o porteiro do prédio dela e perguntar se ele a viu entrando ou saindo.

85

— NOTIFIQUEI O ROUBO DE MINHA SACOLA HORAS ANTES do incêndio — disse Karen Renfrew, zangada.

Ela estava sentada com o capitão Murphy e os detetives Sclafani e Brennan na mesma sala de reunião em que eles tinham se encontrado anteriormente com Cornelius MacDermott e Dan Minor.

— A quem você notificou, Karen? — perguntou Sclafani.

— Um policial que passava num carro-patrulha. Fiz sinal para ele parar. Sabem o que ele disse?

Posso imaginar, pensou Brennan.

— Ele disse: "A senhora já não tem tralha suficiente nesses carros para ainda se preocupar com uma sacola que caiu?" Mas eu digo que não caiu. Foi roubada.

— O que provavelmente significa que quem a roubou estava usando a mansão — disse o capitão Murphy. — E foi essa pessoa que deu início ao incêndio que matou a mãe do Dr. Minor. *Isso* quer dizer...

Karen Renfrew interrompeu o capitão:

— Posso dizer exatamente como era o tal policial. Era enorme de gordo e estava no carro com outro policial que chamava de Arty.

— Acreditamos em você, Karen — disse Sclafani em tom apaziguador. — Onde é que você estava quando a sua sacola foi roubada?

— Na 100th Street. Eu estava usando um ótimo pórtico do outro lado da rua, na frente daquele velho prédio que estão reformando.

Subitamente alerta, Sclafani perguntou:

— Qual é a avenida que cruza com a 100th Street naquele ponto, Karen?

— A Amsterdã. Por quê?

— Que diferença isso faz? — perguntou o capitão Murphy.

— Talvez nenhuma. Ou talvez *muita*. Estamos investigando um homem que era responsável por essa obra. Segundo sua esposa, ele ficou extremamente transtornado por ter recebido uma ordem para suspender o trabalho que vinha executando ali. No entanto, não conseguimos achar nada que nos indicasse que isso realmente ocorreu... — Não há vestígio de qualquer ordem nesse sentido. Imaginamos, então, que ele talvez estivesse transtornado por outro motivo. Acontece também que tudo isso se passou na mesma noite do incêndio da mansão

Vandermeer, e assim, como pode ser pura coincidência, mais uma vez tomando por base o que a mulher dele nos contou, temos procurado algum meio de vinculá-lo a esses dois locais.

George Brennan olhou para o parceiro. Nem foi preciso verbalizar a conclusão que tinham acabado de tirar. Jimmy Ryan tinha estado trabalhando do outro lado da rua, na frente do lugar em que Karen Renfrew se abrigava. Era uma bêbada. Não teria sido difícil para ele pegar uma das sacolas dela e jogá-la na mala de seu carro enquanto ela dormia. Seria uma boa maneira de plantar uma prova falsa de que o incêndio da mansão tinha sido provocado por uma sem-teto. Foi um golpe do destino que ele tivesse apanhado a sacola que continha o cartão da sopa, e que este não tivesse sido queimado pelo fogo. As peças desse quebra-cabeça estavam começando a se encaixar, e a figura que se formava estava longe de ser bonita.

Se essa linha de raciocínio rendesse frutos, pensou Brennan com desgosto, Jimmy Ryan era culpado não só de um incêndio doloso que resultara num crime de homicídio, mas de ter roubado de uma mulher sem-teto as sobras, trapos e tralhas de que ela necessitava patética e compulsivamente.

86

— Nell, posso sentir que você está muito perturbada.

As duas mulheres estavam sentadas em torno de uma mesa no centro do aposento, e Bonnie segurava as mãos de Nell.

As mãos de Bonnie estão geladas, pensou Nell.

— O que você precisa perguntar a Adam? — sussurrou Bonnie.

Nell tentou puxar as mãos, mas Bonnie as agarrou ainda com mais força. Ela está com medo, pensou Nell, e *desesperada*. Ela ignora o quanto eu sei ou suspeito sobre Adam e a explosão.

— Preciso perguntar a Adam sobre Winifred — disse Nell, tentando manter a voz calma. — Acho que ela ainda pode estar viva.

— Por que você acha isso?

— Porque um garotinho que estava numa barca que voltava da Estátua da Liberdade viu a explosão. Ele disse que viu alguém saltar do iate, alguém em traje de mergulho. Sei que Winifred era uma ótima nadadora, e suspeito que possa ter sido ela que o menino viu.

— O menino pode ter se enganado — disse Bonnie, em voz baixa.

Nell olhou em volta. O aposento estava cheio de sombras. As cortinas estavam puxadas. O único som que ouvia, além de suas respirações, era o da chuva que tamborilava nas janelas.

— Não acho que o menino tenha se enganado — disse Nell com firmeza. — Acho que alguém *realmente* escapou daquele iate antes da explosão. Acho também que você sabe quem foi.

Sentiu um tremor percorrer o corpo de Bonnie, agitando violentamente suas mãos, e foi então que Nell pôde libertar as dela.

— Bonnie, vi você na televisão. Acredito que tenha genuínos poderes mediúnicos. Não chego a compreender o que faz com que algumas pessoas tenham esses dons especiais, mas *sei* que tive várias experiências mediúnicas eu mesma... experiências muito reais, mas que não podem ser explicadas como parte do mundo racional. Sei que minha tia Gert também teve essas experiências.

"Mas você é diferente de nós — prosseguiu Nell. — Você tem um dom raro, e acredito que seja culpada por usá-lo de forma abusiva. Lembro-me de Gert ter me dito anos atrás que o dom de poderes parapsicológicos só deve ser usado para o bem. Se for mal empregado, aquele que o possui será severamente punido."

Bonnie escutava, os olhos fixos em Nell, suas pupilas escurecendo a cada palavra que ouvia, a pele perdendo a cor até ficar branca como alabastro.

— Você foi até Gert, alegando que tinha sido contatada por Adam. Não acredito nessa história de "canalização", mas eu estava tão perturbada com a morte dele que quis tentar me comunicar com ele. Quando meus pais morreram, eles vieram me dizer adeus porque me amavam. Achei que Adam não tinha vindo me dizer adeus porque tínhamos brigado. Por isso quis entrar em contato com ele; assim poderíamos nos reconciliar. Precisava me despedir dele com amor. Foi essa a razão que me fez querer tanto acreditar em você.

— Nell, tenho certeza de que, por outro lado, Adam...

— Escute, Bonnie. Se você *realmente* entrou em contato com Adam, o que você alega que ele disse não era verdade. Sei agora que ele *não* me amava. Um homem que ama a mulher não tem um caso com sua assistente. Não abre um cofre de banco com ela usando outro nome. Tenho certeza de que Adam não me amava porque foi exatamente isso que ele fez.

— Você está enganada, Nell. Adam amava *mesmo* você.

— Não, não estou. E também não sou boba. Sei que você está ajudando Adam ou Winifred a pegar a chave do cofre que ele deixou no blazer.

Acertei em cheio, pensou Nell. Bonnie Wilson sacudia a cabeça de um lado para o outro, menos em negação do que por desespero.

— Apenas para duas pessoas essa chave podia ter alguma utilidade: Adam ou Winifred. Espero que você esteja trabalhando com Winifred, e que Adam seja o que morreu. Tremo ao pensar que durante mais de três anos pude ter vivido, respirado, comido e dormido com alguém que deliberadamente pôde tirar três vidas e causar um incêndio que matou uma sem-teto.

"Em outro plano, diferente mas importante, tremo ao pensar que desisti de uma carreira que quis a vida inteira apenas para agradar a um escroque e um ladrão: pois sei com certeza que Adam era ambas as coisas. Só posso rezar para que não tenha sido também um assassino."

Nell procurou no bolso e dele tirou a chave do cofre.

— Bonnie, acho que você sabe onde Adam ou Winifred está se escondendo. Talvez você não tenha se dado conta de que se os ajudou, de uma maneira ou de outra, terá se tornado cúmplice de um homicídio múltiplo. Fique com esta chave. Entregue-a a qualquer dos dois que ainda esteja vivo. Faça com que ele ou ela pense que é seguro ir até aquele banco em White Plains. É sua única chance de obter indulgência.

— O que quer dizer com *"pense* que é seguro", Nell?

Ela não tinha ouvido os passos que se aproximaram por trás. Virou-se e ergueu os olhos, tomada de choque e horror.

Adam estava em pé diante dela.

87

Dan Minor olhou pela janela, na esperança de que a chuva cortante que caía estivesse diminuindo. Infelizmente ela continuava a cair, batendo contra o vidro, formando uma verdadeira cachoeira. Sua avó costumava lhe dizer que quando chovia assim os anjos estavam chorando. Esse pensamento hoje lhe pareceu particularmente agourento.

Aonde Nell terá ido?, continuava a se perguntar.

Estavam todos reunidos no escritório de Mac. Dan estava lá com Mac, Gert, Liz e os dois detetives, que tinham acabado de chegar.

O porteiro do prédio de Nell confirmara que ela tinha chegado em casa por volta das 15 horas, tendo tornado a sair pouco depois das 16. *Isso significa que ela deve ter ouvido o recado que deixei,* pensou Dan. *Por que será que não me ligou de volta?*

O ascensorista dissera que ela parecia preocupada.

Sclafani e Brennan, ao chegar, foram apresentados a Liz e a Gert. Em seguida, Sclafani tomou a palavra:

— Vamos começar falando da sem-teto que relatou o roubo de uma de suas sacolas apenas algumas horas antes do incêndio da mansão. Conseguimos verificar sua história com o policial com quem ela falou naquele dia. Portanto, achamos que não foi ela que provocou o incêndio da mansão Vandermeer.

"Não acredito — continuou ele — que algum dia cheguemos a ter uma prova concreta, mas temos fortes razões para achar que Winifred Johnson pagou a Jimmy Ryan, uma das pessoas que perderam a vida na explosão do barco, para provocar aquele incêndio, fazendo parecer que fora causado por uma moradora de rua."

— Isso quer dizer que minha mãe... — interveio Dan.
— Isso quer dizer que sua mãe ficou livre de suspeita.
— Você acha que Winifred Johnson fazia isso por conta própria, ou agia segundo instruções de Adam Cauliff?
— Supomos que tudo tenha sido feito para Adam Cauliff.
— Mas eu não entendo — disse Gert. — O que ele ganharia com o incêndio?
— Ele tinha comprado a propriedade dos Kaplan, vizinha à velha mansão. Era esperto o suficiente para saber que ela ficaria imensamente valorizada se a mansão fosse destruída e a propriedade, por conseguinte, ficasse livre das restrições do tombamento. Então ele procuraria Peter Lang, que comprou a antiga propriedade Vandermeer, e proporia um acordo. Adam era, ainda por cima, tão arrogante que era capaz de pensar que poderia coagir o construtor a aceitá-lo como arquiteto do projeto.
— Segundo a viúva, um homem telefonou para a casa de Jimmy Ryan na noite do incêndio com instruções para cancelar o trabalho — explicou Brennan. — Esta é uma das razões pelas quais acreditamos que Adam e Winifred estavam juntos no plano de incendiar a mansão. Pode ser que tenham ficado sabendo que a mansão tinha perdido o status de bem tombado, naquele dia mesmo. Assim, já não havia qualquer necessidade de provocar o incêndio.
— Bem, parece que isso não lhes serviu para nada — comentou Liz —, pois ambos foram reduzidos a pedaços na explosão daquele iate.
— Não pensamos assim — disse-lhe Brennan. Notando suas expressões atônitas, esclareceu: — Uma testemunha alega ter visto alguém em traje de mergulho saltar do iate um instante antes da explosão. Dois corpos ainda não foram encontrados: os de Adam Cauliff e Winifred Johnson.

— Graças ao trabalho de detetive de sua neta, deputado — disse Sclafani, retomando a história —, tivemos acesso a um cofre bancário partilhado por um homem e uma mulher que deram os nomes de Harry e Rhoda Reynolds. O cofre continha passaportes falsos e várias outras formas de identificação. Não vimos o conteúdo real do cofre, mas cópias das fotografias nos passaportes foram enviadas por fax a nossos escritórios. E embora tanto o homem quanto a mulher estejam ligeiramente disfarçados, está claro que são fotografias de Winifred Johnson e Adam Cauliff.

— O cofre ainda continha aproximadamente 300 mil dólares em dinheiro e vários milhões de dólares em ações ao portador e outras aplicações — acrescentou o detetive Brennan.

Um longo silêncio se seguiu a essas revelações, finalmente quebrado por Gert, que perguntou:

— Como é que conseguiram acumular todo esse dinheiro?

— Na verdade, não é muito difícil, com o tipo de projetos com que Walters e Arsdale lidam. Eles têm um volume de negócios de cerca de 800 milhões de dólares registrados em seus livros no momento. Além disso, achamos que Winifred e Adam vinham planejando isso há algum tempo.

Vendo a tristeza estampada no rosto de Mac, Sclafani acrescentou:

— Receio que sua neta tenha se casado com um tremendo mau-caráter. É uma história triste, e está toda aqui neste relatório. O senhor pode examiná-lo em seu tempo livre. Lamento pela Sra. MacDermott. É uma mulher de bem e inteligente. Sei que isso vai ser um choque para ela, mas ela não se deixa abater e, com o tempo, vai superar isso tudo.

— Ela vai vir aqui? — perguntou Brennan. — Gostaríamos de agradecer a ela toda a ajuda que nos prestou.

— Não sabemos onde Nell está — disse-lhe Gert, num tom que era um misto de ansiedade e irritação —, e ninguém me dá ouvidos, mas estou morta de preocupação com ela. Alguma coisa está errada. Senti, no momento em que falei com ela por telefone hoje à tarde, que ela estava estranha. Nem parecia a mesma pessoa. Disse que tinha acabado de chegar de Westchester. Por que, então, sairia correndo outra vez num dia como este?

Há algo de errado, pensou Dan, angustiado por sua preocupação. Nell está em perigo.

Brennan e Sclafani se entreolharam.

— Vocês não têm ideia de onde ela possa estar? — perguntou Sclafani.

— Isso os preocupa — disparou Mac. — Por quê?

— Porque a Sra. MacDermott obviamente achou a outra chave do cofre e foi esperta o suficiente para investigar um banco nas proximidades da casa de repouso onde a mãe de Winifred está hospedada. Se ela descobrir onde Winifred ou Adam está se escondendo e tentar entrar em contato com eles, estará se expondo a um grande perigo. Qualquer um que, friamente, provoca a explosão de um barco com várias pessoas dentro é capaz de fazer o que for necessário, até mesmo cometer mais assassinatos, para evitar ser preso.

— Só pode ter sido Winifred a pessoa que saltou do iate — disse Gert, a voz trêmula. — Quer dizer, Bonnie Wilson se comunicou com Adam. Ele falou com Nell lá do outro lado, portanto deve estar morto.

— Ele *o quê?* — perguntou Sclafani.

— Gert, pelo amor de Deus! — explodiu Mac.

— Mac, eu sei que você não acredita nisso, mas Nell acreditou. Ela estava até seguindo o conselho de Adam de doar suas roupas para o bazar de caridade. Acabei de confirmar isso com ela esta tarde. Ela está com tudo embalado e vai entregá-las amanhã, e Bonnie Wilson até se ofereceu para me ajudar a desembalá-las. Disse isso a Nell. Bonnie tem sido muito prestativa esse tempo todo. Só fiquei surpresa porque ela esqueceu ou não me contou que conheceu Adam, certa vez, numa das minhas festas. Achei uma foto dos dois juntos. Seria de se esperar que ela tivesse mencionado isso.

— A senhora falou que ela disse à Sra. MacDermott que desse as roupas de Adam e que depois quis ajudar na tarefa — exclamou Brennan, dando um pulo. — Aposto qualquer coisa como ela estava tentando pôr a mão naquela chave. Ela está metida nisso de algum modo, seja em conluio com Winifred ou com Adam.

— Meu Deus! — disse Liz Hanley. — Pensei que ele tivesse de fato se materializado.

Eles a encararam.

— O que você quer dizer com isso? — perguntou Mac.

— Vi o rosto de Adam aparecer no espelho no apartamento de Bonnie Wilson. Pensei que ela pudesse ter se comunicado com ele, mas vai ver que ele estava realmente lá.

Então Nell foi para *lá*, pensou Dan, para o apartamento dessa tal de Bonnie. Tenho certeza disso.

Morto de pavor, ele olhou em volta, percebendo o súbito medo que sentiu refletido no rosto de todos na sala.

88

Adam estava ameaçadoramente em pé diante dela. Apesar da luz fraca, Nell pôde reconhecê-lo. Era Adam, mas um lado de seu rosto estava coberto de queimaduras e descascava, e tanto a mão direita quanto o pé estavam pesadamente envoltos em ataduras. Porém, ainda podia ver seus olhos, e estavam cheios de raiva.

— Você achou a chave e chamou a polícia — disse ele. — Depois de *tudo* que planejei, depois de aguentar três anos aquela mulher insípida e burra, depois de quase perder minha própria vida porque você deu o blazer errado a ela e me obrigou a ir atrás da maldita bolsa dela... depois de *tudo isso*, mais a dor dessas terríveis queimaduras, eu fiquei sem *nada*.

Ele ergueu a mão esquerda. Segurava alguma coisa pesada, mas Nell não conseguiu identificar o que era. Ela tentou levantar, mas ele a empurrou para trás com a mão enfaixada. Nell viu uma expressão de intensa dor cruzar o rosto dele enquanto ouvia Bonnie gritar:

— Adam, não. Por favor, não!

Então uma tremenda dor dilacerante explodiu num dos lados de sua cabeça, e ela se sentiu caindo, caindo...

De muito longe, Nell ouviu um som estranho, um misto de gemidos e suspiros. Sua cabeça doía muito. O cabelo e o rosto estavam úmidos e pegajosos. Aos poucos, foi percebendo que era dela que provinha aquele som.

— Minha cabeça dói — sussurrou ela. Então se lembrou: Adam estava vivo. Estava ali.

Alguém a tocava? Quem seria? O que estaria acontecendo?

— Mais forte. Amarre com mais força! — Era a voz de Adam.

Por que minhas pernas estão doendo?, perguntou-se Nell.

Conseguiu abrir os olhos o bastante para ver que Bonnie se inclinava sobre ela, chorando. Tinha nas mãos um rolo de corda grossa. Ela está amarrando minhas pernas, pensou Nell.

— As mãos dela. Agora amarre as mãos. — Era a voz de Adam novamente, dura e cruel.

Ela estava numa cama, onde tinha sido colocada de barriga para baixo. Bonnie estava pondo suas mãos para trás, prendendo-as com a corda.

Nell tentou falar, mas não conseguiu fazer com que as palavras que tinha em mente chegassem a seus lábios. *Não faça isso, Bonnie*, queria dizer. *Só lhe restam alguns minutos de vida. Sua aura está inteiramente escura agora. Não se vá com mais sangue nas mãos.*

Bonnie estava amarrando seus pulsos um no outro, mas Nell sentiu que ela lhe apertava a mão. Continuava a atar a corda, mas agora deixando-a mais frouxa.

Ela quer me ajudar, pensou Nell.

— Ande logo! — berrou Adam.

Lentamente, Nell virou a cabeça. Pôde ver uma pilha de jornais amassados no chão. Adam aproximava uma vela deles. A primeira chama tremulou. Ah meu Deus, ele está colocando fogo na sala! Ela se deu conta, com total e súbita clareza, do que estava acontecendo.

— Você vai ver o que é bom, Nell — disse Adam. — Quero que você sinta a mesma dor que eu senti. E tudo por sua causa. Foi culpa *sua*. Culpa sua eu não ter a chave. E com essa aparência de agora eu nem pude ir ao banco para tentar convencê-los a me dar acesso ao cofre. E tudo por sua causa, e daquela mulher idiota que me trouxe o blazer errado.

— Adam, por que...? — Nell tentou falar.

— Por quê? Você precisa mesmo me fazer essa pergunta? Você não consegue entender nada? — Sua raiva agora demonstrava traços de desgosto. — Nunca fui bom o bastante para você, bom o bastante para me misturar com os amigos do seu avô. Você não percebe que quando se candidatasse tudo estaria terminado para mim? Há coisas no meu passado ligeiramente comprometedoras para uma candidata ao Congresso. Se você não tivesse insistido em ser a garotinha do Mac, fazendo tudo que ele queria, eu talvez tivesse tido uma chance. Com sua determinação de se candidatar, no entanto, eu soube que estava tudo acabado. Você não entende a festa que a mídia faria vasculhando meus antecedentes? Eu simplesmente não podia permitir que isso acontecesse.

Adam estava ajoelhado junto à cama, o rosto próximo ao dela.

— Portanto, Nell, você me obrigou. Você e aquele Jimmy Ryan cheio de dedos, e Winifred com aqueles olhos sempre cheios de lágrimas e aqueles lábios secos e murchos. Tudo bem. Já era tempo de eu me mandar, de qualquer forma. Tempo de começar de novo. — Ele se levantou e olhou para ela. — E daí que só tenha me restado muito pouco para recomeçar? Vou chegar lá. Mas você não. Adeus, Nell.

— Adam, você não pode matá-la — gritou Bonnie, agarrando seu braço enquanto as chamas se espalhavam.

— Bonnie, você está nisto comigo ou não está? A escolha é sua. Você pode ficar aqui com a Nell, ou pode sair por aquela porta comigo.

Bem nessa hora, a campainha da porta começou a tocar. O som persistente e perfurante reverberava pelo pequeno apartamento. A fumaça enchia o aposento à medida que a parede atrás dos jornais pegava fogo, e, do saguão externo, uma voz gritou:

— Abram! É a polícia.

Adam correu até o vestíbulo e olhou para a porta principal. Então, virou-se e olhou para Nell.

— Está ouvindo, Nell? Estão tentando ajudá-la. Sabe de uma coisa? Não vão chegar a tempo. Vou tratar de garantir isso.

Ele correu até a porta e verificou a fechadura dupla e o ferrolho. Voltando para o quarto, entrou e fechou a porta, virou a chave na fechadura, tirou-a com um movimento brusco e, com o ombro, empurrou a cômoda de encontro à porta. Pegou alguns jornais da pilha que ainda não tinham queimado e jogou a vela acesa sobre eles.

— Rápido. A saída de incêndio — berrou.

As chamas estavam lambendo as cortinas.

— Abra a porta, sua idiota — gritou ele para Bonnie.

— A escada de incêndio está em obras, Adam. Não podemos sair por lá. Não é seguro — soluçou Bonnie.

Ele empurrava Bonnie para fora, em direção à escada de incêndio e à chuva que desabava. Nell viu a expressão de fúria no rosto de Adam quando ele parou para fechar cuidadosamente a janela, trancando-a no quarto.

Ela estava sozinha. Apenas ela e o calor. O insuportável calor. O colchão estava pegando fogo. Com uma força gerada pelo desespero, Nell conseguiu se esgueirar para fora da cama e então, com dificuldade, ficar de pé e se firmar o bastante para não cair. Apoiando-se na cômoda, conseguiu soltar as mãos dos nós que Bonnie deixara frouxos. Empurrou a cômoda para o lado.

A porta estava em chamas. Nell tentou girar a maçaneta, mas estava incandescente. As bolhas, a fumaça — sabia que isso ia acontecer. O sangue injetava seus olhos. Não havia oxigênio. Só fumaça. Ela não conseguia respirar.

Alguém batia na porta do apartamento. Podia ouvi-los. A porta não abria. A chave tinha sumido.

Tarde demais, pensou ela, enquanto se deixava cair no chão e começava a engatinhar. Vocês vão chegar tarde demais.

89

UMA FINA CAMADA DE FUMAÇA ESCAPAVA PARA O CORredor.

— O lugar está em chamas! — gritou Sclafani. Ao mesmo tempo, ele, Brennan e Dan Minor chutaram a porta, que se recusava a ceder.

— Vou pelo telhado — gritou Brennan.

Sclafani se virou e correu escada abaixo, com Dan em seus calcanhares. Chegaram até saguão do prédio e correram para a rua, encaminhando-se para o lado onde ficava a saída de incêndio. A chuva desabou sobre eles ao virarem a esquina.

— Meu Deus, olhe ali! — exclamou Dan.

Na saída de incêndio acima deles, duas pessoas escorregavam e tropeçavam nos degraus molhados e traiçoeiros.

Mesmo à pouca luz e por entre a chuva torrencial, Jack viu o rosto de um homem e soube que eles tinham encurralado Adam Cauliff, aquele que Benjy Tucker vira no traje de mergulho e que lhe tinha causado tantos pesadelos terríveis.

Dentro do quarto em chamas, a quantidade de fumaça era asfixiante. Nell não podia ver coisa alguma ela engatinhava pelo chão, buscando desesperadamente um resto de ar. Estava sufocando com a fumaça. A janela. Tinha de encontrar a janela. Subitamente sua cabeça tocou um objeto sólido. A parede! Devia ter cruzado o aposento — a janela devia estar bem ali. Pôs-se de joelhos e esticou os braços, tentando alcançar o peitoril. Tudo que sentiu, no entanto, foi metal aquecido. O que era aquilo? Um puxador? Um puxador da cômoda. Ah, meu Deus, tinha se movido em círculo. Estava outra vez perto da porta.

Não vou conseguir, pensou. Não dá para respirar.

De repente ela se sentiu novamente presa na correnteza, sendo sugada para o fundo por um turbilhão. Estava no fim de suas forças. Incapaz de respirar. Precisando desesperadamente dormir.

Uma voz chegou a ela, só que desta vez a voz que lhe encheu a cabeça não era a de qualquer de seus pais — era a de Dan, dizendo *Nell, preciso de você.*

Vire-se, disse a si mesma. Visualize a janela. Fica bem em frente. Mantenha-se perto da cama e depois vá para a direita. Ainda tolhida pela corda em volta das pernas, engatinhou pelo aposento.

Preciso de você, Nell. Preciso de você.

Sufocando e tossindo, Nell deu um mergulho para frente, decidida a alcançar a janela.

— POLÍCIA! PAREM! — gritou Sclafani para o casal na escada de incêndio acima dele. — Mãos ao alto!

Adam parou e deu meia-volta, tentando impedir que Bonnie passasse por ele. Ele a agarrou.

— Volte — gritou ele, empurrando-a para o alto da escada.

Na altura do terceiro andar ele escorregou e agarrou o corrimão com a mão direita enfaixada. Gritando de dor, ele seguiu adiante.

Ultrapassaram a janela do apartamento de Bonnie no quinto andar e alcançaram o sexto. Abaixo deles, ouviram o estilhaçar de vidro e uma grande onda de fumaça sair pela janela.

Do patamar do sexto andar, Adam olhou para cima. O telhado estava a cerca de 2 metros acima deles.

— É inútil, Adam! — gritou Bonnie.

Adam se içou por cima do corrimão metálico e ergueu os braços. A ponta de seus dedos tocou a beirada do telhado. Desesperado demais para se dar conta da terrível dor causada pela pressão em sua mão machucada, ele agarrou a beira do telhado e tentou se suspender.

Abaixo ele ouviu um longo rangido e sentiu uma oscilação aflitiva quando a escada de incêndio começou a se afastar da parede.

Na rua, Dan Minor pôde ouvir o barulho das sirenes dos bombeiros enquanto desciam pela West End Avenue. Fez, com os dedos entrelaçados, um apoio para que Jack Sclafani alcançasse o degrau inferior da escada de incêndio e nele se segurasse.

— Abaixe a escada — gritou Dan quando Sclafani começou a subir para o segundo andar.

Pouco depois, Dan subia pela traiçoeira escada de incêndio. Podia ver, acima dele, as chamas escapando pela janela do quinto andar. Nell!, pensou. Nell estava naquele inferno!

Ela se ergueu e foi tropeçando até a janela. Ao se chocar com ela, seu ombro quebrou a única vidraça. Sentiu uma corrente de calor intenso ser sugada para fora, e, sob seus pés, o chão começou a ceder. Jogou o corpo para frente, sentindo o ar frio e úmido que subia, permitindo-lhe voltar finalmente a respirar.

Tinha apenas meio corpo para fora da janela e viu-se escorregar para dentro quando o chão cedeu sob seus pés. As mãos cheias de bolhas agarraram a moldura da janela. Estilhaços de vidro perfuraram-lhe a palma das mãos. A dor foi forte demais. Sabia que não conseguiria aguentar muito mais tempo. Atrás dela, o rugido do fogo. O barulho de sirenes lá embaixo, e gente gritando por todos os lados. Em sua mente, no entanto, havia apenas calma. É isso que se sente ao morrer?, perguntou-se.

Adam agarrou o telhado com a ponta dos dedos. Com força sobre-humana, oriunda do desespero, começou a se alçar. Então sentiu braços em volta de suas pernas que o puxavam para baixo. Era Bonnie. Com chutes, tentou se livrar dela, mas foi inútil. Não conseguiu se segurar no telhado. Ele oscilou e tornou a cair no patamar.

Resmungando de raiva, ele pegou Bonnie e ergueu-a acima de sua cabeça. A escada de incêndio oscilava cada vez mais abaixo deles.

— Largue-a, ou eu atiro — gritou Brennan do telhado.

— É exatamente o que pretendo fazer — gritou Cauliff em resposta.

Correndo escada acima, Sclafani viu o que estava para acontecer. Ele vai jogá-la lá para baixo, pensou. Chegou ao patamar superior e tentou dominar Cauliff. Tarde demais. Bonnie caiu aos gritos na rua.

Adam tornou a subir no corrimão e mais uma vez ergueu os braços. Desta vez, seus dedos mal conseguiram alcançar a beira do telhado antes de se soltar. Por uns perigosos instantes, ele oscilou, sacudindo os braços em busca de equilíbrio.

Sclafani gelou ao ver o homem diante dele executar uma

dança mortal antes de mergulhar silenciosamente no vazio, até que seu corpo se chocasse contra o chão.

Bem abaixo de Sclafani, Dan tinha alcançado a janela do quarto de Bonnie. Vendo Nell à beira do inferno, grudada à moldura da janela, ele agarrou seus pulsos e os manteve seguros até que Jack Sclafani estivesse a seu lado, ajudando-o a libertá-la.

— Nós a pegamos! — exclamou Jack. — Vamos. Isto tudo vai desabar.

A escada de incêndio balançava loucamente enquanto desciam do quinto andar. Dan estava carregando uma Nell agora inconsciente.

Ao atingirem a escada móvel, um bombeiro gritou para ele:

— Entregue-a para mim e pule!

Dan soltou Nell nos braços estendidos do bombeiro. Depois, ele e Jack Sclafani pularam por cima do corrimão no momento em que os seis andares de metal da escada de incêndio se afastavam da parede e vinham abaixo, cobrindo os corpos de Adam Cauliff e Bonnie Wilson.

Terça-feira, 7 de novembro
Dia de eleições

90

ESCOLHIA-SE UM NOVO PRESIDENTE QUE GOVERNARIA OS Estados Unidos pelos quatro anos seguintes. Um novo senador falaria pelo estado de Nova York no clube mais exclusivo do país. E, no fim do dia, a cidade de Nova York ficaria sabendo se o distrito presidido por Cornelius MacDermott havia quase cinquenta anos escolhera sua neta, Nell MacDermott, como sua nova representante.

Em parte por nostalgia, mas também por certa superstição, Nell instalara o quartel-general de sua campanha no hotel Roosevelt, cenário de todos os triunfos de seu avô. Quando os postos de votação fecharam, e os resultados começaram a surgir, a equipe se reuniu numa suíte no décimo andar do hotel, concentrando toda sua atenção nos três aparelhos de televisão colocados num dos lados do aposento — um para cada uma das principais redes.

Gert MacDermott estava lá, assim como Liz Hanley e Lisa Ryan. Só faltava Dan Minor, que acabara de telefonar para dizer que tinha saído do hospital e estava a caminho. Os auxiliares da campanha entravam e saíam do aposento, servindo-se dos comes e bebes dispostos ali para todos os participantes. Alguns deles estavam otimistas; outros, temerosos — a campanha tinha sido especialmente difícil.

Nell se virou para o avô.

— Ganhando ou perdendo, Mac, estou feliz por você ter feito com que eu concorresse.

— E por que não haveria de concorrer? — respondeu ele, em tom áspero. — O comitê do partido concordou comigo: os pecados do marido não devem recair sobre a esposa. Embora, sejamos realistas, se tivesse havido um julgamento, você teria sido arrastada inevitavelmente para dentro dele, e o circo armado pela mídia em torno disso teria inviabilizado sua campanha. Com a morte de Adam e dos outros, entretanto, isso são águas passadas.

Águas passadas, pensou Nell. Águas passadas que Adam a tivesse traído. Águas passadas que ele tivesse assassinado friamente qualquer pessoa que pudesse incriminá-lo, incluindo Jimmy Ryan e Winifred Johnson, naquele iate. Águas passadas que ela tivesse sido casada com um monstro. Vivi com Adam durante três anos. Será que eu sempre senti que no fundo de nossa relação havia algo fundamentalmente errado? Acho que sim.

O investigador de Bismarck desencavara mais informações inquietantes sobre Adam, que usara o pseudônimo de Harry Reynolds em um de seus negócios duvidosos em Dakota do Norte. Ele deve ter contado isso a Winifred, pensou Nell.

Ela percorreu o aposento com os olhos. Lisa Ryan cruzou com seu olhar e ergueu um polegar em sinal de encorajamento. No começo do verão, Lisa procurara Nell, oferecendo-se para trabalhar na campanha. Nell a engajara sem hesitar e ficara mais do que feliz com o resultado. Lisa tinha trabalhado incansavelmente na campanha, passando as noites no quartel-general, falando com eleitores por telefone, postando folhetos de campanha.

Os filhos de Lisa passaram o verão na praia com seus vizinhos, Brenda Curren e o marido. Ela achara que seria melhor afastá-los um pouco até que o falatório a respeito de seu pai esmorecesse. Mas não tinha sido de todo mau. O nome de Jimmy Ryan estava nos arquivos da polícia, mas não tinha sido explorado pela imprensa.

— As crianças sabem que o pai cometeu uma falta grave — disse Lisa francamente ao se encontrar com Nell. — Mas também sabem que ele perdeu a vida porque estava prestes a enfrentar as consequências do que fizera. Queria se redimir. Suas últimas palavras para mim foram "Sinto muito", e agora sei o que quis dizer. Ele merece meu perdão.

Tinha ficado decidido que, se Nell fosse eleita, Lisa iria trabalhar em seu escritório de Nova York. Espero que isso ocorra, pensou Nell, voltando sua atenção para o conjunto de televisores.

O telefone tocou. Lisa atendeu a chamada e depois disse a Nell:

— Era Ada Kaplan. Está rezando para que você ganhe. Disse que você é uma santa.

Nell revendera seu imóvel a Ada, por uma soma igual à que Adam lhe tinha pago.

Ada, então, a vendera para Peter Lang, por 3 milhões de dólares. "Nem uma palavra sobre isso a meu filho", dissera ela a Nell. "Ele vai receber o que prometi a ele. A diferença vai para o Apelo Judaico Unido. Esse dinheiro será usado em prol de pessoas carentes."

— Está empatado, Nell — disse Mac, aflito. — Mais apertado do que eu esperava.

— Mac, desde quando você fica agitado desse jeito enquanto acompanha os resultados?

— Desde que você passou a competir. Olhe só, estão dizendo que vai ser decidido no cara ou coroa!

Eram 21h30. Meia hora depois, Dan chegou. Sentou-se imediatamente ao lado de Nell e passou o braço em torno dela.

— Desculpe por ter demorado tanto a chegar — disse ele. — Houve algumas emergências. Como estão as coisas por aqui? Devo medir sua pressão?

— Nem vale a pena. Já sei que deve estar lá em cima.

Às 22h30 os especialistas começaram a declarar uma mudança em favor de Nell.

— É isso aí! Vamos lá — murmurou Mac.

Às 23h30 o adversário de Nell admitiu a derrota. As palmas que estrondaram entre os que estavam reunidos na suíte foram ruidosamente reforçadas pelas do auditório abaixo. Nell estava cercada das pessoas mais importantes de sua vida quando a televisão mostrou a multidão que, no salão de baile do Roosevelt, celebrava sua vitória. A multidão começou a cantar a música que ficara associada à sua campanha desde o primeiro dia em que a banda a tocou no momento em que ela anunciava sua candidatura. Era um sucesso da virada do século chamado "Wait 'Til the Sun Shines, Nellie".

Wait 'til the sun shines, Nellie,
When the clouds go drifting by...
Elas foram embora, pensou Nell.
We will be happy, Nellie...
Sweethearts you and I...

— Pode apostar que seremos — sussurrou Dan.
So wait, 'til the sun shines, Nellie, bye and bye.*

A música terminou e a multidão gritou em aprovação. No salão de baile, o gerente de campanha de Nell pegou o microfone.

— O sol *está* brilhando — gritou ele. — Elegemos o presidente que queríamos, o senador que queríamos e, agora, a deputada que queríamos! — Começou a entoar: — Queremos Nell! Queremos Nell!

Centenas de vozes se uniram à dele.

— Vamos lá, deputada MacDermott. Estão esperando por você — disse Mac, apressando-a em direção à porta.

Ele a tomou pelo braço e a conduziu, seguido por Dan, Liz e Gert.

— Agora, Nell, a primeira coisa que eu faria se fosse você... — começou Mac.

---

*Espere até o sol brilhar, Nellie/ Quando as nuvens forem embora.../ Seremos felizes, Nellie.../ Namorados você e eu.../ Portanto, espere até o sol brilhar, Nellie, logo, logo...

Este livro foi composto na tipologia Minion Pro Regular, em corpo 11,5/16, e impresso em papel off-white 80g/m² no Sistema Cameron da Divisão Gráfica da Distribuidora Record.